Hackenbroich ermittelt
Hochverrat in Overath

Matz Kastning

Matz Kastning wurde 1972 in Köln geboren, ist in Overath aufgewachsen und lebt heute im Schwarzwald und… in Overath. Als Musikwissenschaftler und langjähriger Radiojournalist (u.a. WDR, SWR) bringt er seine große Leidenschaft für Sprache und Klang in unterschiedlichste Projekte ein.
Als Creative Director der Agentur AudiotexTour entwickelt er innovative Audioformate für Kultur, Bildung und Nachhaltigkeit. In seinem Podcast „Schuss vorm Buch“ verbindet er Literatur mit Humor, und in „Wusst ich nich“ plaudert er mit einem alten Freund über Geschichten hinter Songs.
Mit „Hochverrat in Overath“ erscheint nun, nach den beiden Erlebnisführern „111 Orte in Konstanz, die man gesehen haben muss“ und „111 Orte an der Sieg“ sein erster Lokalkrimi – ein spannender Einblick in die Abgründe des Bergischen Landes.

Hackenbroich ermittelt
Hochverrat in Overath

Matz Kastning

BÜCKEN
SULZER

Impressum

2. verbesserte Auflage
www.buecken-sulzer-verlag.de

Layout, Satz: Alexander Bücken
Covergestaltung: Steffi Knebel
Coverbild: Steffi Knebel

ISBN 9783947438662
Druck und Bindung
Print Group Sp. zo.o; Szczecin;Poland

Für meine lieben Eltern…

…die es nicht mehr lesen konnten.
(Und nie Katzen gesammelt haben).

Dank an meine Schwiegereltern, für die geduldige erste Lektüre.
(Ihr dürft jetzt euer wohlverdientes Kölsch trinken).

Dank an Christine für die großartige Korrekturierung (oder wie dem heißt).

Dank an Alex für die Möglichkeit Hacki in seinem Verlag auf die Welt loszulassen (Ich hoffe Du bist mit Deinem lyrischen Ich zufrieden).

Liebe an Steffi für die unermüdliche Unterstützung.
(und Danke für die „Tatortfotos“).

Prolog

Katja wacht auf, der Kopf tut ihr weh, sie hört ein Rauschen oder besser Plätschern, ja Plätschern war das richtige Wort für das, was um sie herum an Geräuschen waberte.
Irgendwie ist alles verrutscht in ihrem Kopf. Es fühlt sich so an, wie wenn man unter Wasser einen Purzelbaum macht und für einige Sekunden nicht mehr weiß, wo oben und wo unten ist.
Wer ist sie und wo?
In ihrem Zimmer sollte es eigentlich nicht plätschern oder rauschen.
Außerdem spürt sie einen leichten Wind und es fühlt sich nach… draußen an.
Sagt man das so?
Gesprächsfetzen erreichen ihr Bewusstsein:
„Wenn mein Alter das mitkriegt, ist Feierabend…“ – „…Ohnmacht immer so, da fehlen die paar Minuten vor der Ohnmacht…“
Sie versucht zu verstehen, was hier los und was eigentlich passiert ist.
Wie in einem Traum, der so real ist, dass man eigentlich das Gefühl hat schon wach zu sein, aber erst wenn man dann wirklich aufwacht, feststellt, dass man geträumt hat.
Sie versucht sich aufzuwecken, aber es gelingt ihr nicht.
Außerdem kann man im Traum Schmerzen fühlen.
Nein, oder?
Auf jeden Fall hat sie Schmerzen, und zwar heftige. Ihre Hüfte brennt, ihr Kopf pocht und ihr ist schlecht.

Warum kriegt sie die Augen nicht auf?
Sie versucht es noch einmal mit aller Kraft und es gelingt ihr.
Sie sieht Wasser, einen Bach oder Fluss und einen Betonboden, auf dem sie anscheinend liegt.
Sie war in der Aula, im Schultheater, blitzt es kurz auf. Dann werden ihre Augen wieder schwer und sie sinkt zurück in den Schlaf, der keiner ist.
In ihren Traum von einer Insel, auf der sie gestrandet ist, prasseln Wortfetzen von irgendwoher auf sie herunter.
„... nicht sterben, ich liebe dich...“.
Ist das Ralf, es muss Ralf sein, ihr Kopf schmerzt, sie fühlt sich immer noch benebelt, ihre Augen sind geschlossen, es muss Ralf sein, und ja, sie liebt ihn auch.
Aber das ist nicht seine Stimme, oder? Die Wellen am Strand, an dem sie liegt, werden lauter. Die Stimme verschwindet. Sie will, dass er bleibt! Sie muss ihm sagen, wie sehr sie ihn liebt.
„Ralf? Ralf! Ich liebe dich auch, Ralf, das tue ich schon so lange, endlich.“
Dann wacht sie langsam wieder auf und schaut in ein verschwommenes Gesicht, direkt vor sich. Auch wenn sie es nicht richtig erkennen kann, es muss Ralf sein, wer soll es sonst sein?
Oder schläft und träumt sie schon wieder?
Denn irgendwas an der ganzen Szene stimmt nicht, fühlt sich falsch an. Wie ein Filmfehler – ein Gladiator im alten Rom mit einer Armbanduhr, oder ein Flugzeug am Himmel beim ‚Herr der Ringe‘.

Oder wie bei einem Sommergewitter, wenn es auf einmal still wird, der Asphalt schon die ersten Tropfen verdampft hat und es nach Regen riecht, *kurz bevor der Regen sintflutartig loslegt.*

Ja, vielleicht ist es das. Sie spürt auf einmal Wasser im Gesicht, weint hier jemand? Regnet es tatsächlich? Aber sie hört keinen Regen und sie riecht ihn auch nicht.

Wenn es ein Traum sein sollte, kann sie auch was riskieren, denkt sie und ruft:

„Ralf, ich liebe nur dich, du musst nicht weinen. Küss mich…“

Aber Ralf antwortet nicht. Sie hört nur ein unterdrücktes Stöhnen oder Knurren.

Statt einer Antwort ist da auf einmal noch mehr Wasser, viel mehr Wasser, zu viel Wasser.

Sie kriegt kaum noch Luft, muss husten, versucht sich zu wehren, aber sie ist zu schwach und ihr Gegner oder Ralf oder, ja wer, zu stark.

Langsam taucht sie in den Wellen ab. An dem Strand, an dem sie jetzt wieder liegt.

Es ist einfacher, sich den Fluten hinzugeben, sicherlich wacht sie wieder auf und es war alles nur ein böser Traum.

Dann ist da nichts mehr…

Overath – Freitagnachmittag, 16. Juli, Heute – Hacki

Alles um ihn herum ist dunkel, sehr dunkel und auch das Drehen an dem schon fast historischen Lichtschalter bringt keine Veränderung, nur ein sehr lautes „Krrrk". Dazu eine stickige Hitze, trotz Wald, aber bei 38 Grad Außentemperatur kommt auch die Natur an ihre Grenzen.

Kommissar Rüdiger „Hacki" Hackenbroich fasst gewohnheitsmäßig an seinen Gürtel, nur um festzustellen, dass seine Taschenlampe, die da sonst eigentlich immer eingeclipt ist, wohl noch im Wohnmobil liegt. Es bleibt ihm wohl nichts anderes übrig, als in das vor ihm liegende Dunkel einzutauchen und sich einen Weg zu einem der Fenster zu bahnen, in der Hoffnung, dass die alten Rollladen sich erbarmen und hoch gehen.

Die ersten paar Schritte werden noch durch das spärliche Licht, das durch die Eingangstür in den Raum fällt, erhellt, aber sobald er vom Flur in eines der Zimmer abbiegt, das war ihm klar, wäre es damit vorbei. Natürlich knarrte es auch noch überall. Nicht dass er besonders ängstlich war, aber allein schon die Lage des Hauses, mitten im Wald, ungefähr 50 Meter oberhalb der Agger, die durch Overath fließt, macht es nicht gerade zu einem Wohlfühlort, sondern eher zu einem feuchten Horrorhaus. Eines von der Sorte, zu dem amerikanische Collegekids in Gruselfilmen fahren, um dann der Reihe nach abgeschlachtet zu werden. Oder an dem man vorbeigeht und denkt, wenn hier im Keller eine ganze Familie seit

Jahren festgehalten wird, würde mich das auch nicht wundern.

Zu allem Überfluss ist es jetzt auch noch sein Haus, geerbt von seinem Vater, der vor drei Monaten gestorben ist. Andere erben eine Dreizimmerwohnung in Kalk, Deutz oder Bensberg oder ein Haus in Honrath, aber sein Vater muss ja im Alter einen Rappel kriegen und entdeckt den Einsiedler in sich, kauft diese Villa Frankenstein und versteckt sich hier.

„Als Witwer brauche ich nicht mehr so viel Platz und kann die gute Waldluft genießen", hört Hacki ihn nach dem Tod seiner Mutter reden. Jeder andere hätte sich mit 75 einen schönen Platz in einer Wohnanlage, am Aggerbogen zum Beispiel, gesucht oder wäre nach Mallorca ausgewandert, statt in dieses muffige Haus zu ziehen.

„Hier kann ich mich besser um meine Katzen kümmern." – Scheiße, die Katzen, die hat er komplett vergessen. Wie viele sind es wohl mittlerweile und wo?

Er biegt vom Flur in den ersten Raum auf der rechten Seite ab und fühlt sich augenblicklich beobachtet. Instinktiv macht er einen Schritt zurück in den Flur, damit sich seine Augen noch ein bisschen besser an das Dunkel gewöhnen können. Er schließt sie kurz, zählt bis zehn und öffnet sie wieder, alter Pfadfindertrick oder er hat es im Yps-Heft gelesen, als dort die besten Detektiv-Kniffe besprochen wurden und es einen „echten" CIA-Ausweis als Beilage gab – er ist sich nicht ganz sicher. Wie auch immer, es funktioniert und er kann deutlich mehr erkennen als vorher, aber viel besser macht es die Situation auch nicht.

Schummriges Licht dringt durch die Schlitze der Rollladen in das Zimmer, aber weil schon kaum Licht durch die Bäume kommt, reicht das, was dann hier im Wohnzimmer landet, kaum aus, um mehr als Schemen zu erkennen. Langsam schiebt er seinen ersten Fuß über den Boden und betritt den Raum.
Das Gefühl, beobachtet zu werden, steigert sich. Er muss an die Schlussszene bei „Schweigen der Lämmer" denken, in der Serienmörder „Buffalo Bill" mit einem Nachtsichtgerät auf Clarice Starling wartet und durch das Haus verfolgt. Atmet da wer? Steht ein halb nackter Psychopath mit einer Pistole oder einem Messer hinter ihm? Muss er gleich die Lotion nehmen?
Schluss jetzt mit dem Quatsch, er ist Kommissar, 54 Jahre alt und muss sich einen Überblick über das Haus seines toten Vaters verschaffen.
Etwas zielstrebiger wagt er sich ein paar Schritte in den Raum und versucht, ohne etwas umzustoßen oder irgendwo gegen zu laufen, das Fenster zu erreichen. Draußen macht ein Vogel „Huuuuuu", über ihm machen die Dielen „knarrrz" und das Gefühl beobachtet zu werden, wird fast unerträglich.
Noch etwa zwei Meter, dann sollte er beim Fenster sein, aber vor ihm schält sich eine Sitzgruppe aus der Dunkelheit, die es zu umkurven gilt.
Vor drei Monaten musste er mal vertretungsweise eine Pressekonferenz in Köln leiten, die sehr gut besucht war. Da hatte er dasselbe Gefühl, direkt angestarrt zu werden wie jetzt, alle Augen sind auf ihn gerichtet. Aber wer sollte hier sein und auf ihn warten?

Zumindest der Tisch hat auf ihn gewartet, um ihm wie in Zeitlupe die nach Norden ausgerichtete Ecke gekonnt in den Unterleib zu rammen. Oder besser gesagt, darauf gewartet, dass sein Hüftknochen das übernimmt. Es schmerzt, scheppert und irgendwas fällt auf den Boden und geht zu Bruch.
Sollte Buffalo Bill noch Zweifel haben, wo genau er ist, wäre das jetzt geklärt, denkt er und hält sich den schmerzenden Hüftknochen. Egal, weiter und nach einem vorsichtigen Ausweichmanöver um die Sofas und Sessel erreicht er das Fenster ohne weitere Zwischenfälle. Auch der Rollladen lässt sich erstaunlich leicht hochziehen. Lichtstrahlen durchlöchern wie ein Laser den aufgewirbelten Staub und schlagartig ist Hacki klar, woher das Gefühl kommt, beobachtet zu werden.

Neuhonrath – etwa zur gleichen Zeit – Flo

„Ich bin dann mal weg!“, ruft Flo über eine der gerade von ihm frisch geschnittenen Hecken der Dorfwiese, dem Familien-Corona-Projekt. Wobei er sich eigentlich lieber gemeinsam mit dem Kollegen Veit auf der aufgestellten Dorfbank dem passiven Boulespiel widmet – Kölsch trinken und zugucken – als den großen Gärtner zu geben. Aber seine Freundin war nicht zu bremsen und mittlerweile ist aus der ehemaligen Sumpfwiese ein wirklich beachtlicher und von den Anwohnern gut angenommener Garten und Treffpunkt geworden. Damit das so bleibt, legt Flo auch gerne mal Hand oder Heckenschere an.

Was hier aber eindeutig fehlt, ist eine Zapfanlage und die dazugehörige Theke zum ‚dranstehen' und sich auszutauschen. Genau dahin soll es auch jetzt gehen – an eine Theke mit Zapfhahn, und zwar an die des Domhotels in Overath. E-Bike sei Dank ist die auch nur noch knappe 10 Minuten entfernt und der Rückweg gesichert.
„Sag Bescheid, wenn es spät wird", ruft seine Freundin aus der kleinen Hütte. „Was genau ist für dich spät?"
„Alles über 10 Kölsch! Alles über 20 ist *zu* spät!"
Er liebt ihre klaren Ansagen, und versucht sich zu merken, kölschtechnisch im unteren Zehnerbereich zu bleiben. Kein einfaches Unterfangen im Domhotel und schon gar nicht mit Veit als Wingman.
Um Punkt 17 Uhr macht er sich auf den Weg. Dass es nachher doch eher 20 als 10 Biere sind, wird tatsächlich heute Nacht nicht sein größtes Problem sein.

Hackenbroich

Da waren sie – Katzen! Hunderte! Und alle starren sie ihn an. Na ja, fast alle, genau genommen vermutlich nicht mal zehn Prozent, aber *gefühlt* alle!
Warum sein Vater ausgerechnet Porzellan-Katzen gesammelt hat, statt zum Beispiel Modellautos, Briefmarken oder Zinnsoldaten, hat er noch nie verstanden. Sein nächster Gedanke hat das Potenzial, einem das ganze Wochenende schon am Freitagnachmittag zu vermiesen: *Das sind jetzt alles meine!*

Was macht man mit Hunderten Porzellankatzen? Einzeln bei Ebay einstellen? Als Konvolut – wo hat er das Wort jetzt her? – verkaufen? Eine große „Schmeiß die Katze in den Container“ Party veranstalten? Die nächsten Polterabende mit Munition versorgen? Zumindest das kann er ausschließen, ihn hat seit bestimmt 30 Jahren keiner mehr auf einen Polterabend eingeladen. Er beschließt, dieses Problem auf später zu vertagen und sich dem Rest seines geerbten „Katzenhauses“ zu widmen.

Nach zwei staubigen Stunden sieht die Bilanz des völlig durchgeschwitzten Kommissars ernüchternd aus. Keine ersichtlichen Wertgegenstände, Katzen, einstmals zum Teil teure Möbel, die, wie ein kurzer Blick ins Netz verraten hat, zu Hunderten auf dem Markt sind, Katzen, Perserteppiche (alle in schlechtem Zustand), Katzen, eingestaubte Bücher, die genauso riechen wie das Haus, Katzen, Geschirr (kein Silber), eine Landkarte von Niedersachsen des Jahres 1856 in der Größe zwei Meter mal drei Meter, Katzen, ein voller Kleiderschrank, eine Hi-Fi-Anlage mit Plattenspieler und Kassettendeck, Katzen, 40 Schallplatten (Hitparade der Volksmusik, Pavarotti, Heino, James Last und das völlig zerkratzte ‚Weiße Album‘ der Beatles) und natürlich jede Menge Katzen.

Dafür macht das Haus überraschenderweise einen deutlich weniger renovierungsbedürftigen Eindruck, als es von außen den Anschein gemacht hat. Vielleicht kriegt man ja doch noch ein paar Euro dafür. War nicht die Frau seines alten Architektenkumpels Maklerin?

Bevor er geht, steckt er noch eine tennisballgroße Katze mit einem dermaßen dämlichen Grinsen, dass man sie einfach gernhaben muss, in seinen Rucksack. Er schließt die Haustür und das Gartentor ab und radelt mit seinem neuen E-Bike Richtung Campingplatz. Gott sei Dank hat er den ursprünglichen Plan, nämlich im Haus zu übernachten, verworfen und ist mit seinem Wohnmobil zum *Camping Paul* hochgefahren. Keine zehn Minuten mit dem Rad entfernt und ein nettes kleines Restaurant ist auch dabei, was auch jetzt noch verlockend ist. Ein Bierchen, Bockwurst und Schatten spendende Bäume, so lässt es sich doch aushalten, das Wochenende in der alten Heimat. Morgen dann vielleicht mal in die Stadtmitte, die Kneipe im alten Bahnhof, in der sich immer alle treffen und gucken, wer noch lebt.
Es sollte nicht mehr bis morgen dauern…

Flo

Das Freitagsspiel ist vorbei, der FC Kölle hat verloren und da es nach 23 Uhr ist, müssen alle rein, sonst machen die Nachbarn Stress. Das Domhotel ist klein, steht direkt im Schatten der Kirche, und wenn es voll ist, bedeutet das im Sommer einen Temperaturanstieg um zehn Grad, was den meisten Gästen aber zu dem Zeitpunkt eh schon völlig egal ist. Niederlagen müssen verarbeitet und neue Taktiken besprochen werden. Das geht natürlich am besten an der Theke mit entsprechend viel Kölsch. Flo betrachtet seinen Deckel, auf dem sich schon einige Striche als Zeugen der vorangegangenen Bierrunden versammelt haben und überschlägt kurz, ob es spät, oder schon *zu spät* ist. Erste grobe Schätzungen laufen auf ein „viel zu spät“ hinaus, aber er hat ja auch etliche Biere ausgegeben, „aber auch spendiert bekommen“, ergänzt eine mahnende Stimme im Kopf, die auch einen baldigen Aufbruch vorschlägt.

Bevor der Gedanke konkretere Gestalt annehmen kann, geht die Tür auf und fünf gut gelaunte ehemalige Schulkameraden trudeln rein und nehmen mit großem „Hallo“ und „Wie isset?“ erst die Theke und dann Flo und Veit in Beschlag.

Um zwei Uhr meldet sich die Stimme noch mal, diesmal schon etwas bestimmender. „Es wäre gut, jetzt zu gehen, mein Lieber, der Deckel ist rund und morgen musst du…“ – „Noch eins – geht auf mich?“, fragen, zapfen und Bier hinstellen sind bei Wirt Heidi ein in jahrelanger Thekenschaft perfektionierter Vorgang. Auch das Gespür, wann man einen ausgeben muss, um dafür zu sorgen, dass weitergetrunken wird, gehört dazu. Die Gefahr des Aufbruchs ist immer dann am größten, wenn eine Gruppe gleichzeitig ausgetrunken hat. Jetzt eine Runde spendieren sorgt wieder mindestens drei Kölsch lang für ein asynchrones Trinken und zack… geht es weiter. In Flos Fall bis zwanzig nach drei und das auch nur, weil auch ein Wirt mal ins Bett will.

Veit und die Schuljungs ziehen zu Fuß ab Richtung Taxistand vorm Bahnhof, in der durch nichts begründeten Hoffnung, dort noch eine Heimfahrt buchen zu können,

während Flo versucht, sich an den vierstelligen Zahlencode seines Fahrradschlosses zu erinnern.
Vom Handy und unzähligen Websites, die ein Passwort verlangen, gewohnt, macht er nach dem dritten Fehlversuch eine kurze Pause im irrigen Glauben, das Schloss sei jetzt erst mal für zehn Minuten gesperrt. Aber die frische Luft hilft und Versuch Nummer fünf ist erfolgreich. Er schiebt das Rad um die Kirche rum, die Stufen zur Straße runter und beschließt dann, sicherheitshalber auch noch über den Zebrastreifen am Kreisverkehr zu schieben, um erst auf dem Fahrradweg zu testen, wie fahrtauglich er noch ist.
Als er die Hauptstraße zur Hälfte überquert hat, kommt die Information im Hirn an, dass sich auf der Verkehrsinsel in der Mitte des Kreisverkehrs was bewegt, was eigentlich nicht dort sein sollte. Der nächste Gedanke, der es in sein Bewusstsein schafft, ist: „Wieso steht da eine Skulptur?" Dann hupt es. „Digga bist du voll oder was? Mach Platz oder bist du eingeschlafen?" Flo schiebt sich mit seinem Rad auf die andere Seite, ohne den Blick von der Verkehrsinsel abzuwenden. Ein dunkles Auto schießt hupend an ihm vorbei durch den Kreisverkehr und donnert Richtung Heiligenhaus den Berg hoch.
Flo lehnt das Rad an den Blumenkübel, der den Fahrradweg von der Straße trennt, und geht langsam auf die Insel zu. Noch weigert sich sein Verstand zu akzeptieren, was er da sieht. Aber je näher er kommt, desto weniger kann er leugnen, dass mitten auf der Verkehrsinsel ein Mensch in einem Gerüst hängt. Ein Gerüst, das aussieht, als hätte jemand ein Bett aufrecht hingestellt. Oder besser noch, es

sieht aus wie diese eine Zeichnung von Dingens, Dürer, nein, da Vinci mit dem Menschen, der alle Viere von sich streckt und um den ein Kreis gezeichnet ist. Nur dass es hier ein Viereck ist und kein Kreis.

Als er die Steinumrandung der Insel erreicht hat, erkennt er, dass es ein echter Mensch, ein Mann so um die 50 ist, der da hängt. Er bleibt stehen, „was macht man denn jetzt in so einer Situation", geht es ihm durch den Kopf und dann denkt er, was ist denn das für ein bescheuerter Gedanke und dann muss er sich übergeben.

„Polizei anrufen", ist der nächste und schon deutlich bessere Gedanke. Er holt sein Handy raus, wählt den Notruf und nachdem eine junge Frau ihn gefragt hat, wer er ist und was los sei, fasst er die Situation mit ein wenig Stolz in der Stimme über seine gute Reaktion, gekonnt zusammen: „Äääämmmm… ein Mann hängt hier und ich bin Flo und ich glaube, der ist tot oder… und… ich wohne hier und heiße Florian".

„Bleiben Sie ruhig und sagen Sie mir erst mal, wo Sie sind".

„Overath, Kreisverkehr an der Kirche!"

„Sehr gut. Und wie heißen Sie mit vollem Namen?"

„Florian Schulmeister-Krause!"

„Echt? Sind Sie sicher?"

„Ja!"

„Gut. Was für ein Mann hängt wo?"

„Ich weiß nicht und er hängt hier im Kreisverkehr. In Overath. Vor der Kirche. Mir ist schlecht!"

„OK. Ich schicke jetzt einen Rettungswagen und einen Streifenwagen zu Ihnen. Bleiben Sie bitte, wo Sie sind, und geben sich den Kollegen zu erkennen."
Flo merkt, wie ihm die Knie wegsacken und er sich setzen muss. Aber mit dem Toten, gemeinsam auf einer Verkehrsinsel, ist ihm auch nicht wohl. Also geht er vorsichtig zu seinem Rad, übergibt sich noch mal in den Blumenkübel und setzt sich anschließend einfach auf den Boden und wartet.

Hackenbroich

„No stop signs – Speed limit – Nobody's gonna slow me down!"
Hacki schreckt hoch, gerade im Traum noch auf einem Segelschiff im Gebirge unterwegs, versucht er zu verstehen, wo er ist und warum.
„Like a wheel – Gonna spin it – Nobody's gonna mess me around!", versucht Brian Johnson und der Rest von ACDC, ihn wach zu kriegen.
Aber warum?
Sein Handy vibriert munter weiter und Brian macht Satan gerade klar, dass er seine Schulden bezahlt.
Was für Schulden?
Langsam lichtet sich der Nebel in seinem Kopf und die grundlegenden Informationen dringen zu ihm durch: Wohnmobil, Overath Campingplatz, Handy klingelt mit ACDC-Klingelton – Check.

Das Display verrät ihm den Rest: Es ist 3 Uhr 45 und die Leitstelle – sagt man das heute noch? – aus Köln ruft an.
„Hackenbroich!"
„Kripo Köln, moin Hacki, gut geschlafen?"
Oli hat Nachtschicht, er ist der Einzige, der sich mit *Kripo Köln* am Telefon meldet, obwohl er eigentlich vom Kriminaldauerdienst ist.
„Bis gerade, ja! Was gibt's? Ich habe frei, bis Mittwoch soweit ich weiß."
„Stimmt, aber du bist doch gerade in deinem Heimatkaff, oder?"
„Das ist eine Stadt und nur weil die Drinnies es mal ein Kaff genannt haben, ist es das noch lange nicht. Also, was willst du?"
„Wer sind die Drinnies?"
„Ein Podcast, der... das ist doch jetzt egal. WAS IST LOS??"
„Gute Frage, daher haben die Kollegen aus Bergisch Gladbach wohl auch uns angerufen. Anscheinend hängt in deiner ‚Stadt' ein toter Mann im Kreisverkehr. Da das ja deine Hometown ist und du eh gerade da bist, dachte ich, bevor ich Silvia aufwecke, versuche ich es erst mal bei dir."
Besser als das Katzen-Horror-Haus klingt das allemal, ein Toter in Overath im Kreisverkehr, wann hat es das schon mal gegeben?
„OK. Wo muss ich hin?"
„Wie viele Kreisverkehre gibt's denn bei euch?"
„Mehr als einen."
„Dann der bei der Kirche, oder gibt's da auch mehrere?"

„Nein. OK, dann sag den Kollegen, ich bin in 10 Minuten da."
Hackenbroich beendet das Gespräch, zieht seine dünne blaue Sommer-Chino an, ein frisches schwarzes T-Shirt und gegen die leichte Nachtkälte, das Thermometer im Wohnmobil zeigt noch entspannte 16 Grad an, sein geliebtes rot-schwarz kariertes Holzfäller-Hemd.
Zur Sicherheit packt er noch zwei Bockwürste aus dem Kühlschrank in seine Bananen-Box – so denken immer alle, er würde was Gesundes essen, und die Würste bleiben auch heile – und stopft sie mit einer kleinen Flasche Wasser in seinen Rucksack.
Dann aufs E-Bike gesprungen und auf Richtung Kirche.
Weil er sich gut vorstellen kann, zu welchen Sprüchen ein Kripobeamter die Kollegen verleitet, der mit wehendem Holzfällerhemd und Fahrrad zum Tatort kommt, steigt er am Steinhofplatz ab und geht über die Treppen durchs Bürgerhaus zum Kreisverkehr, den die Kollegen vorbildlich gesichert haben. Alle Zufahrten sind mit Flatterband abgesperrt, zwei Einsatzwagen der Polizei stehen zusätzlich quer in den Ausfahrten Richtung Heiligenhaus und Wahlscheid, die Zufahrt aus Richtung Stadt blockiert ein Leichenwagen und auf der Straße den Ferrenberg hoch parkt ein Rettungswagen, dessen Sanitäter gerade damit beschäftigt sind, einen Mann in seinem Alter zu stabilisieren.
„Kommissar Hackenbroich?", hört er eine ungläubige Stimme hinter sich. Sie gehört zu einem großen, blonden und sehr kräftigen Mann Mitte zwanzig, dessen etwas eingefallenes Gesicht darauf schließen lässt, dass es wohl mal

eine Zeit gegeben hat, in der er mehr gefuttert als trainiert hat, was sich mittlerweile deutlich zu Gunsten der Hantelbank verschoben hat.
„Polizeihauptkommissar genau genommen, aber Hackenbroich reicht. Und Sie sind?"
„POM Brudak – man hat uns gesagt, dass ein Kommissar, sorry Hauptkommissar, kommen würde und…"
„…den haben Sie sich anders vorgestellt, richtig?"
„Um ehrlich zu sein – ja."
„Ich bin auch eigentlich privat und zufällig hier. Aber da ich hier aufgewachsen bin und gerade vor Ort, haben die netten Kollegen mich gefragt, und wer kann da schon Nein sagen?" – vor allem, wenn er befördert werden will, was er denkt, aber nicht sagt.
Sagen tut er:
„Was haben wir?", und hasst sofort diesen klischeehaften Satz, wie ihn Fernsehkommissare gerne und oft sagen. Nur getoppt von „Näheres nach der Obduktion" und „Wo waren Sie zur Tatzeit?".
„Nun ja, einen nackten toten Mann in einem Eisengestell, der keine größeren äußeren Wunden aufweist und von dem wir nicht wissen, wer er ist."
Hackenbroich folgt dem Kollegen auf den inneren, begrünten Teil der Verkehrsinsel und betrachtet den Toten und seine Aufhängung aus der Nähe. Er ist vielleicht 1,75 m groß, rundlich mit einer kleinen Fettschürze, die über seinem Gemächt hängt und es zur Hälfte verdeckt, Glatze, ein paar, eher schlecht gestochene Tätowierungen an beiden Oberarmen – ein FC-Köln-Logo, der Dom und ein Hai -, und er sieht irgendwie frisch gewaschen

aus. Arme und Beine sind mit Kletterseilen so eingespannt, dass er wie der Vitruvianische Mensch von da Vinci aussieht. Die Arme etwas höher als die Schultern und die Beine leicht gespreizt. Aber, da hat der POM-Bär, wie er den Kollegen im Geiste getauft hat, Recht, keine offensichtlichen Verletzungen, abgesehen von leichten Schürfwunden an den Fesselstellen.
„Merkwürdig, oder?“, hört Hackenbroich eine vertraute, aber schon länger nicht mehr gehörte Stimme hinter sich. Er dreht sich um, schaut der Sprecherin kurz in die Augen und sagt:
„Frau Scharfenberg, wie schön, Sie mal wieder zu sehen. Ja, seltsam, er sieht frisch gewaschen aus und wenn er nicht gerade zufällig einen Herzinfarkt bekommen hat, bin ich gespannt, woran er gestorben ist.“
Katrin Scharfenberg, Gerichtsmedizinerin von der Kölner Uniklinik, bei der niemand weiß, ob sie ihren Beruf nicht ergriffen hat, um nachts heimlich im Institut schwarze Messen abzuhalten. Sie ist das wandelnde Klischee eines Emo-Gruftis aus den Neunzigern: Lange pechschwarz gefärbte Haare mit einem Undercut auf der rechten Seite, klein und schlank, fast schon abgemagert, Schmuck an den meisten dafür nutzbaren Stellen und ein deutlich auf dem Hals sichtbares Tattoo, eine Fledermaus, die aussieht, als hätte ein Kind sie gezeichnet und dem Schriftzug „MARKiert“, was auf ihr großes Vorbild Mark Benecke verweist, der allerdings Kriminalbiologe ist, aber dieses Detail ist ihr wohl damals durchgerutscht. Außerdem ist sie die einzige ihm bekannte Gerichtsmedizinerin, die immer in schwarzen Laborkitteln rum-

läuft und er traut sich nie zu fragen, ob sie die selber färbt. Dass das Ensemble von schwarzen DocMartens Stiefeln abgerundet wird, muss wohl kaum noch erwähnt werden.
Aber sie ist nett, hat einen erfrischenden Humor und immer Cashewnüsse in der Tasche für den Notfall. Außerdem ist sie die einzige, mit der er den Satz dann doch, gerne auch zusammen, sagt:
„Drei, zwo, eins", hört er sie auch schon und dann sagen sie beide in gelangweiltem Ton „Näheres nach der Obduktion, aber was ich jetzt schon sagen kann…"
„...ist", macht sie weiter „Er ist tot und das noch nicht allzu lange."
Hackenbroich macht noch ein paar Bilder mit seinem Handy für sich und dann trudelt auch schon die Spurensicherung in ihren Tyvek-Schutzanzügen ein, und beim Weggehen denkt er, bin gespannt, wie sie das Gestell transportiert kriegen. Ein leises „Scheiße" vom Schichtleiter bestätigt seinen Gedanken.
„Wer ist der Unglückliche, der ihn gefunden hat?"
„Er ist bei den Sanis, Florian Schulmeister-Krause, 50, aus Neuhonrath, war gerade auf dem Heimweg vom Dom Hotel. Hat dann seinen teuer erworbenen Mageninhalt auf dem Rand der Insel und dem Blumenkübel verteilt. Angetrunken und leichter Schock, aber mittlerweile wieder ansprechbar."
Hackenbroich geht langsam rüber zum Rettungswagen und auf den sichtlich derangierten Mann zu.
„Herr Schulmeister-Krause?"
„Flo reicht."

„OK, wie geht es jetzt?“
„Geht so!“
„Kennst du den Toten?“
„Nein, oder, weiß ich nicht, hab ihn mir nicht so genau angesehen, wenn ich ehrlich bin.“
„Ist dir irgendwas aufgefallen, als du den Toten gesehen hast? Andere Personen, Autos die weggefahren sind, ungewöhnliche Geräusche?“
„Nee, nur ein paar Spacken, die mich angehupt haben und dann nach Heiligenhaus weggerast sind.“
„Was für ein Auto?“
„Keine Ahnung, ich war abgelenkt. Aber dunkel, schwarz, vielleicht dunkelblau und flach. Kein SUV oder Geländewagen oder so was.“
„Hast du das auch dem Kollegen gesagt?“
„Ja.“
„Fällt dir sonst noch was ein, egal was, auch wenn es dir jetzt nicht wichtig vorkommt.“
„Nein, kann ich jetzt gehen?“
„Ja, aber ich lasse dich von einem Kollegen nach Hause fahren. Kannst Du das Fahrrad hier irgendwo lassen?“
„Ich schließ es einfach beim Heidi an der Kneipe an.“
Dann können wir ja direkt mal schauen, ob da noch jemand ist, denkt Hackenbroich, nimmt das Rad und schiebt es Richtung Kirche, während Flo leicht schwankend hinterherkommt. Die Rollladen sind alle unten und Licht ist auch keins mehr zu sehen.
„Wenn es spät wird, pennt er meistens oben.“

Ein Zeuge, der mitdenkt, selten, aber schön. Hackenbroich umrundet das kleine Fachwerkhaus und probiert es mit Klingeln. Derweil schließt Flo sein Rad am Geländer der kleinen Terrasse an und wartet, was passiert.
„Verdammte Kacke WAAAAS???“, kommt die Antwort auf Hackenbroichs Sturmklingeln aus dem Haus. Es poltert und die Tür geht auf. Ein großer Mann mit Brille und in Schlafanzug guckt ihn wütend an.
„Geschlossen, ist doch nicht so schwer zu erkennen, oder? Kein Licht an, keine Musik und die Tür ist auch abgeschlossen. Was soll ich denn noch machen, um zu signalisieren: ZU!?“
„Lass gut sein Heidi, da drüben hängt eine Leiche.“, klärt Flo, der jetzt hinter dem Kommissar steht, den Wirt auf. Na super, das Überraschungsmoment ist weg.
„Hauptkommissar Hackenbroich“, stellt Hackenbroich sich vor und hält dem immer noch unwirsch blickenden Wirt seinen Ausweis unter die Nase, was zumindest eine beruhigende Wirkung hat und jetzt ein gewisses Interesse bei ihm auslöst. Er öffnet die Tür, tritt einen Schritt zur Seite und macht eine einladende Geste mit dem Arm.
„Darf ich bitten!“
Hacki und Flo treten ein.
„Was zu trinken auf den Schreck? Kölsch? Weizen? Pils?“
„Gerne“, freut sich Flo, in den bei der Aussicht auf einen Drink wieder Leben kommt. Bevor Hacki wieder Ernst in die Sache bringen kann, stehen drei Kölsch auf dem Tresen und Flo und Heidi prosten sich zu.
„Können wir dann wieder zum Thema kommen? Sie sind?“

„Bernhard Heider, Herr Kommissar!"
„Florian Schulmeister-Krause!", stellt Flo sich überflüssigerweise, aber auch sicherheitshalber noch mal vor und fragt „Trinken Sie das Kölsch noch?"
„Nein, sicher nicht", entgegnet Hackenbroich und schon hat es den Besitzer gewechselt.
„Herr Heider, ist Ihnen irgendwas aufgefallen, als Sie Ihren Laden zugemacht haben?"
„Außer dass alle betrunken waren?" – „Ja!" – „Nein!"
„Autos, die hier nicht hingehören, Leute, die sonst nicht hier sind?"
„Nö, alles wie immer."
„Von Ihrer Terrasse hat man doch einen guten Blick auf den Kreisverkehr. Und den Aschenbechern, die ich draußen gesehen habe, entnehme ich mal, dass dort geraucht wird. Vielleicht hat einer Ihrer Gäste was beim Rauchen beobachtet?"
„Kann sein, aber die sind ja nun mal nicht mehr hier und mir hat keiner was erzählt, und ich rauche nicht."
„Ich rauche auch nicht", versucht Flo sich von hinter dem Kommissar wieder in Erinnerung zu bringen und hält dabei das leere Kölsch des Kommissars hoch. Mit Erfolg, ein paar Sekunden später hat er ein neues Bier in der Hand und blickt zufrieden auf die Schaumkrone.
„Könnten Sie mir eine Liste machen von allen, die heute Abend ab, sagen wir mal, Mitternacht noch hier waren?"
„Sollte ich hinkriegen, bis wann brauchen Sie die?"
„Morgen, also heute Nachmittag wäre super und bitte an meine Mail."

Hackenbroich überreicht ihm seine Visitenkarte, bedankt sich und fragt den jetzt zwischen ihm und der Tür stehenden Flo: „Sollen wir Dich dann mal nach Hause bringen?"

„Jawohl, Herr Kommissar!", wobei Flo kurz salutiert.

Nachdem er ihn in einen Streifenwagen bugsiert und mit einem Kollegen Richtung Heimat geschickt hat, meldet sich Hackenbroichs Magen. Er befreit die erste Bockwurst aus der Bananendose und beißt genüsslich hinein. Sein Blick schweift noch einmal über die Szenerie, das Gestell, das Katrin Scharfenberg schon von der Leiche befreit hat, auf der rechten Seite des Kreisverkehrs ein Tattooladen, links vor ihm eine Bank, links hinter ihm das Bürgerhaus und rechts die Kirche mit der Kneipe. Die Kollegen werden in ein paar Stunden eine Menge Leute am Ausschlafen hindern.

Dann fällt ihm das Radargerät etwas oberhalb Richtung Heiligenhaus ein. Unwahrscheinlich, dass jemand, dem es gelingt, bis jetzt unentdeckt ein Eisengestell samt Leiche mitten auf der Verkehrsinsel zu platzieren, sich vorher blitzen lässt, aber wer weiß. Nachdem er Kollegen POM-Bär beauftragt hat das zu checken, hat er noch eine Idee. Die Tankstelle an der Siegburger Straße, keine 500 Meter von hier, hat mittlerweile rund um die Uhr geöffnet. Vielleicht haben die eine Überwachungskamera und ein Laster oder Transporter sollte doch zumindest zu erkennen sein, zumal um die Uhrzeit nicht mehr viel los ist auf der Straße. Dann wüsste man wenigstens schon mal, aus welcher Richtung die *Fracht* angeliefert worden ist.

„Frau Kollegin!“, eine große, dünne Polizistin mit schwarzen Haaren, zu einem Pferdeschwanz gebunden, dreht sich um und stellt sich mit „Schreinemakers“ vor. – „Echt?“ – „Ja, meine Tante!“ – „Glückwunsch!“ – „Danke, was kann ich sonst noch für Sie tun, Herr Hauptkommissar?“
„Checken Sie doch bitte mal an der Tanke, ob die eine Überwachungskamera haben, auf der man Fahrzeuge auf der Siegburger Straße erkennen kann, und machen Sie dasselbe morgen für die beiden Banken. Es wäre schon mal gut, zu wissen, aus welcher der vier Richtungen unser Toter angereist gekommen ist.“
„Geht klar. War’s das? Und zeigen Sie eigentlich immer mit einer Bockwurst auf andere?“
Wie so oft, wenn er denkt und Wurst isst, vergisst Hackenbroich, dass er eine Wurst in der Hand hat und seinen Lieblingssnack anscheinend unbewusst als Zeigestab missbraucht. Verdammt, das ist unangenehm. Er nimmt sich vor, das Essen demnächst auf später zu verschieben.
„Tut mir leid Kollegin, wenn ich in Gedanken bin, vergesse ich das Ding.“
„Sie wedeln schon wieder damit!“, grinsend geht sie an ihm vorbei zu ihrem Streifenwagen, tippt was in ihren Laptop und fährt dann los Richtung Tankstelle.
In dem Moment fährt ein Taxi aus Heiligenhaus auf den Kreisverkehr zu und kürzt über den kleinen Parkplatz zwischen Bank und Kreisverkehr ab, um Richtung Tankstelle weiterzufahren.

„POM Brudak!“, der Gerufene schält sich aus dem Wagen und schaut Hackenbroich erwartungsvoll an. „Fragen Sie doch bitte auch noch bei den umliegenden Taxiunternehmen nach, ob den Fahrern zwischen 0 und 4 Uhr irgendwelche Laster, Transporter oder große Fahrzeuge aufgefallen sind. Am besten jetzt sofort, dann haben wir die größten Chancen, dass sich noch jemand erinnert.“

Der POM-Bär tippt an seine Mütze und verschwindet wieder im Auto. Zufrieden mit sich und dem Gefühl, hier nichts mehr machen zu können, verabschiedet sich Hackenbroich. Dann gönnt er sich seine zweite Bockwurst aus der Kunststoff-Banane und bricht mit seinem Rad zu seinem Wohnmobil auf.

Overath, 16. Juli 1986 – 18.54 bis 20.03 Uhr –
Ralf und seine Clique

Alle Augen sind auf ihn gerichtet. Was er jetzt sagt, wird alle, alles, und zwar hier und jetzt sofort und für immer verändern. Mit leicht irrem Blick schaut er in die angespannten Gesichter der anderen Jungen.
Er ist ihr Anführer! Was er sagt, gilt und nach den letzten Machtkämpfen innerhalb der Gruppe zweifelt es – zweifelt ihn – auch keiner mehr an.
Im Geiste geht er die verschiedenen Ansprachen, die er sich für diesen Moment überlegt hat, noch mal durch. Er weiß, wie wichtig die richtigen Worte zur richtigen Zeit sind. Wenn er es schafft, alle zu vereinen und ihren Kampfgeist zu wecken, steht dem Sieg nichts mehr im Wege.
Er setzt kurz an, macht eine fast schon etwas zu dramatische Pause und dann ertönt sein Ruf über die Köpfe der anderen hinweg:
„Wir töten sie alle! Jetzt!"
Lauter Jubel und Kampfgeschrei bricht los. Die etwa 20 Jungs starke Horde zieht los, um ihr unheilvolles Werk zu vollbringen.
PAUSE.
Applaus.
Ralf Breitscheid ist zufrieden mit sich und seinem Auftritt als Jack in „Herr der Fliegen", dem diesjährigen Stück der Theater AG am Paul Klee Gymnasium in Overath. Gerade die Szene kurz vor der Pause hat es in sich – viel Text und viel emotionales Spiel.

Leicht berauscht, bringt er die zweite Hälfte hinter sich und denkt in der improvisierten Künstlergarderobe direkt hinter der Bühne, nicht ganz ernst, über eine Karriere als Schauspieler nach.
Aber, viel wichtiger, Katja hat sich beide Aufführungen angeguckt, das heißt doch was! Vielleicht geht sie nächste Woche endlich mal mit ihm ins Kino, wobei Kino wieder die Schulaula meint, aber immerhin, und es läuft „Top Gun". Anschließend noch ein Milchshake auf dem Steinhofplatz und dann auf dem Heimweg den Ferrenberg hoch könnte ja was gehen ...
Aber jetzt erst mal raus hier und zu den anderen und abchecken, was heute Abend noch so passiert. In der Clique ist er auch so was wie der Anführer, auch wenn er mit seinen 1,83 Meter nicht der Größte ist, so ist er doch der eloquenteste und, aus seiner Sicht, auch der witzigste. Und Witzigkeit kennt keine Grenzen und kommt bei Mädchen auch super an. Leicht berauscht von sich selbst geht er über den Platz vor der Aula.
„Kommst du? Oder willst du weiter Löcher in die Luft starren und dich toll finden?", ruft es vom Mofaständer, klingt nach Malle, und Ralf antwortet „Hä? Was geht?"
„Na wir, und zwar Richtung City. Kommst du?", fragt Thorsten und deutet übertrieben in Richtung Overath.
„Alles klar, ich komme gleich, muss nur noch meine Sachen holen!"
Wenn es läuft wie meistens, besorgt Rado aus dem Restaurant von seinem Vater ein oder zwei Flaschen Bier und bringt Kippen mit. Das wäre doch ein schöner Ausklang eines gelungenen Theaterabends. Ralf packt seine

Sachen und schliddert in den schlimmsten Abend seines 15 Jahre alten Lebens.

Hackenbroich – Samstag, 17. Juli

Die Sonne brennt und Hacki sitzt mit einem Espresso unter der Markise seines Wohnmobils, als ihn die Brüder Young wieder daran erinnern, dass er seit gestern Nacht nicht mehr zum Spaß hier campt.

„No stop sign, Speed limit…“

Hacki schiebt den Anrufbutton seines iPhones zur Seite und lauscht den Ausführungen des POM-Bärs.

„Hallo Herr Hackenbroich, wir haben jetzt die Radarfalle kontrolliert, negativ. Von den umliegenden Anwohnern hat auch keiner was mitgekriegt, haben alle geschlafen. Genau.“

Der POM-Bär macht eine Pause, als hätte er eine Frage gestellt. Derweil parkt ein sehr alter Wohnwagen äußerst geschickt neben Hackis Wohnmobil ein, und die ebenso alten Besitzer bringen in Millisekunden mit der Wasserwaage das Ungetüm ins Lot. Genauso schnell haben die beiden einen Tisch, einen Blumenkübel, einen kleinen Teppich und zwei Hunde vor dem Wohnwagen in Szene gesetzt – echte Profis.

„Herr Hackenbroich?“ – „Ja?“ – „Soll ich weiter machen?“

Was denn sonst? – „Es wäre mir eine Freude!“

„Bei der Tankstelle und der Kamera an einem Bankautomaten hatten wir mehr Glück. Man sieht gegen 2 Uhr 44 einen dunklen Transporter auf der Siegburger Straße aus Richtung Lohmar kommen, der kurz darauf am Kreisverkehr einbiegt und dann nach der Abzweigung nach Overath rein aus dem Blickwinkel der Kamera verschwindet.

Auf der Seite konnten wir einen Schriftzug identifizieren. Hat etwas gedauert, aber er gehört zu einem ‚Antiquariat Matros' in Lohmar. Der Besitzer, Patrick Matros, sieht auf dem Foto auf seiner Website dem Toten sehr ähnlich. Also können wir wohl davon ausgehen, dass er an dem Gestell hing. Genau."

Und schon wieder diese komische POM-Bär Pause. Will er gelobt werden, weil er seine Arbeit gemacht hat? Und was soll dieses blöde „Genau" am Ende?

„Das haben Sie gaaanz toll gemacht. Adresse?"

Ohne auf die Ironie einzugehen, kommt die Anschrift „Auelsweg 2b, direkt am Kreisverkehr. Ist aber niemand da." Welch Wunder. „Was haben Sie noch rausgefunden?"

„Den Taxi-Fahrern sind keine größeren oder ungewöhnlichen LKW aufgefallen, aber vermutlich kam die Leiche ja mit dem Antiquariatstransporter her. Und wir haben vermutlich den dunklen Wagen gefunden, von dem der Zeuge gesprochen hat, der den Heiligenhauser Berg hochgerast sein soll. Er ist in Untereschbach in eine Polizeikontrolle gerast, mit 90 innerorts. Und er hat tatsächlich eine Dashcam. Aber nichts Spannendes drauf zu sehen."

Das heißt also, dass der vermeintliche Mörder nicht nach Lohmar zurückgefahren ist, zumindest nicht über die Siegburger Straße.

„Können Sie mich abholen und wir fahren mal beim Antiquariat vorbei?" – „Wann?" – „Jetzt?" – „OK, dann bis gleich."

Noch eine POM-Bär Pause, in der dem Kommissar nichts Besseres einfällt als ein aus tiefstem Herzen kommendes und ernst gemeintes „Genau!“
Dann drückt er ihn weg.
Er gönnt sich noch einen zweiten Espresso und ein Spiegelei bis der POM Bär auftaucht und beide bei 34 Grad nach Lohmar aufbrechen.
„Wollten Sie schon immer Kommissar werden?“ Oh Gott, ein Smalltalker.
„Nein, früher wollte ich Stuntman werden, ein zweiter Colt Seavers. Aber das wurde bei der Berufsberatung nicht angeboten.“
„Ich wollte ja eigentlich Paraglider werden.“ Pause.
„Aber?“, das werden lange 20 Minuten.
„Zu schwer.“ – „Sie?“ – „Nein, das Paragliden an sich, für mich.“ Pause. „Ah“ – „Genau.“
Schweigen. Hacki fällt ein, dass er seine Bananendose samt Füllung im Kühlschrank vergessen hat. Irgendwie ein Tag, der noch nicht sein volles „Hab mich lieb“ Potenzial zum Vorschein gebracht hat.
Ankunft Lohmar – Antiquariat Matros.
Endlich.
Vielleicht hat der Akropolis Grill, an dem sie eben vorbeigefahren sind, Bockwürste oder die Tanke.
„Geschlossen“, ruft der POM-Bär und klingelt noch mal.
„Haben Sie auf der Website erkennen können, ob es Angestellte gibt?“
„Nein, sah nicht so aus.“
„Na, dann sollte es uns ja nicht wundern, wenn keiner da ist, oder?“

„Stimmt. Aufbrechen?"
„Ohne Beschluss? Eher nicht. Aber vielleicht ist ja offen oder ein Fenster?" Der POM-Bär drückt die Klinke und siehe da: „Offen."
Das Antiquariat ist ein eher düsterer Ort. Leicht muffig und vollgestellt mit den Sachen, die man hier erwartet: Alte Möbel, Teppiche, Kleiderständer, Truhen, Stühle, Stühle, Stühle, Ölschinken mit Menschen, die so aussehen, als hätten sie beim Modelstehen parallel noch einen Einlauf bekommen und natürlich Besteck, alte Bücher und Orden, jede Menge Orden.
„Schauen Sie doch mal in den hinteren Räumen nach, ich wühle mich hier durch das Büro."
Auf der rechten Ladenseite, versteckt hinter einem Ensemble von Schaukelstühlen, gibt es einen schmalen Durchgang in einen fensterlosen Raum, der auf den ersten Blick klarmacht, dass, wer immer hier auch was suchen sollte, viel Zeit mitbringen muss. Hackenbroich setzt sich auf den antiken Drehstuhl, auf dem vermutlich schon Beethovens Vater seine Abrechnungen gemacht hat, und geht systematisch alle Schubladen durch. Zettel mit Bestellungen und Auslieferungsterminen, Rechnungen über Restaurierungsmaterial, Gutachten, Beschreibungen von Gemälden und Orden. Vor allem Orden schienen Herrn Matros Spezialität gewesen zu sein. In der untersten Schublade taucht dann noch eine Geldkassette auf, ohne Schlüssel. Auch eine intensivere Suche nach dem passenden Schlüssel fördert zwar zwei Kisten mit Hunderten von Schlüsseln zutage, aber alle eher im Format Tür-Schloss, statt Geldkassette. Er steckt

sie ein und beschließt, dem POM-Bär mal auf die Tatzen zu schauen.
Er findet den Kollegen in der Werkstatt, die sich im hinteren Teil an das Ladenlokal anschließt und alles zu bieten hat, was man braucht, um alte Möbel zu restaurieren oder nicht ganz so alte Möbel auf alt zu trimmen.
„Irgendwas Auffälliges? Kampfspuren?"
„Nein, das Einzige, was mir komisch vorkommt, ist der Eimer Wasser in der Ecke."
„Was ist an einem Eimer Wasser komisch?"
„Na ja, wenn mich nicht alles täuscht, ist da Blut dran."
Hackenbroich betrachtet den Eimer und tatsächlich, am Rand ist etwas Blut zu erkennen.
„Sehr gut, dann versauen wir unseren Freunden von der Spurensicherung doch mal ihren Sonntag. Warum sollen immer nur wir am Wochenende arbeiten, oder?"
Brudak nickt und ruft die Kollegen in Köln an.
„Mal angenommen", setzt Hackenbroich an „der oder die Mörder sind hier gewesen, haben Patrick Matros hier getötet, in seinen eigenen Transporter gepackt und dann? War das Gestell schon im Transporter? Dann hätten sie den ja vorher schon klauen müssen, das wäre wohl aufgefallen."
„Vielleicht haben sie das Gestell mit einem eigenen Transporter mitgebracht und dann umgeladen?"
„Das wäre im Hof möglich, aber die Gefahr, dass irgendwer aus dem Fenster guckt, wäre mir zu groß."
„Dann haben er oder sie ihn entweder woanders getötet oder irgendwo hingebracht, wo sie ihn in das Gestell geschnallt haben."

„Oder das Gestell lässt sich auseinandernehmen und leicht transportieren. Dann hätten er oder sie es auch zu Fuß mitbringen und, ohne Aufsehen zu erregen, hier vor Ort zusammensetzen können. Am besten warten wir ab, was die Spurensicherung sagt, ob man das Gestell auseinanderschrauben kann oder nicht. Mir kam es im Kreisverkehr zu schwer und zu massiv vor, als dass man es leicht hätte transportieren könnte. Daher tippe ich mal darauf, dass sie Herrn Matros entweder entführt, woanders getötet und dann ins Gestell drapiert haben oder hier getötet, mitgenommen und dann kam das Gestell."
„Aber wenn sie ihn hier getötet haben, müsste es doch zumindest irgendwelche Spuren geben, oder?"
„Das wollen wir doch mal hoffen. Dann lassen sie uns die Zeit bis die Spurensicherung da ist doch nutzen, eine Kleinigkeit zu essen."
Hackenbroich versiegelt die Tür mit einem Klebestreifen und beide machen sich auf zum Akropolis Grill. Nach der ersten Enttäuschung, keine Bockwurst, einigen sich beide auf Gyros Pita und eine große Flasche Wasser. Abgesehen von der mittlerweile doch sehr drückenden Hitze bringt POM Brudak keine weiteren Gesprächsthemen an den Start und beide widmen sich in Ruhe ihren gefüllten Teigfladen und dem ausgiebigen Verlust von Schweiß.
Nach einer dreiviertel Stunde meldet sich der Leiter der Einsatztruppe und sie machen sich auf den Rückweg zum Antiquariat.
„Geht das jetzt so weiter mit Ihnen oder dürfen wir auch mal Feierabend machen?", begrüßt ihn der Einsatzleiter, ein Mann von kräftiger Statur, mit Bürstenhaarschnitt

und – echt jetzt – Oberlippenbart, eher flachsend als sauer.
„Was soll ich denn sagen, ich bin eigentlich im Urlaub."
„OK. Unentschieden. Was können wir denn für dich tun?"
„Zum einen diese Geldkassette öffnen", er überreicht seinen Schatz dem Kollegen, „und euch die Werkstatt und das kleine Büro mal vornehmen. An dem Eimer in der Werkstatt sind Blutspuren, vielleicht ja auch an irgendeinem Werkzeug oder der Werkbank. Und dann wüsste ich gerne noch, ob es Reifenspuren im Hof hinter der Werkstatt gibt und wenn ja, von wie vielen Fahrzeugen."
„Alles klar. Ihr habt den Kollegen gehört. Auf geht's!", und schon setzt sich der Trupp in seinen weißen Overalls in Bewegung.
„Ich denke, das war's erst mal für uns hier. Würden Sie mich dann wieder zum Campingplatz fahren?"
Mit Begeisterung wäre falsch formuliert, aber POM Brudak chauffiert Kommissar Hackenbroich zurück zu seinem Wohnmobil. Dort angekommen, beschließt er sich noch einmal todesmutig in die Hölle von Buffalo Bill, aka sein ererbtes Haus, zu stürzen, um zu sehen, ob es noch intakt ist, und wie viel Aufwand es wohl wird, es zu entrümpeln.
Nach drei Stunden schweißtreibender Inspektion steht fest, dass es ein größerer Aufwand wird, und dass die meisten Sachen definitiv wegkönnen. Die größte Frage ist nur, wer zur Hölle so bescheuert ist wie sein Vater und

Geld für dieses Horrorhaus im Wald ausgibt? Soll sich ein Maklerbüro drum kümmern.
Zum Ausklang des Abends genehmigt er sich noch ein paar Kölsch in seiner alten Stammkneipe, der Stadtmitte, und fragt auch da mal nach, ob jemand den Antiquar kennt oder Interesse an einer lauschigen kleinen Oase im Wald oder großen Mengen von Porzellankatzen hat – alles ohne Erfolg.
Auf dem Rückweg zum Wohnmobil klingelt noch einmal sein Telefon und Frau Scharfenberg teilt ihm kurz mit, dass er morgen mal in die Gerichtsmedizin kommen soll. Auf seine Frage, warum er das tun sollte und sie ihm nicht einfach sagt, was sie rausgefunden hat, war die Antwort, weil es besser wäre, er würde sich das selbst anschauen, was auch schon wieder sehr klischeehaft klingt – aber gut, dann soll es so sein. Also geht es morgen früh erst mal nach Köln in die Gerichtsmedizin.
Was man als Kommissar eben so macht, an einem Sonntag in seinen angeblichen Ferien.

Hackenbroich – Sonntag, 18. Juli

„Girlfriend in a coma, I know. I know it's serious. Girlfriend in a coma, I know. I know it's really serious."
The Smiths in der Gerichtsmedizin – *passend,* denkt Hackenbroich, als er den gefliesten Raum betritt, in dem Katrin Scharfenberg gerade den Antiquar fachgerecht zunäht.

„Ich bin gespannt, warum ich unbedingt am Sonntagmorgen um neun Uhr persönlich vorbeikommen muss, um zu erkennen, dass meine Leiche tot ist."
„Tot, ja. Aber warum?", entgegnet Frau Scharfenberg.
„Auch dafür hätte ich nicht herkommen müssen."
„Aber am Telefon hätte ich Ihren Gesichtsausdruck nicht gesehen, wenn Sie erfahren, woran er gestorben ist."
„Zoom? Videocall? Facetime? Es gibt seit der Pandemie so viele tolle technische Neuerungen, gerade im Bereich der Kommunikation. Sie sollten mal öfter hier raus und in die virtuelle Welt eintauchen", schlägt er ihr mit einem Grinsen vor.
„Oh, stimmt. Aber so ist es irgendwie dramatischer."
„Also dann… ich höre!"
Sie macht mit den Händen eine Geste, als würde sie nach oben rechts auf einem imaginären Schlagzeug einen Tusch spielen und unterstreicht das Gefuchtel lautmalerisch „Ta Tsching! Er ist ... ertrunken!"
„Genau das Gesicht wollte ich sehen!"
„Ertrunken, wie *im Wasser untergegangen und nicht mehr aufgetaucht?* Das Ertrunken?"
„Yep, jenes Ertrinken, welches durch übermäßigen Wassergehalt in der Lunge das Atmen irgendwann extrem schwierig bis unmöglich macht." Bei Katrin klingt es so, als fände sie das zumindest unterhaltsam.
„Aber, oder besser und, nichts deutet darauf hin, dass er im Wasser gelegen oder sich dort länger aufgehalten hat. Vermutlich wurde der Kopf unter Wasser gedrückt, darauf deuten auch Druckstellen im Genick hin."

Der Eimer!, denkt Hackenbroich und fragt sich anscheinend laut „Warum", denn es kommt eine Antwort.
„Gute Frage, denn ganz einfach ist das nicht. Vor allem, weil unser Kandidat nicht gerade im Federgewicht geboxt hätte und sich bestimmt gewehrt hat. Betäubt wurde er jedenfalls nicht, zumindest haben wir nichts in seinem Blut gefunden, das darauf hindeutet."
„Noch mehr spannende Dinge?"
„Ansonsten nur die Verletzungen, die entstanden sind, als man ihn in das Gestell gebunden hat."
„Dann noch einen schön deprimierenden Sonntag, zumindest ist es hier nicht so heiß wie draußen."
Hackenbroich verlässt die Gerichtsmedizin und gönnt sich erst mal eine von den zwei in der Bananenbox eingepackten Bockwürstchen. Dann schmeißt er den Strafzettel, der hinter seinem Scheibenwischer am Wohnmobil klemmt, in den Mülleimer und macht sich wieder auf ins Bergische Land.
An seinem Stellplatz angekommen, fährt er die Markise aus und setzt sich auf seinen Campingstuhl vors Wohnmobil. Auch wenn es Sonntag ist, lässt ihn die Frage nicht los, warum sich jemand die Mühe macht, Patrick Matros zu ertränken, dann in seinen eigenen Transporter zu packen, ihn in ein eigens dafür konstruiertes Eisengestell zu schnallen, um ihn dann auf einer Verkehrsinsel in Overath zu drapieren. Abgesehen davon, dass jederzeit ungewolltes Publikum hätte auftauchen können, ist das Ganze doch schon eine recht anstrengende Art, jemanden umzubringen. Das hätte er auch einfacher haben können, oder sie. Die Art der Inszenierung spricht dafür,

dass es um etwas Persönliches ging. Aufmerksamkeit? Rache? Und, wenn man den ganzen Serienmörder-Filmen glauben darf, wird es bei einer Leiche bleiben? Vor allem, was mag ein Antiquar angerichtet haben, so einen Tod zu verdienen?

„Willst du das Ding nun essen oder nur damit rumwedeln?", ruft der Campingwart im Vorbeigehen dem Kommissar zu. Anscheinend hatte er, komplett in Gedanken versunken, schon wieder angefangen mit seiner – heute zweiten – Bockwurst in der Luft rumzufuchteln.

„Das hilft mir beim Denken!"

„Isst du eigentlich auch noch was anderes? Gesund ist das jedenfalls nicht. Du solltest vielleicht auch einmal eine Frikadelle dazwischenschieben", prustet, über seinen eigenen Spruch lachend, der Campingwirt. „Immer nur Bockwurst, das schmeckt doch nicht."

„Zum Scheißen reicht's."

„Okay, der war gut. Kommst du nachher noch auf ein Kölsch rüber?"

„Was soll man denn hier anderes machen?"

„Dann bis später!"

Womit die sehr typische Campingplatzunterhaltung schnell beendet ist. Hackenbroich beißt nachdenklich in seine Bockwurst und überlegt weiter, was dahintersteckt, wenn sich jemand so eine Mühe macht und solche Risiken eingeht bei einem Mord. Entweder ist der Antiquar jemand ordentlich auf den Schlips getreten oder er hat einfach nur Pech gehabt und wurde zufällig das Opfer eines Serienmörders. Ersteres sollte rauszukriegen sein.

Letzteres wäre dann auch Pech für die Ermittlung und schon sehr ungewöhnlich bis unwahrscheinlich.
Den restlichen Sonntag verbringt Hackenbroich damit, ein paar Kölsch zu trinken, und mit dem Campingmann darüber zu sinnieren, warum erstens „Camping Paul" „Camping Paul" heißt, wo doch der Campingplatz-Betreiber noch nicht mal Paul heißt, und zweitens, wieso ausgerechnet Status Quo und die Spider Murphy Gang ein gemeinsames Konzert in Köln am Tanzbrunnen spielen. Was soll das? Muss man da hin? Und wenn man hingeht, wird man dann schrecklich enttäuscht oder ist es ein Erlebnis?
Für diesen sprachlichen Zustand des miteinander Redens, ohne wirklich mit themenrelevanten Entgegnungen des Gegenübers zu rechnen, den der Rheinländer sehr gerne anstrebt, besonders in Verbindung mit Kölsch, wurde der Begriff *simmelieren* einst erfunden.
So simmelieren die beiden noch eine ganze Weile, bis die schlimmste Hitze vorbei ist und der Alkohol das Hirn so angenehm in Watte gepackt hat, dass beide erschöpft, aber zufrieden mit dem Gesprächsverlauf, gegen Mitternacht ins Bett fallen.

Overath, 16. Juli 1986 – 18.54 bis 20.03 Uhr – Katja

Sie liebt zwei Dinge, oder vielleicht auch drei wirklich in ihrem Leben. Das ist ihr Zwillingsbruder Rolle, mit dem sie alles teilen und über alles reden kann. Das war schon immer so. So lange sie denken kann, sind sie eine Einheit, auch wenn er oft nervt, aber diese spezielle Verbundenheit, dieses Band zwischen ihnen, ist einfach toll.
Das Zweite ist Theater. Leider sind die weiblichen Rollen im „Herr der Fliegen" eher spärlich gesät und auf eine „Wir machen dann eben einen Jungen zu einem Mädchen"-Ersatzrolle hatte sie keine Lust. Dafür war Ralf wieder dabei und dann auch noch die Hauptrolle, das heißt, er ist viel auf der Bühne und sie kann ihn in Ruhe anhimmeln (Was sie natürlich so nie zugeben würde). Das Einzige was nervt, ist seine Clique, vor allem Malle, der ihr immer „Awonssen" macht, wie ihr Bruder das nennt und auch so ausspricht. Aber so sind Jungs in dem Alter wohl. Entweder Halbstarke, Rocker, Fußballer, Streber oder Luschis. Und bei der Auswahl sind ihr die ersten drei noch am liebsten. Ralf würde zwar wohl gerne Rocker sein, landet aber eher zwischen Rocker und Fußballer, was sie aber schon wieder süß findet.
Alles nicht so einfach.
Vielleicht schafft sie es ja heute mal, ihn nach der Aufführung, ohne die Clique am Steinhofplatz abzupassen. Wobei die Chancen wohl eher gering sind, echte Rocker trinken Bier und rauchen, was sie beides uncool und Letzteres eher eklig findet. Aber aus irgendeinem Grund denken Jungs da anders. Zumindest, wenn man ihnen

dabei zusieht, wie sie versuchen, ein brennendes Stück Tabak cool *im Mund zu halten oder – noch ekliger, weil dann auch noch die Finger stinken –* obercool *damit in der Luft rumwedeln. Wahrscheinlich haben sie sich das in den schrecklichen Actionfilmen oder Western abgeguckt.*
Dafür ist Ralf lustig und dieses fürs Gymnasium schon leicht Verwegene ist halt auch sexy.
Die Pause ist zu Ende und sie strahlt noch glücklich zwei Akte lang im Dunkeln der Aula ihren Ralf an.
Auch sie ahnt nicht, wie schlimm dieser Abend noch werden würde.

Hacki – Montag, 19. Juli

Der Montagmorgen beginnt für Hacki durchwachsen. Der Kopf brummt etwas vom Kölsch, dafür sind es draußen nur noch 28 Grad am Mittag. Was den Mord angeht, hat die Spurensicherung herausgefunden, dass das Blut am Eimer tatsächlich von Patrick Matros ist, und sie haben Schleifspuren gefunden, die aus der Werkstatt in den Hof führen. Alle Reifenspuren sind vom Möbeltransporter und in der Geldkassette waren Quittungen und noch mehr Militärorden. Beides jetzt bei den entsprechenden Experten zur Untersuchung. Läuft.
Was vor allem bleibt, sind die Warum-Fragen.
Warum Matros und warum so?
Die Werkstatt ist definitiv ein guter Ort, um jemanden umzubringen. Man kann kaum direkt hineinsehen, sie ist akustisch ganz gut isoliert und selbst wenn Lärm nach außen dringt, wäre das nichts Außergewöhnliches. Jedenfalls nicht außergewöhnlich genug, um deswegen die Polizei zu rufen. Der Weg zum Transporter ist kurz und kaum jemand wird sich wundern, wenn dort schwere Sachen eingepackt werden. Aber warum wurde Matros ertränkt? In einer Werkstatt bieten sich doch etliche einfachere Methoden an. Das Ertränken scheint also wichtig und ein entscheidender Teil der Inszenierung zu sein. Das Aufstellen mit dem Gestell lässt vermuten, dass die Leiche genauso gefunden werden sollte, ausgestellt auf einem öffentlichen Platz in Overath. Auch dass es in Overath stattfindet, scheint wichtig zu sein. Einen Kreis-

verkehr hätte es auch in Lohmar, direkt vor dem Laden gegeben.
Hackenbroich beißt in die Bockwurst in seiner rechten Hand, bevor er wieder damit rumfuchtelt. Dann notiert er sich Overath, Kreisverkehr, Ertrinken, Militärorden und Antiquitäten auf seinem kleinen Notizblock und beschließt, seinen Kühlschrank und seine Bockwurstvorräte aufzufüllen.
Nach dem Einkauf telefoniert er mit allen Geschäften in der Nähe, die mit Antiquitäten handeln. Ja, alle kannten ihn. Nein, keiner hat ihn am Freitag getroffen oder gesehen. Alle sind sich einig, dass er nicht der lustigste Mensch der Welt war, aber auch kein seltsamer Eigenbrötler, bestimmt schon mal unsaubere Geschäfte gemacht hat, was sie alle ja niemals tun würden, und alleine gelebt hat. Hackenbroich kommt die Antiquitätenszene sehr verstaubt vor, worüber er kurz grinsen muss. Nur ein Kollege konnte mit dem Thema Orden was anfangen. „Nicht meins", hat er am Telefon gesagt „aber der Matros hatte da ein Faible für. War wohl auch Experte in dem Bereich. Zumindest wurde er immer mal wieder um Gutachten gebeten, wenn nicht ganz klar war, wie alt oder wertvoll die Teile sind."
Dann lassen wir uns doch mal überraschen, was unsere Experten zu den Orden und Quittungen in der Geldkassette sagen, denkt Hackenbroich und ergänzt hinter Militärorden ein *„wertvoll?"* in seinen Notizen. Da nun nichts weiter anliegt und man beim Gehen erwiesenermaßen besser denken kann, beschließt er, zu Fuß zu seinem geerbten Haus zu marschieren und weiter für

Ordnung zu sorgen. Erst letzte Woche hatte er in seinem Lieblings-Literatur-Podcast „Schuss vorm Buch“ eine spannende Folge zum Thema „Aufräumen“ gehört. Vielleicht sollte er sich ja doch mal mit Marie Kondo beschäftigen und sich von jeder Katze einzeln verabschieden: „Schön, dass du da warst... und tschüss!“

Hackenbroich – Dienstag, 20. Juli

No stop sign, speed limit...
Hackenbroich wird gejagt von sehr großen Katzen durch den Wald. Wenn ihn eine eingeholt hat, zertrümmerte er sie mit einer riesigen Thüringer Bratwurst.
Nobody's gonna slow me down...
Bon Scott singt auf einer Lichtung, aus seinem Hosenschlitz ragte eine dicke fette Bockwurst, eine von dem Typ, die es immer mit einem Brötchen in einer Pappschachtel auf Autobahnraststätten gibt, und...
Like a wheel...
...Hacki wacht auf. Damned! Der Kondo-Katzen- Abend hat Spuren hinterlassen. Er greift zum Handy und wischt den grünen Button nach rechts.
„Hackenbroich“, meldet er sich, noch immer leicht benommen und irritiert ob der riesigen Bockwurst von Bon Scott und der unausgesprochenen Frage, was das über ihn und seine verborgenen sexuellen Wünsche aussagt. Aber damit sollen sich später irgendwelche Nachwuchspsychologen rumschlagen.

„Einen schönen guten Morgen, Herr Hackenbroich. Professor Marek Lützenbach hier. Ich bin Phaleristiker an der Universität Bonn und soll mich bei Ihnen melden."
Ich träume von Bon Scotts Wurst und dann ruft mich ein Phallus-Forscher an? Dieser Traum ist noch nicht zu Ende, denkt Hackenbroich und antwortet entsprechend „Mit meiner und Bons Wurst ist alles in Ordnung", und ist gerade im Begriff, den Swipe nach rechts zu machen, als der Pimmelforscher schnell hinterherschiebt „Mir ist bewusst, dass viele mein Forschungsgebiet aufgrund der Anfangssilbe genital verorten, aber ich kann, ohne Ihrem oder Bons Würstchen zu nahe treten zu wollen, was ich wirklich nicht will, versichern, dass mein Gebiet die Orden sind, im Fachlatein heißt der Bereich nun mal Phaleristik." – „Oh, ok. Dann entschuldigen Sie bitte."
Pause.
„Ja, Herr Lützenbach, ich vermute, die Kollegen haben Ihnen die Orden und Quittungen aus dem Antiquariat von Herrn Matros übergeben. Haben Sie etwas rausgefunden?"
„Ja. Ihr sogenannter Fachmann war entweder ein Stümper und Hochstapler oder ein Betrüger."
„Wie kommen Sie darauf?"
„Die auf den Quittungen und den dazugehörigen Gutachten angegebenen Orden sind viel mehr wert als der gezahlte Betrag."
„Gutachten, welche Gutachten?"
„Jeder Quittung war ein Gutachten zu einem Orden beigelegt und diese Wertgutachten waren, nun ja, falsch."
„Und da sind Sie sicher?" – „Natürlich!"

„Um welche Beträge geht es?“
„Wenn man alle zwölf zusammennimmt, würde ich sagen, es sind ungefähr 250.000,- Euro zu wenig angesetzt worden.“
DAS wäre ein Motiv.
„Wer hat denn diese Viertelmillion nicht bekommen?“
„Die Quittungen über die Gutachten und die Gutachten selber sind für eine Frau Rosinante von Fries ausgestellt.“
„Was sind das eigentlich für Orden, dass sie so viel bringen?“ „Es handelt sich ausnahmslos um sehr seltene Orden aus dem Zweiten Weltkrieg, unter anderem das nur einmalig vergebene Goldene Ritterkreuz.“
Na super, jetzt kommen auch noch die Nazis ins Spiel.
„Würde man das Geld denn auch bekommen, also gibt es Sammler, die solche Preise zahlen?“
„Absolut, das ist ein sehr aktiver Markt.“
„Wie läuft so was?“
„Da ich selber in diesem Segment nicht aktiv bin, kann ich Ihnen nur sagen, wie es wohl hier gelaufen ist, oder laufen sollte. Frau von Fries hat wohl einem Juwelier die Orden vorgelegt. Dieser hat Herrn Matros als Experten hinzugezogen oder Frau von Fries empfohlen, ein Gutachten bei Herrn Matros in Auftrag zu geben. Den aus den Gutachten hervorgehenden und zu niedrigen Betrag zahlt er der Dame dann aus und verkauft die Orden selbst zu einem viel höheren, korrekten Preis an Sammler. Vermutlich teilen sich die beiden dann den Gewinn. Wäre nicht das erste Mal.“

Beeindruckt fragt Hackenbroich weiter „Sie wissen nicht zufällig auch noch, wer der hypothetische Juwelier in diesem Fall sein könnte?“
Verblüffenderweise kommt ein „Doch“ aus dem Handy.
„Ich bin gespannt!“
„In diesem Fall handelt es sich sehr wahrscheinlich um das Juweliergeschäft Gottmann in Köln.“
„Wie kommen Sie darauf?“
„Ich habe mir erlaubt, ein wenig zu recherchieren und dabei kam heraus, dass Herr Matros und der Juwelier Gottmann schon des Öfteren zusammengearbeitet haben. Bezieht man dann noch mit ein, dass Herr Matros als Experte für Orden gilt, wäre es sehr unwahrscheinlich, dass der Juwelier sich an jemand anderen wendet. Oder?“
„An Ihnen ist ein Ermittler verloren gegangen.“
„Ich schaue sehr gerne Tatort und ich kann Ihnen auch sehr gerne verraten, wo ich war, als der Mord geschah.“
Hackenbroich meint ein leises Kichern, zu hören.
„Welcher Mord?“
„So viele Berührungspunkte habe ich als Phaleristiker nicht mit der Polizei, das können Sie mir glauben. Insofern fühlt sich das hier schon ein bisschen wie ein Krimi an, und da geht es doch immer um Mord, oder?“
„Leider darf ich Ihnen da, genau wie im Krimi, nichts zu sagen. Laufende Ermittlungen, Sie verstehen?“
Nachdem Hackenbroich noch ein leicht seufzendes „Nun gut, ja, verstehe“ zu hören bekommt, beendet er das Gespräch und notiert sich die Namen *von Fries* und *Juwelier Gottmann*.

Aufgrund des verstörenden Traums beschließt Hackenbroich, heute einen bockwurstfreien Tag zu machen, und radelt zum Bäcker am Bahnhofsplatz nach Overath. Die Temperaturen sind sommerlich angenehm, 25 Grad und ein leichter Wind. Nach einem Croissant und einem Käsebrötchen beschließt Hackenbroich, sein Büro heute im Eiscafé bei Da Nino aufzuschlagen. Er bestellt sich einen Cappuccino und ein Wasser und lässt sich von seinem Büro die Nummer von Frau von Fries und Juwelier Gottmann raussuchen. In dem Moment klopft ihm jemand von hinten auf die Schulter.
„Na Hacki, alte Wurstpelle!"
Alex, der immer gut gelaunte örtliche Buchhändler, hatte offenbar dieselbe Idee.
„Alex, setzt dich, wie isset?" – „Joot? Bist du wegen der Leiche am Kreisverkehr hier?" – „So sieht et us." – „Und? Schon was rausgefunden?" – „Nichts, was ich dir sagen dürfte. Was macht der Buchladen?" – „Läuft." – „Sag mal kennst du einen Patrick Matros?" – „Nö, das sagt mir jetzt nichts. Warum?" – „Unter uns, ist noch nicht bestätigt, aber sehr wahrscheinlich der Tote auf der Verkehrsinsel." – „OK, soll ich mich mal umhören bei unseren Kunden?" – „Aber mach's dezent." – „Geht klar. Habe ich Dir eigentlich schon von meiner neuen Krimilesung erzählt?" – „Nicht das ich wüsste." – „Wir fahren mit einem Planwagen und lecker Kölsch ein paar Orte an und ein Krimiautor liest dann vor Ort aus seinem Buch. Und! Wir essen an jeder Station einen Happen. Waren beim letzten Mal locker 20 Leute dabei. Du könntest ja quasi als Experte mitkommen. Lust?" – „Sag auf jeden

Fall mal Bescheid, wenn es passt, bin ich dabei." – „Schön! Das mache ich auf jeden Fall gerne. Bin sicher, dass es dir gefällt. Bist auch eingeladen." – „Na dann. Hauptsache wir finden keine Leichen." – „Gott bewahre, so echt brauche ich es dann auch nicht."
Danach tauschen beide noch den neuesten Klatsch und Tratsch aus Overath aus, trinken ein paar Heißgetränke und verabreden sich für Donnerstagabend in der Stadtmitte. Nachdem Alex eine Stunde später gegangen ist, beginnt Hackenbroich sein Tagewerk.

Zur gleichen Zeit in Köln – Juweliergeschäft Gottmann

Die Klingel geht. Da Juwelier Gottmann sich nicht erinnern kann, einen Termin zu haben, wirft er erst mal einen Blick auf den Bildschirm der Überwachungskamera, die den Eingang seines Geschäfts in der Großen Budengasse zeigt. Ein kräftig wirkender größerer Mann mit Bart, schwarzen Haaren, die zu einem Pferdeschwanz zusammengebunden sind und von einer Baseballkappe mit FC-Köln-Logo gekrönt werden, schaut durch eine Ray-Ban-Sonnenbrille direkt in die Kamera. Hinter ihm steht ein Transporter auf der Straße mit Warnblinkanlage und dem Logo von Patrick Matros' Antiquitätenladen. Neben ihm steht ein Stuhl mit einem Zettel an der Lehne.
„Ja bitte?", fragt Gottmann durch die Gegensprechanlage.

„Herr Matros schickt mich, ich soll Ihnen den Stuhl vorbeibringen."
Richtig, der Stuhl, den hatte er Patrick letzte Woche nach Lohmar gebracht, um ihn neu polstern zu lassen. Aber hat Markus nicht gesagt, das dauert mindestens vier Wochen? Egal. Er drückt den Türöffner und geht nach vorne, um dem Fahrer die Tür, die sehr schwer öffnet, aufzuhalten.
„Arbeiten Sie schon lange für Herrn Matros?"
„Erst seit Kurzem. Ist eher ein Aushilfsjob, befristet."
„Kommen Sie rein und stellen Sie das gute Stück dort vor die Vitrine." Gottmann betrachtet den Stuhl und kann auf den ersten Blick keine Veränderung am Polster feststellen.
„Sagen Sie, sind Sie sicher, dass Sie diesen Stuhl schon ausliefern sollten?"
„Ja, absolut".
Die Eingangstür fällt hinter dem Fahrer ins Schloss und es wird schlagartig sehr viel dunkler im Raum.
Als Hackenbroich in der Großen Budengasse ankommt, ist das Thermometer wieder bei 29 Grad angekommen, oder besser gesagt, in Köln sind es einfach – wie immer – ein paar Grad mehr als auf dem Land. Er drückt die Klingel vom Juweliergeschäft Gottmann mittlerweile zum dritten Mal, aber nichts passiert, obwohl das Geschäft laut Tafel offen haben sollte. Nach dem vierten Versuch kommt ein kleiner Mann, der trotz der Hitze einen dunklen Anzug trägt, aus dem Haus gegenüber, einer Parteizentrale, wenn man den drei großen Buchstaben über der Tür glauben darf, und verkündet:

„Der Herr Gottmann ist wohl nicht da. Er ist vor etwa anderthalb Stunden abgeholt worden. Ich kann das von meinem Büro aus sehr gut sehen."
„Aha, und Sie sind?"
„Manfred Buschmerz von der FAK Köln. Ich fand es merkwürdig, der Transporter von Matros Antiquitäten steht ja manchmal hier bei uns vor der Garageneinfahrt, ohne Erlaubnis, wie ich hinzufügen möchte, aber meist auch nicht lange, von daher will man ja nicht so sein, nicht wahr? Aber diesmal war es ein anderer Fahrer. Nicht dieser kleine Mann, sondern ein…" – Hacki denkt kurz, ob er den Redefluss unterbrechen soll, und bereut heute bockwurstfrei zu machen, lässt den Politiker aber weiterreden.
„…kräftiger, großer Mann mit Bart, Sonnenbrille und Baseballkappe. Der war noch nie hier. Ich weiß das, weil ich aus meinem Büro das Juweliergeschäft sehr gut im Blick habe. Leider habe ich den Mann nur von der Seite und hinten gesehen."
Dass hier was nicht stimmt, ist offensichtlich. Der Transporter, und Matros hatte nur einen, muss der sein, mit dem die Leiche zum Fundort gebracht wurde, dementsprechend ist es sehr wahrscheinlich, dass der kleine Lustige hier einen Mörder gesehen hat, und Thorsten Gottmann mit ihm mitgefahren ist.
„Herr Bauchschmerz, Sie sagten vorhin …" – „Buschmerz!" – „…Buschmerz, Herr Gottmann ist abgeholt worden. Das heißt, er ist mit dem anderen Mann im Transporter weggefahren?"

„Genau. Wobei, jetzt wo Sie fragen, es sah ein wenig so aus, als müsste der Fahrer Herrn Gottmann stützen und beim Einsteigen helfen. So als hätte er getrunken oder als ob ihm schwindelig wäre."
„Wann war das, ungefähr?"
„Exakt um 14 Uhr 17. Das weiß ich so genau, weil ich immer um 14 Uhr 15 meine Tabletten nehme, wissen Sie meine Cholesterinwerte sind ..."… mir egal, denkt Hackenbroich und unterbricht die Krankengeschichte:
„Also um 14 Uhr 17 sind die beiden mit dem Transporter abgefahren?" – „Genau."
Wie ich dieses „GENAU" hasse.
„Ist Ihnen sonst noch etwas aufgefallen, an dem Fahrer, dem Auto, Herrn Gottmann?"
„Die Kappe war vom FC."
Herr Buschmerz strahlt und Hacki überlegt kurz, ob er ihn loben soll, lässt es dann aber lieber, aus Angst, dass dann die Krankenakte wieder auf den Tisch kommt. Er lässt sich den Fahrer noch einmal genau beschreiben und bittet ihn dann, weil Herr Buschmerz sich dadurch in seiner Rolle als Schutzpatron der Großen Budengasse sicherlich entsprechend gewürdigt fühlt, morgen auf dem Kölner Polizeirevier vorzusprechen und seine Aussage zu Protokoll zu geben.
„Sehr gerne."
Dass der kleine Politiker nicht salutiert, ist alles. Aber immerhin, jetzt haben wir ein Bild vom Täter, wenn auch nur zur Hälfte. Hackenbroich ruft im Revier an, warnt die Kollegen vor und bittet sie, sich die Durchsuchung des Juweliergeschäfts genehmigen zu lassen, hier mit der

Spurensicherung vorbeizukommen, und nach dem Transporter zu fahnden. Während er auf die Kollegen wartet, gönnt sich der Kommissar einen Kaffee in diesem wunderbaren „Alte Oma Café“ an der Ecke.
Als die Kollegen eintreffen, ist Hackenbroich beim dritten Kaffee und hat sich zum Mittag noch ein Spiegelei gegönnt. Er bereut es nicht, im gut klimatisierten Café bleiben zu können, setzt aber im Geiste hundert Euro darauf, dass der Juwelier auch eine Klimaanlage hat. Eine Wette, die er zehn Minuten später als gewonnen verbuchen kann. Hinter der gut gesicherten und vergitterten Eingangstür befindet sich der Verkaufsraum, in dem an allen Seiten, außer der Front, Glasvitrinen mit Schmuck und anderen Dingen, die sich ein Kommissar niemals wird leisten können, stehen. In der Mitte steht ein offensichtlich antiker Stuhl, mit einem Zettel an der Lehne, auf dem „T. Gottmann“ steht und das Firmenlogo von Matros prangt. Ansonsten sieht das Geschäft unverdächtig aus, bis auf den leicht süßlichen Duft von Chloroform, der Hackenbroich in die Nase steigt. Mit dem Stuhl hat sich der Entführer offensichtlich Eintritt verschafft und dann den Juwelier entführt. Hackenbroich schaut sich im Geschäft um und geht anschließend in den dahinterliegenden Raum, in dem Gottmann wohl die Kunden empfangen hat, die ihm etwas verkaufen wollten. Kameras an der Decke, aufsetzbare Lupenbrillen, Schleifsteine, diverse Testflüssigkeiten und gepolsterte und mit Stoff ausgelegte Schütten liegen sauber und ordentlich auf dem Tisch, an dem zwei Stühle stehen. Das Einzige, was hier nicht so recht hinpasst, ist ein Mannschaftsfoto an der

linken Wand vom Eingang aus gesehen, das, laut Unterzeile, die B-Jugend des SSV Overath von 1986 zeigt. Hackenbroich ist, als hätte er das Bild vor Kurzem schon mal gesehen, aber nicht so bewusst wie hier. Er nimmt es, nachdem er sich Handschuhe angezogen hat, von der Wand, in der Hoffnung, dass sich jemand die Mühe gemacht hat, die Namen darauf zu schreiben – Fehlanzeige. Er knipst es mit seinem Handy und hängt es wieder auf. Er schaut sich noch eine Weile länger um als nötig, aber die Klimaanlage hier ist wirklich gut.
Auf dem Weg in Richtung Bahnhof vibriert sein Handy, eine SMS: *„Rosinante von Fries, wohnhaft Subbelrather Str. XXX Köln, 0173–32 16 8 XX. Gruß Frau Schörn.“*
Frau Schörn ist seine, oder besser, *die* Dezernatssekretärin und eine zuverlässige Quelle nüchterner Informationen. Da es mit der U-Bahn vom Hauptbahnhof nicht allzu weit in die Subbelrather Straße ist, beschließt er, sollte die Dame zu Hause sein, ihr auch noch einen Besuch abzustatten. Nach einem kurzen Telefonat ist klar, sie ist da, und wie. Das wird ein spannendes Gespräch und bedarf auf jeden Fall noch einer Bockwurst vom Bahnhofsmetzger, scheiß auf Bon Scott und seinen Hosenschlitz.
Um kurz nach 17 Uhr, durch die schwüle Hitze in Köln schon ziemlich am Deolimit angekommen, klingelt Hackenbroich bei Rosinante von Fries. Die kleine, in zweiter Reihe etwas versteckt liegende Villa, ist von einer hohen Steinmauer umgeben und es dauert eine Weile, bis eine junge Frau an das schmiedeeiserne Tor tritt.
„Herr Hackenbroich?“

„Ja", und um seiner Anwesenheit mehr den Anstrich einer offiziellen Angelegenheit zu verleihen, hält er der Frau seinen Dienstausweis vor die Nase. Was zu wirken scheint. Sie öffnet das Tor und begleitet ihn den kurzen gepflasterten Weg zum Haus, wo schon eine beachtliche ältere Dame auf beide wartet. Sie erinnert Hackenbroich an eine Operndiva in der Gewichtsklasse Montserrat Caballé. Ungefähr 1,80 Meter groß, halb so breit, schwarze, den grauen Ansätzen zu entnehmen gefärbte Haare, Schuhe mit hohen Absätzen und eine Art Kimono mit viel Strass. Mit tiefer, etwas zu dramatischer Stimme, begrüßt sie den Kommissar:
„Gut, dass Sie endlich kommen. Ich wurde betrogen. Sie müssen etwas tun."
Sie macht einen Schritt zur Seite und lässt beide eintreten. Anscheinend gewohnt, dass man weiß, was sie will, ohne dass sie es sagt, geht sie in ein größeres Zimmer voraus, eine Art Wohnhalle, und Hackenbroich trottet hinterher. Als Erstes fällt ihm die beeindruckende Sammlung an Porzellankatzen auf, die überall verteilt sind, und ihm liegt schon eine Frage auf der Zunge, aber bevor er um Tipps für die väterliche Sammlung bitten kann, erinnert Montserrat von Fries ihn daran, wer hier das Sagen hat.
„Was gedenken Sie wegen der Orden zu unternehmen?"
Ok, taktieren fällt flach. Aber einen Versuch unternimmt er noch:
„Welche Orden?"
„Die, welche mir in so schändlicher Weise weit unter Wert hinwegbetrogen wurden natürlich, welche sonst?"

„Es würde mir sehr helfen, wenn Sie mir die Geschichte von Anfang an erzählen könnten."
Sehr ausschweifend und verschnörkelt erfährt Hackenbroich in der nächsten halben Stunde, dass sie die Orden ihres verstorbenen Mannes – Baron Dingsbums von Fries – verkaufen wollte, da sie einen finanziellen Engpass überbrücken muss, der seinen Ursprung in der Corona-Pandemie hat. Sie leitet noch mehrere Gourmet-Restaurants, bei denen im Lockdown nicht viel zu holen war, aber da sie über gewisse Besitztümer verfügt, hat sie auch keine Unterstützung bekommen, aber die konnte sie nicht flüssig machen und so weiter. Nach einem kurzen Schwenker über Turnierpferde und alten Schmuck kommt sie zu den Orden. Dass sie zum Teil selten waren, wusste sie, aber sonst in dem Bereich unwissend, sodass sie sich an einen Juwelier, Herrn Gottmann gewendet hat – warum an ihn? – Empfehlung eines befreundeten Rotariers. Der riet ihr, ein Gutachten bei Herrn Matros in Auftrag zu geben, was sie tat und der schätzte die Orden auf insgesamt 150.000,- Euro und für 160.000,- kaufte sie dann Juwelier Gottmann und zufällig fand sie dann raus, dass allein das „Goldene Ritterkreuz" schon so viel Wert war. Das habe sie dann Herrn Gottmann gesagt, der dann auf das Gutachten und Herrn Matros verwiesen habe. Und den habe sie dann in Lohmar besucht. Nach einem heftigen Streit in dessen Laden vor gut einer Woche, sei sie dann unverrichteter Dinge heimgekehrt und habe nun einen Anwalt eingeschaltet, der den Antiquar bisher nicht erreicht hätte und nun ein Schreiben aufsetzt.
Punkt. Hackenbroich muss einmal tief Luft holen.

„In einem Punkt kann ich Ihnen weiterhelfen. Das Schreiben können Sie sich sparen, Herr Matros ist vermutlich tot und Herr Gottmann ist seit etwa drei Stunden ziemlich sicher verschwunden. Ein anderer Punkt, Sie haben ein nicht ganz unerhebliches Motiv, die beiden zu bestrafen oder bestrafen zu lassen."
„Bitte, was erlauben Sie sich. Sehe ich aus, wie jemand der Leute umbringt?"
„Nein, aber vielleicht sind Sie jemand, der Leute umbringen lässt. Ich denke, die Kontakte hätten Sie, oder?"
Die alte Dame überlegt kurz und wendet sich dann in Richtung Fensterfront. Nach längerem Schweigen dreht Sie sich wieder um und sagt relativ leise:
„Ich verstehe Ihren Gedankengang, aber Mörder oder Menschen, die Mörder kennen, gehören nicht zu meinem Umgang, zumindest nicht, dass ich es wüsste. Außerdem würde mich das vermutlich auch noch mehr Geld kosten, ohne mir welches zu bringen, oder?" „Nicht ganz von der Hand zu weisen. Aber trotzdem noch im Bereich des Möglichen, meinen Sie nicht?", diese komische Art zu reden, scheint ansteckend zu sein, wenigstens sagt sie nicht dauernd „GENAU".
„Nun, mein lieber Herr Inspektor, dann werde ich das Gespräch an dieser Stelle wohl besser beenden und meinen Anwalt vom Briefeschreiber zum Verhörzuhörer machen, oder?"
„Ganz wie es Ihnen beliebt, ich habe im Moment auch keine weiteren Fragen. Aber es wäre schön, wenn Sie Köln in den nächsten Tagen so schön fänden, dass Sie hierblieben."

Wie rede ich denn?
„Ich hatte nicht vor, die Stadt zu verlassen und wenn, kann ich es Ihnen gerne ausrichten lassen. Und nun entschuldigen Sie mich."
Wie auf Stichwort steht auf einmal die junge Dame wieder neben Hackenbroich und macht mimisch und gestisch klar, wo sich die Tür befindet, und was sie von ihm erwartet.
Eine Stunde später sitzt Hackenbroich in der RB 25 Richtung Overath und freut sich auf sein Feierabend-Kölsch in der Stadtmitte.
„Noch eins?", fragt das junge Mädchen hinterm Tresen. Hackenbroich nickt und sie stellt ihm ein frisches Kölsch auf die Theke. Im Geiste versucht er sich vorzustellen, ob und wie die Diva von Fries wohl Patrick Matros, dass es sich wirklich um ihn handelt, wurde vor einer halben Stunde per SMS bestätigt, hat umbringen, und den noch nicht wieder aufgetauchten Juwelier entführen lassen. Er kommt zu dem Schluss, dass sie erst mal auf der Ersatzbank der Verdächtigen Platz nehmen muss. Das Blöde daran ist, damit ist das Spielfeld von allen Verdächtigen befreit.
In dem Moment kommt ein großer, freundlich wirkender Mann Ende 40, Anfang 50 auf ihn zu. Weißes Hemd und schwarze Kappe mit dem gleichen schwarzen Logo – ein heulender Wolf? – kurze Blue Jeans, weiße Sneaker, weiße Socken. Mit einem Lächeln im Gesicht sagt er: „Na, ganz alleine hier? Du siehst was traurig aus. Alles in Ordnung?" Ungefragt setzt er sich neben Hacki, nimmt ihn in den Arm und ruft einem genau gleich gekleideten

jungen Mann zu, der die Kappe allerdings verkehrt herum trägt: „Hubi! Macht doch mal ein Foto von uns beiden hier!" – „Es wäre mir ein inneres Mandelblütenfest!", antwortet der Angesprochene, macht ein Foto und jetzt merkt Hacki, dass noch mindestens 30 andere Klone der beiden die Stadtmitte betreten haben.
„Wat is denn los mein Lieber?", fragt der Lange neben ihm, der laut T-Shirt-Aufdruck tatsächlich „Der Lange" heißt.
„Ich suche Fußballer!", ist das Erste, was Hackenbroich durch den Kopf geht und auch direkt sagt. „Da biste bei uns schon mal generell richtig, wenn auch einige Jahre zu spät, wenn du aktive Kicker suchst. Warum suchst du Fußballer?"
Er fragt das in einem Ton, in dem man andere Leute fragen würde „Wann genau hat dieser gelbe Elefant Ihnen die Vorfahrt genommen, sodass Sie vor Schreck gegen die Ampel gefahren sind?"
Um das Gespräch wieder in den Griff zu kriegen und um gegen den um sie herum entstehenden Tumult anzukämpfen – mittlerweile scheint die Stadtmitte nur noch aus weißen T-Shirts und schwarzen Kappen zu bestehen – fragt er zurück: „Warum wäre ich da bei euch richtig?" – „Warte kurz – ist wichtig." Der Lange steht auf und innerhalb von wenigen Sekunden formiert sich die Weiß-Schwarz-Blaue-Masse zu einem Chor und singt sehr laut, wenn auch ein wenig schief: „Isch will met dir noh Kölle jonn, rus en de bunte Stadt, wo de Lück all feere, will immer met d'r zosamme stonn. Drink doch eine met un dun net lamentiere…".

Nach einer Viertelstunde und insgesamt vier Liedern ist das Ganze vorbei, der Lange sitzt wieder neben ihm und antwortet ansatzlos: „Weil der Chor aus ganz vielen ehemaligen Fußballern besteht. Deshalb."
„Ihr seid also ein Chor." – „Wir sind ein Chor: Laut, aber schief." – „Das hört man. Steht ja sogar auf der Kappe und dem Shirt hinten." – „Ist unser Name, ‚Laut aber Schief!'" – „Ok, zurück zum Fußball. Ich suche Fußballer aus Overath, SSV, so um 1986." – „Wir sind aus Marialinden, aber ich meine eben…" Er dreht sich um seine lange Achse und späht in den Raum, aus dem sich die restlichen Chormitglieder allmählich mit einigen Kränzen Kölsch nach draußen entfernen.
„Da." Er zeigt auf eine kleine Gruppe weiter vorne an der Theke. „Das sind deine Leute. Kommt mit."
Der Lange steht auf und zieht Hacki mit an den kleinen extra Thekentisch, der sich aus der eigentlichen Theke herauswölbt. Da angekommen verkündet der Sängerknabe den beiden am Tisch: „So, ihr Lieben, das ist ein sehr netter Mensch, der Anschluss an Fußballer vom SSV Overath aus dem Jahr 1986 sucht. Baker, das ist doch in etwa dein Jahrgang, oder?"
„Hacki!", entfährt es dem Baker genannten, woraufhin der Tabakhändler „Becker!" ergänzt.
„Was?", fragt Hackenbroich leicht irritiert und wird von Baker dann aufgeklärt: „Er heißt Norbert Becker und ich eigentlich Becher, aber früher war mein Spitzname ‚Baker' und ich erinnere mich an dich, du hast doch beim Kino in der Aula immer geholfen, oder?"
„Ja, bevor ich dann nach Rösrath gewechselt bin."

„Warum das?“
„Scheidung meiner Eltern, lange Geschichte und nicht wirklich spannend.“
Der Lange steht leicht nickend daneben und nach ein paar Minuten kommt ein anderes Chormitglied, laut Shirt ein „Major Tom“, und zieht ihn mit nach draußen. „Komm, wir müssen weiter, der Bus fährt gleich.“ – „Ok, dann mal alles Gute euch!“. Und weg sind sie, lustige Truppe, denkt Hackenbroich und wendet sich wieder den beiden am Stehtisch zu.
Nach einigem Hin und Her und der Feststellung, dass Hackenbroich nie in Overath oder sonst wo Fußball gespielt hat, Baker aber schon, traut sich der Kommissar, nach dem Foto zu fragen.
„Kurze Frage, ich habe hier ein Foto vom SSV von 1986, eine B-Jugend. Kennt ihr die vielleicht noch?“
Hackenbroich zieht sein Handy aus der Tasche und öffnet das Foto. Baker holt eine Brille aus seiner Umhängetasche und betrachtet das Foto in aller Ruhe, während der Tabakhändler, Hacki erinnert sich an ihn, seinen Laden und denkt: „Dass der noch lebt“, an seinem Aperol Spritz nippt.
„Also“, setzt Baker an und tippt auf einen Jungen in der ersten Reihe. „Das müsste Sam sein, der war aber nur kurz hier und ist dann nach Wahlscheid gewechselt, das ist Matze, der war bis zur A-Jugend hier, glaube ich, und ist dann auch nach Wahlscheid gewechselt, zusammen mit Andre, der hier“, er zeigt auf den größten Jungen auf dem Foto. „Schneller hieß der, oder so ähnlich. Der da ist Michael Packenbach, der kleine Bruder von Andreas

Packenbach, der die Elektrofirma in Heiligenhaus hat. Michael hieß bei allen aber immer nur ‚der Packi' oder ‚Pack'. Und die hier…" sein Finger kreist eine kleine Gruppe um den Torwart ein, „das war der Kern der Mannschaft. Rick Matros, Malle Busch, Thorsten Traugott…" – „Gottmann, hieß der, nicht Traugott. Traugott war ein Jahr jünger", mischt sich der Tabakhändler ein. „Stimmt. Dann noch Ralf oder Ralle Breitscheid und Sven Gropius, wie der Bauhaus-Typ. Die waren ein paar Jahre lang ein echt gutes Gerüst für die Mannschaft, haben es, glaube ich, mit der B-Jugend dann bis in die Landesliga geschafft, oder?" Er blickt Norbert an „Ja, sind da noch zweiter geworden, und dann muss irgendwas passiert sein. Irgendwie hat die Truppe sich aufgelöst und Ralle und Sven haben, glaube ich, komplett aufgehört."
„Und woher wisst ihr das alles noch so genau?"
Eisiges Schweigen.
„Ok, blöde Frage, und mit den beiden hier…" Hackenbroich zeigt auf die beiden Jungs, die er sich als Gottmann und Matros gemerkt hat „… seid ihr euch sicher, dass die Rick Matros und Thorsten Gottmann heißen?"
„Der da heißt eigentlich Patrick Matros, hat aber wohl so viel ‚Simon & Simon' geguckt, dass sie ihn alle ‚Rick 'genannt haben, wegen Rick Simon", erklärt Norbert und nippt wieder an seinem Getränk.
OK, denkt Hackenbroich, damit haben wir eine Verbindung, die über Gutachten-Beschiss hinausgeht. Interessant. Hätte er jetzt eine Bockwurst in der Hand, er würde wedeln. Nach drei Runden Kölsch und noch mehr

„Verzählscher“ verabschiedet sich Hacki und tritt mit seinem E-Bike den Heimweg Richtung Campingplatz an. *It's a long way to the top, if you wanna rocknroll….*

Ole – Mittwoch, 21. Juli

Oles Weg zur Arbeit bietet zwei Optionen, um von Köln-Ehrenfeld zu seinem Steinmetzbetrieb zu kommen, wo er seit zwei Jahren angestellt ist. Bei Regen und Schnee am Gürtel entlang, bei gutem Wetter durch den Blücherpark an der Kahnstation vorbei, durch die Kleingärtnersiedlung. Heute ist gutes Wetter und schon seit 5 Uhr hell und warm – die Art von Wärme, die einen leicht frösteln lässt, man aber weiß, dass es in wenigen Stunden angenehm warm, und noch ein paar Stunden später heiß sein wird. Weil im September wieder das Klappradrennen an der Kalmit ansteht, beschließt er heute Morgen, sein Klapprad zu nehmen, Training ist alles. Zwar liegen keine nennenswerten Berge auf dem Weg, aber da das Rad keine Gangschaltung hat, ist jede Strecke Training.
Als er nach einer Viertelstunde die Kahnstation, einen Bootsverleih mit schönem Biergarten, erreicht, irritiert ihn etwas im Augenwinkel. Erst kann er es nicht näher fassen, doch dann, nachdem er angehalten hat, ist klar, was es ist. Ein dahintreibendes Boot mitten auf dem See, in dem jemand aufrecht steht. Ole schiebt sein Rad an den Ufersaum und versucht zu erkennen, wer dort steht, und warum der- oder diejenige so steif wirkt. Sofern er das aus der Distanz beurteilen kann, steht ein Mann sehr

aufrecht und sehr unbekleidet auf dem Boot, so, als wäre er an einen Mast gebunden, den ein Ruderboot auf einem Teich, der so groß ist wie ein Fußballfeld, wenn überhaupt, sicherlich nicht hat. Er setzt sich wieder auf sein Klapprad und radelt an die Längsseite, um so nah wie möglich an das Boot heranzukommen, was an der dichtesten Stelle gut fünf, sechs Meter vom Ufer entfernt ist.
„Hallo? Alles in Ordnung bei Ihnen? Kann man helfen?"
Keine Reaktion.
„Hallo! Hallo!"
Keine Reaktion.
Ole hebt einen Stein vom Ufersaum auf und wirft ihn knapp vor das Boot, was ein paar kleine Wellen schlägt, aber sonst nichts bewirkt. Die nächsten Würfe nähern sich dem Boot immer mehr an, bis er schließlich direkt auf den Mann zielt. Im dritten Versuch trifft er ihn, was auch keinerlei Reaktion hervorruft. Unsicher ob er einfach hinschwimmen oder lieber direkt die Polizei rufen soll, schaut er sich fragend um und sieht an der Kahnstation einen Bootshaken, der neben der Hütte an einer Hecke lehnt… und die Neugier siegt.
Trotz anfänglicher Schwierigkeiten, mit dem ungewohnten, recht langen Stiel umzugehen, gelingt es ihm, das Boot ans Ufer zu ziehen, was die aufgeschreckten Schwäne mit skeptischen Blicken beäugen. Je näher das Boot kommt, desto lebloser wirkt der Mann. Aber er kann sich immer noch nicht erklären, wieso er steht, was ihn in dieser aufrechten Position hält. Aber als begeisterter Trash-Horror-Movie-Fan kommt ihm erst ein sehr übler Verdacht und dann das Frühstück wieder hoch. Es ge-

lingt ihm noch, sich nicht in den See oder ans Ufer zu übergeben, aber seine Neugier hat sich hiermit nun definitiv erledigt. Er kramt sein Handy aus der Tasche und ruft erst die Polizei, dann seine Frau, und zum Schluss noch in seinem Betrieb an – dieser Tag ist in jeder Hinsicht gelaufen.
Nachdem gegen Viertel vor sechs mehrere Streifenwagen und ein Notarztwagen den See und die nähere Umgebung in blaues Flackerlicht getaucht haben und die ersten morgendlichen Jogger auffällig oft um den See laufen, errichtet die Spurensicherung, zumindest auf der Uferseite, eine Sichtbarriere. Die kann aber auch nicht verhindern, dass von der anderen Seeseite Gaffer mit ihren Handys Fotos von der Leiche auf dem See machen ... und vermutlich sofort online stellen.

Hackenbroich – Mittwoch, 21. Juli

Eine halbe Stunde später ist dann auch Kommissar Hackenbroich vor Ort. Nicht weil es in Köln keinen anderen Kommissar gäbe, aber gewisse Parallelen zu dem Mord in Overath legen nahe, dass es ein und derselbe Fall sein *könnte*. Außerdem ist sein Kollege, Kriminalhauptkommissar Schwenk, nicht übermäßig traurig, wenn andere seine Arbeit machen und er sich wieder seinen geliebten Oldtimern widmen kann.
„Moin Hacki, hab gehört, du hast schon was Ähnliches in deinem Heimatkaff. Da dachte ich, wenn der gute alte

Hacki eh schon seinen Urlaub unterbrechen muss, dann doch richtig, oder was sachste?"

„Kann mir nix Schöneres vorstellen. Was ist denn Wildes passiert?"

„Der Klappradfahrer da hinten hat auf dem Weg zur Arbeit einen Mann auf einem Kahn mitten im See gesehen und ihn dann, nachdem der auf Rufe nicht reagiert hat, mit dem Bootshaken da drüben an Land gezogen. Dann ist ihm wohl aufgefallen, dass der Mann tot ist, und warum er steht, und das war dann zu viel. Immerhin hat er noch uns und seine Frau benachrichtigt, bevor er über seinem sehr schönen und alten, wie ich bemerken muss, Klapprad zusammengebrochen, beziehungsweise ohnmächtig geworden ist."

„Und was hat den Mann auf dem Boot jetzt aufrecht gehalten?"

„Finger im Po, Mexiko! Eine seltsame Stahlkonstruktion, die im Boot verschraubt ist, und auf die man den Toten aufgespießt hat wie ein Grillhähnchen."

„Ach du Scheiße! Da wäre ich vielleicht auch umgekippt. Weiß man schon, wer das Hähnchen ist?"

„Ja, auch das recht seltsam. Sein Personalausweis steckt in seiner Arschritze. Thorsten Gottmann, ein Juwelier aus Köln."

Nach einem kurzen Moment der Verwunderung klärt Hackenbroich den Kollegen auf, wer das ist, und was er mit seinem anderen Mord zu tun hat.

„Na, dann habe ich ja genau den richtigen Mann gerufen, viel Spaß! Ich bin dann mal weg, mein Datsun 240Z wartet in der Garage auf mich und verlangt nach Öl und

Liebe", freut sich der rundliche Schwenk, geht in seinem typischen Watschelgang zu seinem Dienstwagen und verlässt das Szenario.
Da der Kommissar noch nichts im Magen hat und somit diesen auch nichts verlassen kann, beschließt er sich erstmal die Leiche anzuschauen. Die schwarze Gestalt in der weißen Menschenmenge verrät ihm ziemlich eindeutig die Position von Frau Scharfenberg, und er steuert sie unverzüglich an.
„Morgen Frau Scharfenberg. Erste Erkenntnisse?"
„Morgen, ja, ist tot."
„Oh, heute mit dem falschen Fuß aus dem Sarg gestiegen?" „Nein, aber Hunger."
„Vorschlag: Sie sagen mir, was Sie bis jetzt wissen, und dann hole ich uns vom Bäcker am Lenauplatz Frühstück."
„Bessere Idee: Ich schau mir das Ganze noch mal genauer an, in der Zeit holen Sie Frühstück und bei einem Croissant, einer Nussecke, einem Käsebrötchen und doppelten Espresso erzähle ich Ihnen, was ich weiß. OK?"
„Na gut, einverstanden."
Zwanzig Minuten später und schwer mit allerlei frühstückstauglichen Backwaren beladen, kehrt Hackenbroich zum See zurück. Er stellt alles auf einen der Biertische an der Kahnstation und winkt der Pathologin zu. Sie winkt zurück und deutet über die Ferne an, dass es noch ein paar Minuten dauert. Zeit, um bei dem armen klappradfahrenden Jungen mal nachzuhören, ob ihm vielleicht ein Transporter aufgefallen ist. Hackenbroich lässt das Frühstück stehen und nimmt seinen und den dafür gekauften

Extra-Kaffee mit zu Ole, der immer noch recht neben sich und seinem Klapprad am Ufer sitzt. Mittlerweile ist das Gras auch nicht mehr so feucht vom Morgentau und die Sonne deutet an, dass sie sich heute wieder vorgenommen hat, die 30-Grad-Marke zu knacken.
„Wie geht es Ihnen?“
„Pfffpuh war schon mal irgendwie grader!“
„Verstehe. Schönes Klapprad“, versucht Hackenbroich erst mal von Schlimmerem abzulenken, bevor er sich dem Unvermeidlichen nähern muss.
„Für die Kalmit, Klappradrennen mit Bart.“
„OK, was ist die Kalmit und was für ein Rennen?“
„Ein Klappradrennen an der Kalmit, dem höchsten Berg der Südpfalz bei Maikammer, gibt’s wirklich. Muss man sich verkleiden und letztes Jahr sind 1120 Klappräder mitgefahren. Man muss aber einen Bart tragen und das Klapprad darf nur einen Gang haben.“
„Ja, OK, klingt spannend“, unterbricht Hackenbroich den Redeschwall. „Kommen wir auf heute Morgen zurück. Sie sind…“ „…über die Autobahnbrücke in den Park gefahren und dann hier am Biergarten vorbei und dann habe ich das Boot gesehen und dachte, wieso ist da jetzt ein Boot und dann, wieso steht da einer drauf? Dann bin ich rüber und habe Steine Richtung Boot geschmissen, und als nichts passiert ist, habe ich mit Steinen auf den Mann gezielt, ist aber auch nichts passiert, und dann habe ich den Haken da gesehen und das Boot an Land geholt und dann…“
„…verständlicherweise einen Schock gekriegt, als Sie sahen, was los war?“

„Yop."
„Ist Ihnen sonst noch was Ungewöhnliches aufgefallen? Vielleicht auch auf dem Weg hierher?"
„Sie meinen außer einem Typ mit Stange im Arsch auf einem Boot?"
„Ja."
„Nein."
„Nein?"
„Ja!"
„Haben Sie vielleicht einen schwarzen Transporter gesehen?"
„Nein."
„OK, danke, dann überlasse ich Sie mal den Kollegen, die werden den Rest mit Ihnen durchgehen. Und alles Gute für die Kalme." – „Kalmit!" – „Genau!"
Ah!
Jetzt hat er es doch tatsächlich auch gesagt. Er lässt Ole am Ufer zurück und schlendert zur Kahnstation und zu seinem Frühstück zurück, wo Katrin schon auf ihn wartet und genüsslich an einer Nussecke knabbert.
„Peinlich, aber da kommt der Guildo Horn in mir durch."
„Kann passieren. Wenn Sie zu Ende geknabbert haben, bin ich sehr gespannt, was mit Thorsten Gottmann passiert ist." „Sicher. Bis jetzt kann ich sagen, dass er noch nicht lange tot ist, und dass er tot war, bevor man ihn auf die Eisenstange gesetzt hat. Was ihm jede Menge Schmerzen erspart hat, die Stange ist kegelförmig, etwa 50 cm lang und geht ihm damit etwa bis zum Solarplexus. Hätte er beim Einführen noch gelebt, wären das Höllenqualen

gewesen, und wenn man die Stange langsam eingeführt hätte, ohne innere Organe zu beschädigen, hätte er auch noch eine ganze Weile leben können. Woran er wirklich gestorben ist, kann ich Ihnen noch nicht sagen. Genau wie in Overath, keine größeren Verletzungen, nur ein paar blaue Flecken, einige Abschürfungen durch die Seile, mit denen die Beine an das Boot und die Hände auf dem Rücken gefesselt waren. Das Gestell mit der Stange ist definitiv ein Eigenbau, der aber so geschickt konstruiert ist, dass man ihn nicht am Boot verschrauben muss. Man kann die Beine wie Tischbeine rausschieben und damit verspannt sich das Ganze im Boot. Da hat sich jemand viel Mühe gegeben."

„Vermutlich derselbe, der auch schon in Overath am Werk war. Die beiden Opfer kannten sich auf jeden Fall und die ‚Präsentation' der Leichen ist auch nicht unähnlich."

„Da muss ich Ihnen recht geben, aber das ist Ihr Ressort. Ich werde dann mal rausfinden, ob der hier auch ertrunken ist."

Sie schnappt sich noch ein Croissant und lässt Hackenbroich am Tisch zurück. Der folgt ihr nach ein paar Minuten zum Boot und den schon wartenden Kollegen. Er macht den Schichtleiter aus und bittet ihn, nach Reifenspuren zu suchen, die zu einem Transporter passen könnten. Irgendwie muss das Gestell samt Thorsten Gottmann ja hier hingekommen sein. Leider sind diesmal keinerlei Kameras in der Umgebung. Entweder der Täter wird besser, oder es war Zufall. Auf jeden Fall muss er sich hier auskennen, er wusste genau, welche Boote er hier finden würde. Hackenbroich setzt sich wieder an die Kahnstation und geht alles im Geiste noch mal durch, was er hat und macht sich Notizen in seinen Block:

- Matros und Gottmann bescheißen Frau von Fries bei den Orden um etwa eine Viertelmillion Euro.

- Beide haben mal zusammen Fußball gespielt beim SSV Overath. Vielleicht sind sie ja auch beide auf dem Paul-Klee-Gymnasium gewesen, nachfragen!

- Einer taucht in Overath auf der Verkehrsinsel auf, ertrunken.

- Der andere in Köln im Blücherpark, Todesursache erst mal ungeklärt.

- Beide sind nackt, wurden nicht gefoltert und sind definitiv nicht da umgebracht worden, wo man sie gefunden hat. Aber sie sollten gefunden werden!

- Der Täter ist kräftig, groß, handwerklich geschickt und scheut nicht das Risiko, beim Inszenieren der Leichen entdeckt zu werden, was an beiden Fundorten durchaus hätte passieren können.

- Er ist vermutlich immer noch im Besitz von Matros Transporter und hat sehr wahrscheinlich eine Möglichkeit, das Fahrzeug irgendwo unterzustellen, sodass es bis jetzt noch nicht gefunden wurde.

- Wahrscheinlich besitzt er eine Werkstatt, Lagerhalle oder Scheune oder Ähnliches, vermutlich im Umkreis Overath – Köln, wovon es wohl Hunderte geben wird.

- Außerdem kennt er sich damit aus, keine oder nur sehr wenige Spuren zu hinterlassen.

Spricht alles nicht für die Baronesse. Selbst wenn sie einen Killer engagiert hätte, wozu dann die aufwendigen und riskanten Inszenierungen?
Nein, beschließt Hackenbroich, hier geht es um etwas Persönliches, oder ein psychopathischer Schlosser lebt seine dunkelsten Triebe aus. Er muss über seinen eigenen Unsinn grinsen und beendet dann sein Kahnstationsfrühstück. Ein paar Minuten später schiebt der Steinmetz sein Klapprad Richtung Autobahnbrücke, sein Tag ist gelaufen, aber er hat auf jeden Fall was zu erzählen. Dann ruft Hacki Frau Schörn an und bittet sie herauszufinden, auf welche Schulen Matros und Gottmann gegangen sind und schickt die Liste mit den Fußballern direkt hinterher. Wer weiß, vielleicht gibt es ja noch mehr Gemeinsamkeiten als die Mannschaft. Jetzt fällt ihm auch wieder ein, wo er das Mannschaftsfoto schon mal gesehen hat, im Büro von Patrick Matros. Das zeigt immerhin, dass das Team oder ihre „Gerüst der Mannschaft"-Clique für beide wichtig genug war, dass sie es als Foto in ihre Arbeitsräume gehängt haben. Hackenbroich wäre nie auf die Idee gekommen, sich sein altes Volleyballteam irgendwo hinzupinnen.

Während er mit dem von ihm immer noch City-Bahn genannten Zug wieder nach Overath zurückfährt, dröhnt Bon Scott aus seiner Hose und, nachdem er das Gespräch angenommen hat, verkündet ihm Frau Schörn die Ergebnisse der Spurensicherung aus Matros Antiquitätenhandel und dem Juweliergeschäft von Thorsten Gottmann. Lässt man alles Erwartbare beiseite, bleiben bei Matros der Fetzen eines Gummihandschuhs und bei Gottmann ein Kunsthaar, wie es bei der Herstellung von Perücken benutzt wird, übrig. Dazu ein paar Fußabdrücke Größe 45 von Securityschuhen, die massenhaft im Umlauf sind, die an beiden Orten gefunden wurden. Beim Kunsthaar versuchen sie gerade rauszufinden, ob man es einem bestimmten Perückenhersteller zuordnen kann. Bei den Schuhen machen sie sich keine große Hoffnung, dass mehr als der genaue Typ rauszubekommen ist, da es sich bei dem Schuh um einen echten Verkaufsschlager handelt. Darüber hinaus ist die Werkstatt im Fall Matros wohl der Tatort, während Gottmann nicht in seinem Geschäft umgebracht wurde.
„Die Fahrkarten bitte!", unterbricht der DB-Mitarbeiter das Gespräch. Hackenbroich legt auf und zeigt dem älteren Mann mit der hohen Stirn und den deutlichen Speckhüften seinen Ausweis.
„Danke und gute Fahrt."
Als sich der Kontrolleur zur Seite dreht, um weiterzugehen, fällt Hackenbroichs Blick auf den Mitarbeiterausweis, den der an der Hüfte trägt. *Andrey Schneller* steht da und bei Hackenbroich klingeln die Alarmglocken, aber er weiß nicht warum. Als der Kontrolleur schon einen

Wagen weiter ist, fällt ihm ein, wo er den Namen schon mal gehört hat. In der Stadtmitte, als Baker ihm die Fußballer auf dem Foto vorgestellt hat. Er steht auf und folgt Schneller. Im Fahrradwagen holt er ihn ein.

„Entschuldigen Sie, Herr Schneller!"

„Ja, bitte?"

„Haben Sie früher beim SSV Overath in der B-Jugend Fußball gespielt?"

Andrey Schneller nickt und lacht „Sie etwa auch? Haben wir zusammen gespielt?"

„Auf keinen Fall, ich war im Volleyball. Können Sie sich denn noch an andere Spieler erinnern?"

„Warum wollen Sie das wissen?"

„Oh, Entschuldigung." Hackenbroich hält ihm seinen Dienstausweis hin „Es geht um eine Mordermittlung."

„Der Tote von der Verkehrsinsel?"

„Auch – also, haben Sie noch Erinnerungen an das Team?"

„Kommen Sie kurz mit." Er geht vor bis zur Lok und dem davor liegenden Abteil der ersten Klasse, wo noch eine weitere Kollegin sitzt. Die beiden grüßen sich kurz, und dann fängt Schneller an zu erzählen.

„Viel weiß ich nicht mehr, ist ja ewig her. War aber eine tolle Mannschaft. Als sie auseinandergegangen ist, bin ich mit Matze nach Wahlscheid gewechselt, da waren die Chancen dann besser, nicht immer nur zehn Tore zu kassieren und keine zu schießen. Außerdem haben die einmal im Jahr eine Fahrt gemacht und auch mal ausländische Turniere besucht."

„Warum ist die Mannschaft denn auseinandergegangen, lief doch anscheinend alles super?"
„Lief es auch. Wir sind in die Landesliga aufgestiegen und da sogar noch auf Platz zwei gelandet, tolle Zeit. Vor allem mit Sven, Ralle, Rick, Thorsten und Malle zu spielen war super. Die waren Motor und Kopf des Teams. Haben sich blind verstanden und sich super ergänzt auf dem Platz und auch daneben. Aber dann ist irgendwas passiert. Muss im Sommer gewesen sein, auf jeden Fall haben alle fünf aufgehört und keiner ist noch mit in die A-Jugend gegangen, beziehungsweise nach den Sommerferien ist keiner von denen wieder gekommen."
„Und Sie haben keine Ahnung, was passiert ist?"
„Nein."
„Ist denn irgendwas Besonderes in der Zeit in Overath passiert?"
„Das Größte war, glaube ich, das tote Mädchen an der Aggerbrücke. Ich weiß nicht mehr, wie die hieß, aber man hat sie tot unter der Aggerbrücke beim Schwimmbad gefunden. Ging hier aufs Gymnasium, aber mehr weiß ich echt nicht mehr."
„Ein Unfall?"
„Keine Ahnung, tut mir leid. Hat mich damals nicht so interessiert. Sorry, hätte es vielleicht sollen, aber…", er lässt den Satz unvollendet.
„Verstehe. Hatten Sie danach noch mit einem der Jungs Kontakt? Immerhin haben Sie sich ja anscheinend mal gut verstanden."
„Nur auf dem Platz. Die waren eine eingeschworene Clique und haben alles zusammen gemacht, da kam

keiner dazwischen oder rein. Außerhalb vom Fußballplatz haben wir uns zwar gegrüßt und ein paar Sätze geredet, aber mehr war nicht, und das war schon viel."
„Haben Sie noch eine Idee, wer mir mehr erzählen könnte?"
„Haben Sie die Fußball-Clique schon befragt? Ich glaube, Rick ist Antiquar in Lohmar, Ralle war glaube ich Arzt in Marialinden, bis der Krebs kam und Malle hat den Sanitärladen von seinem Vater in Overath übernommen."
„Noch nicht, aber jetzt. Danke, das hat mir doch sehr geholfen."
„Gerne."
Zehn Minuten später hält der Zug in Overath und Hackenbroich hat mithilfe seines Smartphones rausgefunden, dass Matthias Busch, alias Malle, tatsächlich „Sanitär Busch" in Overath leitet, Sven Gropius passenderweise ein Architekturbüro in Bensberg hat, und Ralf „Ralle" Breitscheid todkrank im Vinzenz-Palotti-Krankenhaus in Bensberg liegt. Sein Plan ist, erst mal das Fußball-Gerüst zu befragen und Frau Schörn damit zu beauftragen rauszufinden, wer das tote Mädchen damals war. Aber erst mal die Bockwurstreserven wieder auffüllen, könnte noch ein langer Tag werden.
Auf dem Weg zu Sanitär Busch überlegt Hackenbroich, wer zur Hölle sollte eine B-Jugend-Mannschaft aus dem Jahr 1986 umbringen wollen? Oder geht es nur um die Clique, das Gerüst? Weil einer damals verloren hat? Wohl kaum. Aber was dann?
Als er im Overather Industriegebiet Hammermühle bei der Firma Busch ankommt, ist es halb drei, 29 Grad, und

es fahren gerade zwei Transporter vom Hof. Das Büro ist nicht schwer zu finden und Matthias Busch erwartet ihn schon. Dabei wirkt er auf den Kommissar nervös, nervöser als Menschen normalerweise sind, wenn die Polizei auftaucht.
„Herr Busch?"
„Ja, Herr Hackenbroich, was kann ich für Sie tun?"
„Es geht um Ihre alte Fußball-Clique." Busch zuckt merklich zusammen und weicht dem Blick von Hackenbroich aus.
„Ja… und? Das ist ewig her. Was interessiert Sie daran?"
Hackenbroich beschließt, den offensichtlich aus irgendeinem Grund angeschlagenen oder verunsicherten Busch ein bisschen unter Druck zu setzen, um rauszufinden, was hier los ist, oder was er vielleicht zu verbergen hat.
„Dass zwei davon in den letzten fünf Tagen auf sehr merkwürdige Weise ums Leben gekommen sind."
Busch zuckt wieder zusammen und schaut den Kommissar irritiert an „W… w… wer?"
„Thorsten Gottmann und Patrick Matros."
„Oh Gott, was… wie… wo, ich meine, was ist passiert?"
„Das ist erst mal nicht so wichtig und außerdem sind das laufende Ermittlungen, zu denen ich Ihnen nichts sagen darf. Was mich im Moment interessieren würde ist, warum Sie damals alle aufgehört haben Fußball zu spielen."
„Was?" Busch schaut sehr irritiert und Hackenbroich wiederholt seine Frage noch mal, sehr deutlich und langsam:

„Warum. Haben. Sie. Alle. Fünf. Im. Sommer. 1986. Aufgehört. Fußball. Zu. Spielen?"
„Keine Ahnung, wohl keine Lust mehr." Was Hackenbroich für eine Lüge hält, und dazu noch eine sehr schlecht vorgetragene.
„Sie hatten also alle fünf auf einmal keine Lust mehr Fußball zu spielen, obwohl Sie so erfolgreich wie noch nie waren? Klingt irgendwie komisch, finden Sie nicht?"
„Mein Gott, in dem Alter hat man auch mal andere Sachen im Kopf und irgendwie war es eine komische Zeit. Und dann haben Gottmann und Ralle auch mit dem Kiffen angefangen, das war nicht so meins und…" Busch redet sich immer weiter in Rage „…und… und… und… was geht Sie das eigentlich an?"
„Ich versuche rauszufinden, ob jemand Sie umbringen will, und wer ihre alten Freunde getötet hat. Interessiert Sie das gar nicht?"
„Doch schon, aber was soll ich sagen, das ist alles so lange her und wir waren jung und…" Busch zögert.
„Und was?"
Schweigen im Wald.
„Es ist Ihnen also egal, falls jemand versucht, Sie und Ihre Freunde umzubringen?"
„Nein, aber ich weiß nicht, wie ich Ihnen helfen kann", antwortet Busch zunehmend bockig.
„Zum Beispiel, indem Sie mir sagen, was passiert ist, das Sie alle fünf dazu gebracht hat mit dem Fußball spielen aufzuhören. Das kann doch nicht so schwer sein, mein Gott!"

„Es war einfach eine scheiß Stimmung nach Katjas Tod, und irgendwie war Fußball dann auch nicht mehr so wichtig, und dann kam die Oberstufe so richtig in Fahrt, also dass Schule und Lernen wesentlich waren fürs Abi und irgendwie ist dann alles auseinandergegangen, glaube ich."

„Katjas Tod?"

„Ja, Katja Weiland, sie lag tot unter der Aggerbrücke im Juli '86 war das… glaube ich."

Für Hackenbroich kam die Antwort sehr rasch und ohne großes Nachdenken. Auch die Jahreszahl 1986 schien klar zu sein.

„Weiß man, was passiert ist?"

„Nein, es wurde, wenn ich mich recht erinnere, nie jemand festgenommen. Ihr Zwillingsbruder hat sie, glaube ich, gefunden, war ziemlich dramatisch alles. Aber ich habe zumindest nie mitbekommen, dass ein Mörder geschnappt worden wäre, oder ob es ein Unfall war."

„Wer war die Tote?"

„Katja war bei uns in der Stufe, nett, hübsch, eigentlich so eine, in die alle verknallt waren, wie die Cheerleaderin in amerikanischen Collegefilmen, wenn Sie wissen, was ich meine. Aber ich glaube, sie hatte tatsächlich nie einen Freund, zumindest nicht an der Schule oder dass sie ihn mal irgendwohin mitgebracht hätte."

Busch schweigt und es sieht für Hackenbroich auch so aus, als würde das jetzt so bleiben. Irgendwie hat Matthias Busch anscheinend beschlossen, dass er genug gesagt hätte. Aber, denkt Hackenbroich, die Frage nach dem Alibi darf er nicht vergessen.

„Ganz kurz noch, wo waren Sie Freitagnacht, so zwischen 22 und 4 Uhr morgens und letzte Nacht?“
„Letzte Nacht? Im Bett? Wo sonst? Und letzten Freitag war ich bei einer Geburtstagsfeier in Marialinden im Altenrath. Da proben immer die Jungs von *Laut aber Schief*.“
„Laut aber Schief?“
„Ist ein Chor aus Männern, die nicht singen können, aber singen.“
„Ah, ja. Ich hatte bereits das Vergnügen in der Stadtmitte. Aber dann gibt’s ja genug Zeugen, nehme ich an.“ – „Am besten fragen Sie Bosse, der war da und hat den besten Überblick, der wird Ihnen bestätigen, dass ich da war!“ – „Aber im Chor sind Sie nicht?“ – „Nein, aber Bocki, der gefeiert hat. Singen ist nicht so meins.“ – „Ich dachte, darum geht es?“ – „Schon, aber singen macht mir keinen Spaß.“ – „Dann schreiben Sie mir doch bitte den Namen und die Nummer von diesem Bosse auf.“
Hackenbroich beschließt, es erst mal dabei zu belassen und dass es spannend sein könnte, mehr über die Tote zu erfahren.
Auf dem Fußweg zurück nach Overath befreit er die erste Bockwurst aus der Bananenhülle und kaut zufrieden darauf herum. Leicht verschwitzt kommt er am Bahnhof an, wo er sein E-Bike angeschlossen hat und überlegt, ob er heute noch ins Krankenhaus nach Bensberg fahren soll, um mit dem todkranken Ralf Breitscheid zu sprechen, danach bei Sven Gropius anzurufen und ein Treffen zu vereinbaren, oder ob er das alles auf einen Tag

legen soll. Da meldet sich Bon Scott und Frau Schörn verkündet ihre neuesten Erkenntnisse.

„Das Mädchen heißt Katja Weiland und wurde am 16.7.1986 unter der Aggerbrücke am Schwimmbad tot von ihrem Bruder Rudolf Weiland gefunden. Sie hatte mehrere Schürfwunden, einen gebrochenen Arm, schwere Kopfverletzungen, aber alles nicht sofort tödlich. Sie ist ertrunken. Anscheinend, so der Bericht des Pathologen, ist sie entweder von der Brücke gefallen, aber die Verletzungen passen eher zu einem Unfall." Moment hier steht: „Die Verletzungen deuten auf einen Verkehrsunfall hin, könnten aber auch von einem Sturz aus einigen Metern auf einen harten Untergrund stammen. Was immer auch passiert ist, sie muss sich dann entweder unter die Brücke geschleppt haben oder wurde dort hingelegt. Die Agger hatte auf jeden Fall an dem Tag wegen einer Ruder-Veranstaltung am Folgetag einen ungewöhnlich hohen Pegel. Der Ort unter der Brücke war bekannt als Treffpunkt von Jugendlichen. Normalerweise liegt der Betonabsatz etwa ein Meter über der Wasseroberfläche, an dem Abend waren es aber wohl nur noch ein paar Zentimeter. Sie könnte also da gelegen haben und der Kopf ist ins Wasser gerutscht, als sie ohnmächtig wurde. Die Familie Weiland lebt noch in Overath in der Ferrenbergstraße 24, und der Bruder lebt und arbeitet in Bensberg am Vinzenz-Palotti Hospital."

„Und es gab keine Verdächtigen in der ganzen Geschichte?"

„Doch, sehr lange glaubte man, der Bruder, der sie gefunden hat, hätte was damit zu tun, aber es gab keinerlei

Beweise oder Indizien dafür, und schon gar kein Motiv. Alle die befragt wurden, haben ausgesagt, dass die beiden sich mochten. So hat sich dann die Unfall-Theorie, also ein Unfall mit anschließender Fahrerflucht, sie schleppt sich unter die Brücke, wird ohnmächtig und ertrinkt dann, durchgesetzt. Er wurde auch nie angeklagt."

„Weiß man, warum beide überhaupt abends in der Gegend waren?"

„Laut der Eltern kamen alle von einer Schulveranstaltung, einem Theaterstück, das in der Schulaula aufgeführt worden ist. Katja ist wohl direkt danach nach Hause aufgebrochen, und die Eltern waren mit Freunden und dem Bruder noch im Bistro in der Tennishalle, das haben Zeugen bestätigt. Danach sind alle gegen 23 Uhr nach Hause aufgebrochen. Da angekommen, haben sie dann festgestellt, dass Katja nicht zu Hause ist, und dann sind alle gegen ein Uhr wieder losgezogen, um sie zu suchen. Der Bruder hat sie dann gegen zwei Uhr unter der Brücke gefunden."

„Ok, danke. Vielleicht spreche ich ja noch mit den Eltern, mal sehen, und ins Krankenhaus muss ich ja ohnehin, vielleicht finde ich den Bruder ja auch noch. Gibt es schon Neuigkeiten zu der Leiche von Gottmann?"

„Bis jetzt nicht."

Hackenbroich beendet das Gespräch, beschließt es für heute gut sein zu lassen und gönnt sich noch ein Eis in der alten Eisdiele an der Hauptstraße. Dabei denkt er darüber nach, wie und was das arme Mädchen wohl auf dem Weg an der Agger angefahren haben könnte. Da fährt doch noch nicht mal ein Mofa lang.

Der Krokantbecher, den die Bedienung, ihm auf den Tisch stellt, unterbricht seinen Gedankengang und morgen ist auch noch ein Tag, und eigentlich hat er ja Ferien und das Gefühl, für einen Tag genug geschafft zu haben. Leise einen Refrain mitsummend, von dem er nicht weiß, zu welchem Lied er gehört, widmet er sich dem Krokant.
Badadadata, badadadata, badadadata…

Overath, 16. Juli 1986 – 20.03 – 20.24 Uhr – Ralf und seine Clique

Ralf hat sein Kostüm, zerrissene Hose und Hemd in seine Adidas-Sporttasche gesteckt und schlendert betont lässig Richtung Mofaständer. Vor der Aula stehen noch ein paar Eltern in kleinen Gruppen und „besprechen" die Aufführung, was meistens bedeutet, dass sie die schauspielerischen Leistungen ihrer Kinder mit denen von Tom Cruise oder Val Kilmer gleichsetzen. Wobei die meisten eher überlegen, wo sie noch zusammen einen Absacker trinken können. Seine Eltern waren – wie immer – nicht dabei. Schüler-Theater war für sie genau das: Schüler-Theater. Dann doch lieber in die Oper oder Philharmonie nach Köln, und danach ein Prosecco bei „IHREM" Italiener. Egal, es warten andere Highlights – Bier, Kippen und vielleicht kommt Katja ja auch noch mit oder nach oder… wo ist die eigentlich?

Er scannt den Platz und entdeckt sie bei ihren Eltern, die in einer kleinen Gruppe zusammenstehen. Ihr Zwillingsbruder Rolle, eigentlich Rudolf, aber das geht gar nicht, imitiert gerade Ottos typischen Hüpfgang mit hohen Knien und Armen wie ein Eichhörnchen auf LSD. Er nutzt die Gelegenheit aus, um zu zeigen, dass er dem Komiker aus ein paar Metern Entfernung zum Verwechseln ähnlich sieht, und zum anderen hat er sich das komplette Imitationspaket – „Hollalaiti", „Aaahhh" usw. – draufgeschafft.

Der Mittelpunkt war schon immer seine liebste Stelle. Das wird dann wohl noch was dauern, aber Katja wird auf jeden Fall auch Richtung Steinhof gehen – also man sieht sich!

Rick, Sven, Thorsten und Malle (eigentlich Matthias, aber zu lang) warten schon ungeduldig am Mofaständer, wobei nur Rick und Sven Mofas haben, aber weil die Älteren hier auch immer abhängen und rauchen, ist der Mofaständer der Ort für die „harten“ Jungs. Und heute fühlt sich Ralf sehr hart. Immerhin hat er heute schon einige Verbrechen hinter sich, wenn auch nur auf der Bühne. Aber vielleicht ist heute der Tag, an dem er Sven überzeugen kann, ihn mal mit seiner Kreidler fahren zu lassen, auch wenn die den hässlichsten Aufkleber der Welt, einen pinkfarbenen Elho-Schriftzug, auf der Seite hat. Er hat zwar keinen Führerschein, und wird wohl auch keinen mehr machen – für seinen Vater sind Mofafahrer erstens ein Verkehrshemmnis und zweitens „immer Asis oder Rocker“ – aber gefahren ist er schon mal.

Rick schnippt seine Kippe weg und setzt sich seinen Helm im Streetgangstyle auf, heißt, sodass man das Gesicht komplett sieht und der Kinnbügel auf der Stirn sitzt. So kann man gut gesehen werden, sieht cool aus, und man kann beim Fahren rauchen, man sollte nur keinen Unfall bauen.

„Rick, lässt du mich mal fahren?“

„Spinnst du, du hast keinen Lappen, und ich bin nicht die Wohlfahrt“ – alle lachen.

Tatsächlich lässt Rick ihn später doch noch fahren – was sich als die schlechteste Idee seines noch jungen Lebens rausstellen sollte.

Hacki – Donnerstag, 22. Juli

Wer zum Vinzenz-Palotti-Hospital, oder VPH, wie es alle nur kurz nennen, will, muss von der Overather Straße aus einen ziemlich steilen und kurvigen Berg hoch. Oben angekommen, liegt das Krankenhaus und die Wohnblöcke für die Mitarbeitenden recht idyllisch in einem kleinen Parkgelände. An der Pforte rechts und mit dem Aufzug in den zweiten Stock, dann links geht es in die Onkologie, in der gerade ein Pfleger ein Bett samt Insassen den Gang hinaufschiebt, als Hackenbroich gegen 10 Uhr die Szenerie betritt.

An der Theke gegenüber vom Eingang erkundigt er sich, wo er Ralf Breitscheid findet und erfährt, dass der in Zimmer 204 liegt. Dort angekommen, klopft er und hört ein schwaches „Herein“. Er betritt das Zweibettzimmer, wo im Moment nur ein Bett steht, in dem ein sehr ausgemergelt wirkender Mann um die 60 liegt, dem ein Schlauch aus der Nase kommt und ein Weiterer im Arm steckt, der zu einem Tropf neben ihm führt. Da, wo das andere Bett eigentlich stehen müsste, hängen zwei Postkarten an der Wand, und auf dem Stuhl liegt ein Bademantel.

„Herr Breitscheid?“

„Nein, Kammerer. Ralf ist gerade zu einer Untersuchung abgeholt worden. Knapp verpasst.“ Er atmet schwer und muss beim Sprechen immer wieder Pausen machen.

„Wissen Sie, wann er wieder hier ist?“

„Dauert bestimmt eine Stunde und dann ist er meistens so fertig, dass er schläft.“

„Oh, dann komme ich ein andermal wieder. Alles Gute, Ihnen. Wiedersehen."
„Sie sollten sich nicht allzu viel Zeit lassen, wenn Sie uns noch mal wiedersehen wollen", sagt der Mann und sein Lachen endet in einem Hustenanfall. Nichts wie raus, denkt Hackenbroich und überlegt, ob er Katjas Bruder suchen soll, entscheidet sich aber dagegen, genug Krankenhaus für einen Tag, und es gibt ja noch Sven Gropius, mit dem er sich um Mittag verabredet hat.
Das Thermometer ist wieder bei 29 Grad angekommen und Kommissar Hackenbroich ist eher nach Mittagessen als nach Kaffee, aber Sven Gropius scheint Frühaufsteher zu sein, und bevorzugt um 12 Uhr schon Kaffee und Kuchen. Was soll's? Treffpunkt ist das Café Cult in der Schlossstraße, ein netter kleiner Laden mit Stehtischen vor dem offenen Ladenlokal. An einem davon steht ein sehr großer, dünner Mann mit dicker schwarzer Hornbrille und einem Walter White Hut auf seinem kahl rasierten Kopf. Vor sich eine Espressotasse und ein Stück Käsekuchen.
„Herr Gropius?", der Große dreht sich zu Hackenbroich um und lächelt, wobei er die Augen zu Schlitzen verengt, weil er in die Sonne schauen muss. Bevor er etwas sagt, reicht er Hackenbroich die Hand und bietet ihm mit einer Geste der anderen Hand den freien Platz an seinem Stehtisch an.
„Sven Gropius. Und Sie sind Hauptkommissar Hackenbroich?"
„Genau" Ahh, schon wieder „Ja, danke, dass Sie sich die Zeit genommen haben."

„Was kann ich für Sie tun? Mordkommission, das klingt gefährlich."
„Ja, das höre ich gerade öfter. Haben Sie eine Idee, warum ich mit Ihnen sprechen möchte?"
„Um ehrlich zu sein – ich habe meines Wissens niemanden umgebracht und kenne auch niemanden, der ermordet worden ist, oder jemanden umgebracht haben könnte."
Mit leicht irritiertem Blick steht die Bedienung neben Sven Gropius, der hier anscheinend öfter vorbeikommt.
„Das will ich doch mal für uns beide schwer hoffen, Sven." Beide lachen.
„Was darf's sein?", fragt sie Hackenbroich, der einen Cappuccino und ein Wasser bestellt. Die junge Frau nickt, bedankt sich und verschwindet wieder im Café.
„Leider muss ich Ihnen da widersprechen. Sagen Ihnen die Namen Thorsten Gottmann und Patrick Matros was?"
„Ewig nicht gehört, aber ja, wir haben zusammen Fußball gespielt in Overath und waren in einer Stufe am PKG. Aber ich verstehe nicht, was das mit der Mordkommission zu tun hat, oder…" Offenbar von seinem eigenen Satz leicht erschrocken, bricht Gropius ab.
„Beide sind in der letzten Woche umgebracht worden. Haben Sie das nicht mitbekommen?"
Gropius sieht jetzt ehrlich schockiert aus und starrt den Kommissar ungläubig an.
„Tot? Beide? Jetzt? Wie, warum, was…" er stellt seinen Espresso auf den Tisch, wobei seine Hände sichtlich zittern. „Was ist passiert?"

„Das kann ich Ihnen im Moment nicht sagen. Wann haben Sie die beiden das letzte Mal gesehen?“ Eine Frage, die er Busch vergessen hatte zu stellen, wie ihm gerade einfällt.
„Das muss auf der Abifeier gewesen sein. Nach der Schule habe ich Zivildienst in Trier gemacht und bin dann zum Studieren nach Weimar gegangen. Gropius – Weimar – Sie verstehen, wenn man schon so heißt, muss man auch an die Bauhaus-Universität. Ich fand das jedenfalls damals lustig.“
„Warum dann jetzt Bensberg?“
„Das Büro, für das ich gearbeitet habe, ist pleitegegangen, und dann habe ich einen alten Kumpel wieder getroffen, der sich hier selbstständig machen wollte und noch einen Partner gesucht hat.“
„Und Sie hatten nie wieder Kontakt?“
„Nein, nie.“ Hackenbroich legt das Mannschaftsfoto auf den Tisch und deutet auf die Clique.
„Wie sieht es mit den anderen aus der Mannschaft aus? Dem Motor und Kopf der B-Jugend?“
Gropius schaut fast schon verträumt auf das Bild, nimmt es in die Hand. In dem Moment kommt der Cappuccino und die Bedienung sagt: „Na, Sven, schon verhaftet? Und die…“ sie deutet auf das Foto „hast du alle umgebracht? Respekt!“ Lächelnd geht sie wieder aus der Sonne in den schattigeren Laden.
„Das war echt klasse damals. Ein tolles Team und wir waren echt gut, eine Zeit lang habe ich ernsthaft mit dem Gedanken gespielt, Fußballer zu werden. Crazy, oder?“

„Was ist passiert?“, nicht dass Hackenbroich mit einer Antwort gerechnet hätte, aber Sven Gropius hat eine. „Liebe und Betrug, wie immer.“ Er sagt das mit einem selbstironischen Unterton, in dem er auch sagen könnte „diese Neon-Elho-Jacken waren damals eben angesagt und Aerobic war cool.“

„Wer hat denn wen betrogen?“

„Ralle Malle“ Gropius muss selbst kurz über seine Antwort lachen, schiebt aber dann erklärend hinterher „In den Sommerferien hat Ralle, Ralf Breitscheid, Malle, Matthias Busch, die Freundin ausgespannt. So habe ich es jedenfalls verstanden. Ich war in den Ferien sechs Wochen in Australien. Als ich zurückgekommen bin, war irgendwie vieles anders. Auf jeden Fall waren die beiden sich spinnefeind wegen eines Mädchens. Aber da müssen Sie die beiden schon selber fragen. Nach diesen Ferien ist die Clique irgendwie auseinandergefallen. Ich hatte dann neue Freunde in Rösrath und auch keinen Bock mehr auf Fußball. Surfen war mein Ding nach dem Trip. Dann hat noch der Bruder von einem Freund von mir eine Segelschule an der Nordsee aufgemacht. Da war ich dann so gut wie jedes Wochenende auf dem Wasser.“

„Und Sie wissen nicht, um welches Mädchen es ging?“

„Ich wusste nicht mal, dass Malle überhaupt eine Freundin hatte. Das muss alles in den Ferien passiert sein, als ich weg war.“

„Sagt Ihnen der Name Katja Weiland was?“

„Ja, tragisch, sie war bei uns in der Stufe und wurde damals tot unter der Brücke gefunden.“ Scherzhaft hebt er die Arme „Ich war es aber nicht.“

„Dachte ich mir“, mischt sich die Bedienung wieder ein „Darfs noch was sein?“ – „Im Moment nicht, vielen Dank“, antwortet Hackenbroich und ordert auch gleich die Rechnung, aber Gropius kommt ihm zuvor „Sie sind eingeladen, Herr Kommissar, und wenn ich Ihnen noch helfen kann, einfach Bescheid sagen.“

„Ja, eine Frage hätte ich noch, was haben Sie damals geglaubt, was mit Katja passiert ist?“

Gropius zögert und Hackenbroich meint, kurz etwas in seinen Augen gesehen zu haben, ein Zucken oder kurzes Weggucken. Er ist sich aber nicht sicher. Etwas weniger gut gelaunt sagt Gropius dann: „Schwer zu sagen, das war für alle ein großer Schock damals. Eine Tote in Overath. Aber was ich gedacht habe, ich weiß es nicht mehr, ehrlich.“

„Danke für Ihre Zeit und dann machen Sie es gut!“

Beide ab.

Weil er ohnehin auf dem Rückweg von Bensberg mit seinem Wohnmobil beim Sanitärhaus Busch vorbeikommt, beschließt Hackenbroich, ihm wegen der Freundin noch mal auf den Zahn zu fühlen, man weiß ja nie. Als er auf dem Parkplatz vor dem Showroom anhält, verlässt Matthias Busch gerade das Gebäude und steuert auf einen Transporter zu.

„Herr Busch, hallo!“, der Angesprochene zuckt sichtlich zusammen, als er den Kommissar auf sich zukommen sieht. „Ja?“ „Ich hätte noch eine kleine Frage. Herr Gropius hat mir erzählt, es hätte im Sommer 86 zwischen Ihnen und Ralf Breitscheid einen Streit um ein Mädchen gegeben. Stimmt das?“

„Was für ein Mädchen?“
„Das frage ich Sie.“
„Ich habe keine Ahnung, wovon Sie sprechen.“
„Herr Breitscheid hat Ihnen also nicht in besagten Sommerferien die Freundin ausgespannt?“ Busch entspannt sich „Ach Gott, diese alte Geschichte. Wir waren drei Tage zusammen, wobei das schon zu viel gesagt ist. Wir haben auf einer Party rumgeknutscht und ein paar Tage später hat sie mit Ralle rumgemacht, aber da wusste ich noch nicht mal, ob wir *wirklich* zusammen waren. Die beiden waren danach jedenfalls kein Paar oder so. Ich glaube auch, dass er gar nicht wusste, dass wir was hatten. Auf der Party war er nicht da, und es waren ja auch Ferien. Warum interessiert Sie das überhaupt alles? Sollten Sie nicht lieber einen Mörder fangen? Das bin ja wohl kaum ich.“
„*Das* werden wir dann noch sehen“, antwortet Hackenbroich leicht scherzhaft „Aber eins noch, wie hieß das Mädchen?“
„Martina oder besser Tine Haus. Hat in Untereschbach gewohnt und war bei den Schiffermädchen damals.“ Hackenbroichs Blick richtig interpretierend, schiebt er die Erklärung direkt nach: „Eine Tanztruppe.“
„Alles klar. Danke und dann noch einen schönen Tag, Herr Busch!“
Schon leicht unterwurstet macht Hackenbroich noch einen kurzen Abstecher zur Tankstelle, füllt sein Wohnmobil mit Sprit und gönnt sich zwei Bockwürste mit Senf und eine Coke Zero. Dann fährt er zurück auf den Campingplatz und sortiert seinen Fall neu. Er kurbelt die Mar-

kise als Schutz vor der immer noch knallenden Sonne aus, wechselt seine karierte Leinenhose gegen eine dreiviertel lange Armyshort, sein Hemd gegen ein „Rage Against The Machine"-Shirt und setzt sich barfuß mit einem Kaffee in den Schatten. Er denkt, vielleicht verrenne ich mich mit den Fußballern und es ist wirklich ein Zufall. Aber warum sollte jemand die beiden umbringen und dann auf so eine Art und Weise?
Er klappt sein Notebook auf dem Campingtisch auf und sieht sich die Tatortfotos an. Der Täter gibt sich wahnsinnig viel Mühe, die Leichen zur Schau zu stellen, aber lässt sie relativ unversehrt, was auf Rache, aber nicht blinden Hass schließen lässt. Er ist kontrolliert, tötet nicht in Raserei oder im Affekt. Die Taten sind alle sehr präzise geplant und sehr diszipliniert durchgeführt worden. Vermutlich hätte er sogar noch eine Ausrede oder einen Plan gehabt, wenn ihm jemand in die Quere gekommen wäre. Hackenbroich öffnet ein neues Dokument und macht sich einen Ablaufplan der Geschehnisse.
Er oder die Täter gehen zu Matros, er lässt sie rein, sie überwältigen ihn, ertränken ihn in einem Eimer in der Werkstatt, nehmen ihn in seinem eigenen Transporter mit nach X. Da spannen sie ihn in das Eisengestell, packen das Ganze wieder in den Wagen, fahren nach Overath und laden ihn auf der Verkehrsinsel ab.
Warum da? Weil er da gesehen und schnell gefunden wird? Fünf Tage später fährt einer von ihnen, als Mitarbeiter von Matros getarnt, zu Gottmann. Der lässt ihn rein, wird überwältigt, offenbar lebend mitgenommen, wird dann getötet, mit dem Transporter in den Blücher-

park gebracht und auf einem Eisengestell in einem Boot auf dem See abgesetzt.
In diesem Moment macht ein „Pling“ Hackenbroich auf eine neue Mail aufmerksam. Es ist die Zusammenfassung der Obduktion von Gottmann. Hackenbroich liest sich die Mail von Frau Scharfenberg durch und staunt.
„Das kann doch nicht wahr sein“, murmelt er, bevor er weiterliest. Aber das einzige weitere auffällige oder interessante ist, dass die Eisenstange, auf der Gottmann saß, komplett mit Vaseline eingeschmiert war, die aus dem Sortiment der üblichen Discounter stammt, was ihn jetzt auch nicht groß weiterbringt. Dass er betäubt wurde, war auch schon klar.
Aber, auch er ist ertrunken!
Hackenbroich wirft eine neue Kapsel in seine Kaffeemaschine und gönnt sich ein Stück dieser ultraleckeren neuen Trendschokolade mit Brezel, Krokant und weiß der Teufel was Geschmack. Dann recherchiert er, wer „Laut und Schief“ leitet.
„Traugott!“, meldet sich der Chorleiter freundlich. „Kommissar Hackenbroich, Kripo Köln. Sind Sie Bosse, der Chorleiter von ‚Laut und Schief‘?“
„Das stimmt, aber wir heißen ‚Laut ABER Schief‘. Singen aus Spaß an der Freud. Woher kennen Sie uns? Wollen Sie mitmachen? Also einen Kommissar haben wir noch nicht. Könnte ich mir aber gut vorstellen. Bei uns findet jeder sein Plätzchen. Gibt auch lecker Kölsch, wir haben ja jetzt eine Kooperation mit… “

Der von den auf ihn einprasselnden Informationen leicht überforderte Hackenbroich unterbricht Traugott und versucht das Gespräch auf das Wesentliche zu lenken.
„War Matthias Busch letzten Freitag bei Ihrer Geburtstagsfeier?"
„Buschi? Ich glaube, der war da. Der ist aber nicht im Chor, der war nur bei der Feier von Bocki da, das sind alte Fußballkollegen, wie viele hier." – „Sicher?" – „Ja klar, viele haben früher bei Marialinden gespielt. Dann gab es mal kurz eine Spielvereinigung mit Overath und…" – „Ich meinte, sind Sie sicher, dass Herr Busch da war?" – „Ach so, ja. Er hat ein Pittermännchen spendiert. Wäre aber eigentlich gar nicht nötig gewesen, wir haben ja jetzt mit Früh einen…" – „Wie lange war er da?", geht Hackenbroich schnell dazwischen, bevor Traugott mit den Einzelheiten des Sponsoringvertrages loslegen kann.
„Bis etwa ein Uhr. Wir haben unser erstes eigenes Lied geprobt. Sonst covern wir ja nur, aber jetzt haben wir einen eigenen Song. Hammerteil! ‚Noh Kölle jonn.' Kommen Sie doch mal vorbei, wir haben am Samstag einen Auftritt. Soll ich Ihnen Karten zurücklegen?"
„Ich hatte schon das Vergnügen in der Stadtmitte", wiederholt Hacki wörtlich den Satz, den er auch schon bei Matthias Busch losgelassen hat. Kurz denkt er, dass er alt wird, weiß aber immerhin alles, was er wissen wollte und noch einiges, was er nicht wissen wollte. „OK, danke und vielleicht komme ich ja mal vorbei."
„Immer gerne, Sie sind herzlich eingeladen. Spielen Sie zufällig ein Instrument? Bass? Gitarre? Oder kennen sich

mit Tontechnik aus? Wir hätten da Bedarf. Gibt auch lecker Kölsch." – „Alles nein, tut mir leid."
Verdammt, damit ist Matthias Busch erst mal raus, zumindest für den Mord an Matros, außer es sind mehrere Täter. Das ergibt alles keinen Sinn. Vielleicht doch ein Psychopath mit einem Wassertick?

Breitscheid

Ralf Breitscheid ist noch ziemlich benommen von der Untersuchung und den neuen Medikamenten. Daher fällt ihm erst allmählich auf, dass er gar nicht in seinem Zimmer liegt. Er ist in einem der Räume, in dem er immer gewaschen wird, wenn er es selbst nicht schafft. Als Nächstes merkt er, dass er nackt ist unter der Decke und, er ist nicht alleine. Hinter sich hört er jemanden leise und entspannt atmen. Der Raum ist fensterlos, daher kann er nicht einschätzen, ob es Tag oder Nacht ist. Sein Kopf schmerzt und das Sprechen strengt ihn an. Trotzdem krächzt er heiser „Wer sind Sie?"
Statt einer Antwort kommt die Gestalt langsam um das Bett herum, sodass sich ein Gesicht in sein Blickfeld schiebt. Er kennt das Gesicht, aber ist noch zu benommen, um drauf zu kommen. Es könnte auch ein Traum sein, aber es fühlt sich sehr real an. Vielleicht sollte er den Mann anfassen, der sich jetzt langsam zu ihm runterbeugt. Dann fällt es ihm ein, er kennt ihn! Die Erkenntnis, wer sich mit ihm in dem Raum befindet, beruhigt ihn aber.

„Du bist es. Was machen wir hier, wie spät ist es?“
Die Antwort jagt ihm einen Schauer über den Rücken und lässt ihn doch wieder hoffen, dass es ein Traum ist.
„Es ist tiefe Nacht und du wirst heute sterben.“
Er versucht sich zu bewegen, zu rufen oder überhaupt irgendwas zu unternehmen, aber er ist zu schwach.
„Eigentlich wollte ich mit dir bis zum Schluss warten, aber die Polizei war schon hier und wir wollen doch nicht, dass du irgendwas erzählst, das sie auf meine Spur bringt, oder?“
„Auf deine Spur? Wieso, was hast du gemacht? Was könnte ich erzählen?“
„Eine ganze Menge, auch wenn ich bezweifle, dass dir genau klar ist, was du alles erzählen könntest. Aber es spielt auch keine Rolle mehr. Ich möchte nur noch, dass du weißt, wer ich bin, und was du mir angetan hast.“
„Aber ich weiß doch, wer du bist.“
„Wer ich *wirklich* bin.“
Mit zunehmendem Entsetzen und immer größerer Angst hört Ralf Breitscheid dem Mann zu, von dem er glaubte, zu wissen, wer er sei.
Mit jedem Satz, den er hört, erkennt er, dass alles viel schlimmer ist, als er geglaubt hat.
Andererseits hat er eigentlich schon sein halbes Leben darauf gewartet – gehofft? – dass es passieren wird.
Nach einigen Minuten, die ihm wie eine Ewigkeit vorkamen, hält der Mann inne. Seine Anwesenheit hat nichts Bedrohliches mehr, sondern fast schon was Erlösendes. Trotzdem und obwohl er weiß, dass der Krebs ihn ohnehin in ein paar Tagen besiegen und töten wird, klammert

sich Ralf Breitscheid an das letzte bisschen Leben, das ihm noch geblieben ist.
Noch einmal die Sonne aufgehen sehen, vielleicht noch mal im Park sitzen und ihre wärmenden Strahlen auf der Haut spüren. Aber die Haltung des Mannes macht ihm klar, dass das nicht passieren wird.
Er wird sterben, jetzt und hier.
Komischerweise fällt ihm das Tor, das er beim entscheidenden Spiel um den Aufstieg in die Landesliga geschossen hat, wieder ein. Er sieht, nein, noch mehr fühlt er sich durch den Strafraum segeln und mit einem Flugkopfball den Abpraller vom Pfosten eine Handbreit vor dem Torwart erwischen. Ganz deutlich sieht er noch einmal, wie der Ball über den heranstürmenden Verteidiger ins Netz segelt. Seine Knie rutschen über den harten Ascheplatz und Haut schürft sich ab. Es ist ihm egal, er springt auf und rennt jubelnd auf seine Mannschaftskameraden zu, die ihn in die Arme nehmen und feiern.
Wie kommt sein Gehirn jetzt auf so was?
Dann sieht er sich auf der Schulbühne stehen und hört sich diesen einen Satz sagen „Wir töten sie alle! Jetzt!“ Das Ganze passiert in Millisekunden und doch hat er das Gefühl, dem Ganzen als Betrachter beizuwohnen, auch wenn er nicht wirklich versteht, warum sein innerer Vorführer genau diese Szenen rausgesucht hat. Aber jetzt scheint es vorbei zu sein…
…and now the end is here. And so I face that final curtain. Kitschig, aber irgendwie auch eine nette Idee vom Vorführer, beim Rausgehen dieses Lied zu spielen. Doch wahrscheinlich sind es nur die Medikamente, die ihm das

alles hier vorgaukeln. Ein Schleier senkt sich über seine Augen – oder sind das Tränen? Er versucht sich zu konzentrieren, während der Mann ihn stumm, aber interessiert beobachtet.
Ist er schon tot?
Dann wird alles wieder klar und er schaut in das Gesicht des Mannes, der ihn gleich erlösen wird. Wie wird er es machen? Ralf Breitscheid denkt auf einmal sehr nüchtern, fast schon wie ein Wissenschaftler, über die Möglichkeiten nach, die dem Mann hier zur Verfügung stehen. Er könnte ihm etwas spritzen oder wichtige Arterien durchtrennen. Aber das gäbe natürlich eine ganz schöne Sauerei. Er könnte ihn erwürgen, stark genug ist er, und großartig wehren könnte er sich nicht. Aber dann fällt es ihm ein, das Bad, die Wanne, natürlich, so wird er es machen.
Ja, das ist der passendste Tod für ihn, wahrscheinlich kein angenehmer, aber ein passender und auch irgendwie reinigender Tod.
„Dann ist es also jetzt so weit“, flüstert er seinem Gegenüber entgegen.
Er weiß, er hat das, was jetzt kommt, verdient.
Nur eine Frage, die letzte in seinem Leben, will er noch stellen. Vielleicht hilft ihm die Antwort dort, wo er gleich hinkommt weiter, oder macht ihm das Sterben leichter:
„Wie hast du mich gefunden?“
„Gar nicht, das war reiner Zufall. Bereit?“
Ralf nickt kaum merklich, schließt die Augen und spürt wie sein vom Krebs zerfressener und ausgemergelter Körper angehoben wird. Langsam gleitet er in das warme Zuhause der Badewanne, sein Taxi in die Ewigkeit. Es

hat schon fast etwas Zärtliches, wie die großen starken Hände seinen Kopf langsam unter die Wasseroberfläche drücken. Er wehrt sich nur noch ein wenig gegen sein Schicksal.

„Ich habe es verdient“ ist sein vorletzter und „So fühlt es sich also an“ sein letzter Gedanke.

Dann denkt er gar nichts mehr.

Nachdem er sicher ist, dass Ralf tot ist, wäscht ihn der Mann. Dann zieht er sich die bereitliegenden OP-Handschuhe und den OP-Kittel an und trocknet ihn vorsichtig ab. Dann streift er seinem Opfer das Krankenhaushemd über und legt ihn ins Bett. Leise fährt er ihn über den leeren Gang in sein Zimmer zurück, ohne den schlafenden Zimmergenossen zu wecken.

Eigentlich ist es vollbracht – die Tat ist gesühnt, denkt er. Er könnte jetzt und hier aufhören. Aus dem Krankenhaus gehen, in sein Auto steigen und irgendwo hinfahren, wo es ihm gefällt, vielleicht nach Portugal.

Aber ein Plan ist ein Plan, ist ein Plan. Auch wenn die Schuld jetzt nicht mehr so groß ist, auch sie muss getilgt werden. Er streift die OP-Kleidung ab, wirft sie in den Reinigungsbehälter im Flur und fährt sich mit den Händen über seinen kahl geschorenen Kopf. Er weiß, er muss sich beeilen, will er sein Werk noch vollbringen. Dieser Kommissar war schneller hier, als er gedacht hatte. Sein Plan ist aber gut genug, um auch mit solchen Widrigkeiten klarzukommen. Außerdem ist ja schon alles vorbereitet, er muss nur noch auf den richtigen Moment warten.

Und der wird kommen, da ist er sich sehr sicher, schon bald…

Overath, 16. Juli 1986 – 20.03 – 20.24 Uhr – Katja

„Warum liegt in London kein Schnee? – London hat einen Tower! Hollalaitii!" – Rolle ist in seinem Element. Mit seinem ovalen Gesicht, den riesigen Augen und den glatten blonden Haaren sieht er ja wirklich aus wie Otto (und Gott sei Dank nicht wie Didi Hallervorden), und seine permanenten Showauftritte nerven schon ziemlich. Aber die Pflichthalbestunde, bis sich ihre Eltern und die beiden Nachbarspärchen darauf geeinigt haben, wo sie jetzt noch ein Kölsch trinken gehen wollen – wie immer im Bistro in der Tennishalle bei Kai, weil es da nicht so laut ist – muss noch durchgestanden werden. Dann kann sie sich Richtung Steinhofplatz absetzen und behaupten, sie gehe schon mal nach Hause. Dann bleibt ihr meist eine Stunde bis Rolle nachkommt und noch eine, bis ihre Eltern nach Hause kommen. Das sollte reichen für einen Milchshake mit Ralf, und vielleicht kommt er ja noch ein Stück Heimweg mit, schließlich wohnt er auch am Ferrenberg, wenn auch nicht ganz so weit oben.

„Findest du nicht lustig, oder?"

Rolle guckt sie mit seinen großen Augen traurig an. Verdammt, sie hat nicht aufgepasst und dann ist er immer traurig, weil er ihr auch ein wenig imponieren will, obwohl er ihr Bruder ist und das ist doch irgendwie strange. Er sieht dann immer so geknickt aus.

„Tut mir leid, ich war gerade woanders. Was hast du gesagt?"

„Was sagt ein Ostfriese auf der Post?"

„Keine Ahnung?"

„Ich hätte gerne eine Briefmarke, aber machen Sie den Preis ab, soll ein Geschenk sein!“
„Und das sagt er immer?“
„Aber nein, du Dummerle, aber Witze waren noch nie dein Ding, weiß ich doch.“ Das ist das Schöne an Zwillingsgeschwistern, das blinde Verständnis.
„Also ich fand den gut.“
Immerhin Papa gefällt's. Der Rest der lustigen Truppe schmunzelt und Rolle hüpft noch einmal um alle rum, was wieder eine Runde Schmunzeln bringt.
Zeit zu gehen, dringend!
Sie schickt sehnsüchtige Blicke in Richtung Ralf, der mit seiner Clique am Mofaständer steht und gerade dabei ist, Richtung Innenstadt aufzubrechen. Alle Hoffnungen ruhen jetzt auf einem Treffen am Steinhofplatz, wo sie aber nie ankommen wird…

Hacki – Freitag, 23. Juli

Zehn Uhr, 22 Grad, ein Kaffee, ein Croissant vom Büdchen auf dem Campingplatz.
Eine Woche und er hat… nichts.
Ein oder mehrere Täter, die keine Spuren hinterlassen, und vermutlich aus dem Umfeld von Overath stammen.
Zwei Tote, die mal zusammen Fußball gespielt haben und Leute mit falschen Wertgutachten betrogen haben.
Ein totes Mädchen aus dem Jahre 1986 und das war‘s im Großen und Ganzen.
Hackenbroich wünschte sich, er wäre in einem Film, denn dann würde gleich das Telefon klingeln und eine neue heiße Spur würde sich auftun. So was wie: Seit Jahren schon verkauft der örtliche Metzger seine Bockwürste nicht in Natur- sondern in Kunstdarm. Mein Gott, wo kam das denn jetzt her? Podcast, das hatte er in einem Podcast gehört. Da sollte man mal einen Krimi drüber schreiben. Aber zurück zum Fall.
*No stop sign, speed limit…*Bon Scott verkündet einen Anruf.
Aha, jetzt wird‘s spannend, denkt er und nimmt das Gespräch an:
„Hackenbroich! Und wenn jetzt ein Metzger dran ist, werde ich das nicht glauben.“
Schweigen in der Leitung.
„Hallo?“
„Herr Hackenbroich?“ – „Ja.“
„Scharfenberg hier, was sollte das mit dem Metzger?“

„Das habe ich mal in einem Podcast gehört und entwickele gerade eine bahnbrechende Theorie zum Thema Naturdarm. Aber lassen wir das. Was haben Sie für mich?"
„Ich weiß nicht, ob Ihnen das weiterhilft, aber wir konnten die Vaseline, die auf der Metallstange war, auf der man Thorsten Gottmann gefunden hat, genauer eingrenzen. Diese spezielle Marke wird nur in NRW, genauer Bergischer und Oberbergischer Landkreis noch verkauft. Ist eine auslaufende Marke. Die Schuhe wurden vermutlich in Köln oder in der näheren Umgebung gekauft. Die Kollegen haben einen Sohlenfehler gefunden, der nur in einer bestimmten Charge Anfang des Jahres entstanden ist, bevor man den Fehler entdeckt hat. Davon sind etwa 2000 in den Verkauf gegangen und gut 1200 wieder zurückgerufen worden, die restlichen 800 sind entweder verkauft worden oder die Geschäfte haben sie nicht zurückgeschickt, und sie liegen jetzt noch irgendwo in irgendwelchen Regalen. An dem Gummihandschuhfetzen konnten wir etwas DNA sicherstellen, aber es reicht vermutlich nicht für eine komplette Analyse, weil sie mit einem Talkumpuder stark verunreinigt ist. Und zu guter Letzt: Das Kunsthaar stammt aus einer Perücke, die man bei mehreren Internetanbietern bestellen kann und stammt aus einer Fabrik in Indien."
„Puh, das hilft und irgendwie auch nicht."
„Dachte ich mir, aber mehr kann ich Ihnen im Moment nicht liefern, tut mir leid."
Sie beenden das Gespräch und Hackenbroich widmet sich wieder seinem Croissant.

Zehn Uhr fünfzehn, 23 Grad, ein Kaffee, kein Croissant mehr und auch nichts wirklich Neues oder etwas, das ihn weiterbringt bei der Ermittlung.
No stop sign, speed limit… meldet sich Bon Scott wieder vom Campingtisch, auf dem das Handy langsam Richtung Tischkante vibriert.
Vielleicht meldet sich ja jetzt die Metzgerinnung.
„Hackenbroich!"
„Hallo, Hermann Botzke hier aus dem Vinzenz-Palotti Krankenhaus in Bensberg. Wir hatten gestern telefoniert wegen Herrn Breitscheid, den Sie besuchen wollten."
„Ja, richtig. Ist er wieder auf seinem Zimmer?", fragt Hackenbroich leicht amüsiert, weil er es schon sehr seltsam fände, wenn der Pfleger ihn extra deswegen anrufen würde.
„Nein, Herr Breitscheid ist heute Nacht verstorben."
Das kommt nicht unerwartet, aber seltsam ist der Zeitpunkt schon, denkt Hackenbroich.
„Hallo, Herr Hackenbroich, sind Sie noch dran?"
„Ja, weiß man, wie er gestorben ist oder woran?"
„Der Mann hatte Lungenkrebs, daran wird er dann wohl auch gestorben sein", antwortet der Pfleger leicht genervt.
„Ich meine, woran *genau* ist er gestorben?"
„Das weiß ich nicht."
„Wo ist der Leichnam jetzt?"
„Im Kühlraum in unserer Pathologie."
„OK. Ich lasse ihn abholen und bitte verändern Sie nichts in seinem Zimmer."

„Wir brauchen das Bett aber."
„Ich komme sofort. Bitte warten Sie noch mit dem Saubermachen."
„Gut, dann bis gleich."
Jetzt sind es schon drei. Auch wenn Ralf Breitscheid wohl ohnehin bald gestorben wäre, sind das zu viele Zufälle, denkt Hackenbroich und ruft die Gerichtsmedizinerin an. Er bittet sie, den Toten aus Bensberg abzuholen und zu obduzieren. Dann fährt er die Markise ein und macht sich mit seinem Wohnmobil mal wieder in Richtung Bensberg auf. Wenn das so weitergeht, muss er sich eine andere Fahrgelegenheit organisieren, das dauernde Auf- und Abbauen nervt.
Als er gegen elf Uhr am Krankenhaus ankommt, ist das Thermometer schon wieder bei 30 Grad und mangels kühlenden Windes ist es einfach nur heiß auf dem asphaltierten Parkplatz am Krankenhaus. Auf der Wendeplatte vor dem Eingang stehen einige Taxen und warten auf Kundschaft, an den Tischen sitzen Menschen mit Eis und Getränken, die anscheinend einen Krankenbesuch machen. An jedem Tisch hockt ein offensichtlicher Patient und mehrere andere offensichtliche Nicht-Patienten, die, je nach Härte der Krankheit, in mehr oder weniger bedrückter Stimmung leise Gespräche führen. Dazu die üblichen Rauchenden, die selbst hier ihre Sucht nicht unterdrücken können. Ein älterer Mann im Rollstuhl mit einer Zigarre, eine ältere Frau, die sich an ihrem Infusionsständer festhält, an dem ein Beutel hängt, mit einer direkten Verbindung in ihr Handgelenk und ein junger Bursche mit eingegipstem rechten Bein, der mithilfe eines

Vaporizers riesige Wolken nach Erdbeere riechenden Rauches ausstößt und dabei auf sein Handy starrt. Irgendwie hat sich hier nicht viel geändert, seit Hackenbroich 1989 das letzte Mal als Patient nach einem Fahrradunfall eingeliefert worden ist, bis auf das Handy.
Hackenbroich betritt das Krankenhaus und fährt mit dem Aufzug in die Onkologie. Am Tresen des Schwesternbereichs erkundigt er sich nach Pfleger Botzke, der auch sogleich aus dem hinteren Raum auf ihn zukommt. Ohne weitere Worte geht er an ihm vorbei in Richtung Breitscheids Zimmer. Dort angekommen, schließt er die Tür auf und sagt: „Ich habe Herrn Boltenstern nach ihrem Anruf in ein anderes Zimmer verlegt und dann abgeschlossen. Aber ich bräuchte das Zimmer möglichst schnell wieder, wir bekommen heute Nachmittag zwei neue Patienten."
„Sehr gut, vielen Dank. Ich werde mich beeilen."
„Dann lasse ich Sie alleine, OK?"
„Ja, danke."
Hackenbroich schaut sich im Raum um. Im Grunde sieht es, bis auf die fehlenden Betten und Patienten, nicht anders aus als bei seinem ersten Besuch. Auf dem Stuhl liegt noch immer der Bademantel und davor stehen ein paar Badelatschen. Auf dem Rolltisch stehen eine halb volle Flasche Wasser und ein Glas, daneben liegt eine Lesebrille mit Bändchen, ein Buch – „Dune" – und ein Handy. Mit Leukosilk festgemacht hängen zwei Postkarten an der Leiste oberhalb des Bettes, an der auch eine Lampe angebracht ist. Hackenbroich zupft ein paar Nitrilhandschuhe aus seiner Hosentasche und nimmt die

Karten vorsichtig ab. Die eine zeigt drei Bilder aus Overath, die Kirche mit der Verkehrsinsel im Vordergrund, den Steinhofplatz und den Bahnhof. Auf der Rückseite seht die Adresse vom Krankenhaus, Ralf Breitscheids Name und die Zimmernummer. Dazu, in krakeliger Handschrift, der Text: „Nicht vergessen – nicht vergeben – es waren FÜNF – jetzt sind es VIER!".
Die andere Karte zeigt den Blücherpark in Köln und wieder Anschrift, Name und Zimmernummer und der Text: „Nicht vergessen – nicht vergeben – es waren FÜNF – jetzt sind es DREI!".
Damit dürfte zumindest klar sein, dass es tatsächlich um die Clique um Gottmann, Matros, Breitscheid, Gropius und Busch geht. Hackenbroich tütet die Karten ein, wobei er noch feststellt, das eine in Köln und die andere in Lohmar abgestempelt sind. Das Handy kommt auch in eine Zip-Tüte, dann öffnet er die Schublade des Schranks, in der aber nur Taschentücher und zwei Schokoriegel liegen. Im unteren Fach findet er dann noch ein zweites, offenbar ungelesenes, Buch – Stephen Kings „Holy" – und ein iPad, das er ebenfalls eintütet. Im Kleiderschrank, der mit „Seite Fenster" gekennzeichnet ist, hängen ein Hemd, eine Jacke, eine Hose, unten stehen ein paar Sportschuhe, und in der Mitte liegen ein paar T-Shirts, Unterhosen und Socken, das war's. Hackenbroich wühlt kurz durch die Wäsche, findet aber nichts. Dann stopft er alles in einen Kleidersack, der an einem Haken innen an der Schranktür hängt, packt den Bademantel und die Latschen dazu und klebt alles mit Leukosilk, das es hier ja ausreichend gibt, zu. Das Gleiche

macht er mit den Badezimmerutensilien – Zahnbürste, Zahnpasta, Rasierer – die ebenfalls nach *Fenster* und *Innen* sauber aufgeteilt im Bad stehen. Um sicherzugehen, dass er nichts übersehen hat, dreht er noch eine Runde durchs Zimmer, entdeckt aber nichts Neues mehr. Er gibt am Schwesternzimmer Bescheid, dass das Zimmer wieder freigegeben ist, und macht sich auf in die Pathologie, um zu sehen, ob Kollegin Scharfenberg schon da ist, um den Leichnam abzuholen.

Nachdem er sich zweimal verlaufen hat, und schon bei den Schwesternwohnheimen hinter dem Krankenhaus gelandet ist, erbarmt sich eine junge Pflegerin, führt ihn zurück ins Hauptgebäude und liefert ihn in der Pathologie ab. Hier angekommen dauert es nur noch ein paar Minuten und Frau Scharfenberg persönlich rauscht, ganz in Schwarz, ums Eck und instruiert die beiden Kollegen vom Institut, wie sie vorzugehen haben.

„Herr Hackenbroich, Sie verschaffen mir ungewöhnlich viel Arbeit in letzter Zeit, was um alles in der Welt ist los mit dem sonst so friedlichen Bergischen Land?“

„Wenn ich das mal wüsste, wenn ich das mal wüsste. Irgendwas läuft hier sehr seltsam und falsch. Aber ich habe noch keine wirkliche Ahnung, was das genau sein soll und warum das alles passiert.“

„Was hat es mit diesem“ sie deutet auf die Leiche von Ralf Breitscheid „hier auf sich? Der Kollege sagte, er hätte Lungenkrebs im letzten Stadium. Das fällt aktuell nicht in meinen Bereich.“

„Nun ja, die Tatsache, dass er ohnehin bald gestorben wäre, bedeutet ja nicht, dass man ihn nicht trotzdem vorher umbringen kann oder umgebracht hat. Ich möchte absolut sicher sein, dass es ein natürlicher Tod war. Er würde leider sehr gut in die Reihe der zwei anderen Morde passen. Nur dass es hier nicht so dramatisch inszeniert wurde, beziehungsweise gar nicht inszeniert wurde."

„OK, also wenn er ertrunken ist, melde ich mich. Apropos", sie wendet sich an einen Mitarbeiter des Krankenhauses „wurde der Leichnam schon gewaschen? Er sieht so sauber aus."

„Nisch dat isch wüsste, junge Frau", kölnert es aus dem sehr dünnen und großen Mann, der selbst ein wenig wie der Tod, und sehr viel nach einer harten Karriere mit *Roth-Händle ohne* aussieht.

„Und auf geht's, ab nach Köln. Kommen Sie mit, Herr Hackenbroich?"

„Danke nein, ich muss mal in Ruhe nachdenken. Könnten Sie das hier", er überreicht ihr die Beutel mit den Gegenständen und den Kleidersack aus Breitscheids Zimmer, „mit nach Köln nehmen und den Kollegen von der Spurensicherung geben?"

„Geht klar. Dann viel Erfolg beim Nachdenken!"

Damit verschwinden sie, Breitscheids Leiche und die beiden Kollegen im Aufzug, ohne Hackenbroich.

„Sie künne och hiereruss", meldet sich der Tod hinter ihm mit kratziger Stimme. „Isch zeij jet ihne, isch mussens eh jrade russ."

Und so trottet der Kommissar dem dünnen Mann, der beim Gehen schon eine Schachtel *Camel ohne* – knapp daneben gelegen – aus der Hosentasche friemelt, hinterher, bis er wieder an der frischen Luft ist. Draußen angekommen, steckt sich der Dünne eine der filterlosen Zigaretten zwischen die gelben Schneidezähne, zündet sie an und saugt den Rauch so tief ein, als plane er die ganze Zigarette mit einem Zug durchzuziehen. Hackenbroich stellt sich daneben und versucht ein Gespräch in Gang zu bringen.

„Haben Sie den Toten aus dem Zimmer geholt?“

Er nickt und raucht.

„Ist Ihnen dabei was aufgefallen?“

„Er wor tuud!“, tiefes Inhalieren.

„Machen Sie das häufiger? Ich meine, Tote aus den Zimmern abholen?“

Er nickt und raucht.

„Sie reden nicht viel, oder?“

Er nickt und raucht.

„War bei diesem Toten irgendwas anders als bei den anderen Patienten, die Sie abgeholt haben?“

Er überlegt, inhaliert, pustet den Rauch aus und sagt „Jo, er hät irjendwie friedlisch ussjesehn.“

„Wie meinen Sie das?“

„Naja, esu als hädde up de Tuud jewort ung nit dojeje anjekämpf.“

Hackenbroich beschließt, es gut sein zu lassen, verabschiedet sich in eine neue Rauchwolke hinein und verlässt das Gelände über die Zufahrt der Krankenwagen zur Notaufnahme, wo zwei Sanitäter gerade ihren Wagen checken und wohl gleich ihre Schicht antreten. Er grüßt kurz, aus dem Gefühl heraus, den beiden jungen Männern zu demonstrieren, dass er es gut findet, was sie

machen und Respekt davor hat, merkt aber schnell, dass es keinen der beiden groß interessiert. Aus einem Impuls heraus beschließt er, noch mal ins Krankenhaus zurückzukehren, um kurz mit dem Zimmernachbarn zu sprechen, den der Pfleger heute Morgen ausquartiert hatte. Zurück auf der Station erkundigt er sich nach dem Mann, Herrn Boltenstern, wie ihm wieder einfällt, und erfährt, dass der mittlerweile wieder in seinem alten Zimmer ist. Dort angekommen, klopft Hackenbroich und betritt das Zimmer, in dem neben Boltenstern schon ein neuer Patient schlummert oder vor sich hindöst, schwer zu sagen.
„Herr Boltenstern, ich hätte da ein paar Fragen zu Ihrem ehemaligen Zimmergenossen, wenn das für Sie in Ordnung ist."
„Ich war es nicht", verkündet er schelmisch „Aber ich wünschte mir, bei mir würde es auch so schnell und unerwartet gehen. Was wollen Sie wissen, Herr Wachtmeister?"
„Hackenbroich reicht, hatte Herr Breitscheid Besuch in den letzten Wochen oder Tagen?"
„Nö, gar keinen. Auch traurig, ne? Keine Kinder, keine Frau und die Eltern waren wohl auch schon tot, wenn ich das richtig verstanden habe."
„Hat er sich vielleicht hier mit jemandem angefreundet oder unterhalten?"
„Hat sich gut mit Azra verstanden, der hat ihn auch ab und zu in seiner Mittagspause mit in den Park genommen. Aber sonst, nö."
„Wer ist Azra?"
„Einer der Pfleger. Glatze, groß, nett."

„Wissen Sie, ob die beiden über was Bestimmtes geredet haben?"
„Geredet haben die immer erst draußen. Aber ich weiß noch, irgendwann vor zwei oder drei Wochen, kamen die beiden zurück und es war eine ganz komische Atmosphäre."
„Inwiefern komisch?"
„Ralf wirkte irgendwie… leichter, erlöst, hat auch viel mehr geredet danach, mit mir und den Schwestern und allen. Aber Azra war danach nur noch sporadisch hier und die Parkausflüge waren auch viel seltener."
„Irgendeine Idee, warum das so war, oder was passiert ist?"
„Nee, keine Ahnung. Geht mich aber ja auch nichts an, oder? Jedem Tierchen sein Pläsierchen, sag ich immer. Ach ja, und kurz danach hat sich Azra seine Haare abrasiert, der hatte so lange blonde Haare, meist so als Pferdeschwanz, komplett kahl rasiert."
„Gut, vielen Dank und wenn Ihnen noch was einfällt, hier ist meine Karte."
„Dann versuche ich mal, noch lange genug zu leben, dass mir was einfallen kann", dabei zwinkert er Hackenbroich verschmitzt zu. Galgenhumor und dabei fällt Hackenbroich ein, an wen ihn der dünne Raucher erinnert hat, an die Vollstrecker in alten Western.
„Machen Sie das, und alles Gute trotzdem!"
Als Hackenbroich wieder bei seinem Wohnmobil angekommen ist, zeigt das Thermometer 31 Grad und die Uhr genau zwölf – High Noon. Er steigt ein und reitet in

den Sonnenuntergang, beziehungsweise zu Camping Paul… um nachzudenken.
Als er um halb eins mit seinem Wohnmobil wieder auf seinem zugewiesenen Platz steht, mit einem frischen Kaffee an seinem Campingtisch sitzt und seine Mails abruft, stellt er erstaunt fest, dass die Auswertung von Breitscheids Handydaten und dem Browserverlauf des Tablets schon da ist. Interessanterweise hat er in den letzten Monaten mit allen fünf Fußballfreunden telefoniert, was bisher keiner von ihnen erwähnt oder zugegeben hat. Hackenbroich nimmt sich vor, die verbliebenen Kicker bald danach zu fragen. Weitere Anrufe gingen an einige unbekannte Anschlüsse und einer an die Familie Weiland, auch hier notiert Hackenbroich sich, dass ein Besuch bei den Weilands wohl doch angemessen wäre. Laut Browserverlauf hat Breitscheid zum einen nach den anderen vier Fußballern gesucht, und nach Zeitungsartikeln aus dem Kölner Stadtanzeiger aus dem Sommer 1986. Vielleicht liegt die Lösung ja doch in der Vergangenheit begraben. In den gesuchten Artikeln geht es vor allem um das tote Mädchen, wobei nach anfänglicher Berichterstattung auf Seite eins die Geschichte recht schnell im hinteren Zeitungsteil verschwindet und von Berichten über das „WAAhnsinnsfestival“ in Wackersdorf abgelöst wird. Zusammengefasst steht in der Zeitung etwa das, was Hackenbroich schon weiß: kein Täter, ihr Bruder Rudolf hat sie gefunden und wird zuerst verdächtigt, aber noch nicht mal festgenommen, weitere Verdächtige gab es nicht.
Damit bleiben zwei Spuren aus der Vergangenheit, die tote Katja Weiland und der Streit zwischen Breitscheid

und Busch um Martina Haus. Um zu beurteilen, ob eine Sache davon ausreicht, um drei Menschen nach so langer Zeit umzubringen, braucht es mehr Informationen über beides, gute alte Polizeiarbeit also.
Er nimmt sich das Mannschaftsfoto noch mal vor und überlegt, wer ihm mehr über die Geschichte mit Martina Haus erzählen könnte, oder ob er ganz woanders anfangen muss. Eine kurze Recherche ergibt, dass es die Schiffermädchen noch gibt und kurz darauf hat er die aktuelle Geschäftsführerin, Verena Zimmermann, am Telefon. Die ist erst seit zwei Jahren dabei und viel zu jung, als dass sie Martina kennen könnte, aber sie verspricht, im Klubheim auf den alten Fotos, die es von jedem Jahrgang gibt, nach ihr zu suchen.
Also muss Frau Schörn ran und zwanzig Minuten, nachdem Hackenbroich die Frage gemailt hat, erfährt er, dass Martina Haus mittlerweile Martina Bartom heißt und in Gießen lebt. Dazu gibt es eine Handynummer, bei der aber niemand rangeht und so hinterlässt der Kommissar eine Nachricht auf der Mailbox.
Kurz darauf meldet sich die Leiterin der Schiffermädchen zurück und sagt, dass sie ein passendes Foto gefunden hat und gerne Vorder- und Rückseite, auf der alle Namen stehen, fotografieren und Hackenbroich schicken kann. Als beide Bilder angekommen sind, stellt er fest, dass ihm ein Name bekannt vorkommt. Er fischt das Mannschaftsfoto aus dem Stapel mit den Unterlagen und siehe da, Michael Packenbach war wohl beim Fußball-Ballett. Er kickte im SSV und war bei den Schiffermädchen. Das Internet behauptet, das er als Elektriker im Familienbe-

trieb „Elektro-Packenbach“ in Heiligenhaus arbeitet. Das ist erstens näher als Gießen und zweitens eine Verbindung beider Spuren.
Ein Anruf bei „Elektro-Packenbach“ und schon hat Hackenbroich einen Termin am Nachmittag in Heiligenhaus. Michael ist ab 14 Uhr im Betrieb. Zeit genug, ein frisches Hemd anzuziehen, zwei Bockwürste mit Senf zu verspeisen und noch einen Espresso hinterherzuschütten. Nachdem die längere innere Diskussion, ob er mit dem E-Bike oder dem Wohnmobil fahren soll, zugunsten des Fahrrads ausgefallen ist, macht sich Hackenbroich um halb zwei auf den Weg, füllt an der Tankstelle an der Siegburger Straße noch mal die Reifen mit Luft und strampelt *entspannt* bei 30 Grad den Heiligenhauser Berg hoch.
Michael Packenbach empfängt den Kommissar auf der Veranda hinter dem Geschäft. Eine kleine Wiese trennt sie von einem Innenhofparkplatz, an den die Garagen für die Firmenfahrzeuge grenzen. Anscheinend wohnt er über dem Ladenlokal, denn Tisch und Garten sehen eher aus, als würden sie von einer Familie genutzt, als dass hier die Mitarbeitenden ihre Pausen verbringen. Auf dem Tisch steht eine Karaffe mit Minzwasser und zwei Gläser, die Michael Packenbach gerade damit füllt.
„Sie waren am Telefon recht kryptisch. Wobei sollte ich Ihnen helfen können?“
„Erinnern Sie sich an eine Martina oder Tine Haus, sie war auch bei den Schiffermädchen.“
„Alter, das ist lange her. Boah, Moment“, er steht auf, geht ins Haus und kommt nach ein paar Minuten mit

einem gerahmten Bild zurück. Hängen sich hier eigentlich *alle* ihre alten Sportmannschaften an die Wand? Das Bild ist dasselbe, das Hackenbroich von Verena Zimmermann bekommen hat und so kann er zielsicher auf ein junges Mädchen in der zweiten Reihe zeigen.

„Das ist sie."

„Ja, klar. Ich erinnere mich. Nett, aber auch etwas strange. Bei der wusste man nie, ob sie einen gerade verarscht, oder anlügt, oder ob das stimmt, was sie erzählt. Aber es war immer lustig mit ihr, war immer was los."

„Können Sie sich erinnern, ob sie einen Freund hatte damals, Sommer 86?"

Packenbach lacht auf und erklärt „Einen? Tine hatte mindestens immer zwei am Wickel, die hat echt nichts anbrennen lassen. Sagt man das heute noch so? Egal, war das der Sommer in dem dieses andere Mädchen gestorben ist?"

„Ja, Katja Weiland."

„Genau, Katja. Da hatte sie definitiv was mit Ralle und Malle."

„Wieso wissen Sie das so genau?"

„Ganz seltsamer Sommer. Erst stirb Katja, dann sprengt irgendwas die Fußball-Clique, und dann zoffen sich Ralle und Malle auf einer Party."

„Zoffen?"

„Um Tine, wenn ich mich recht erinnere. Ja, genau, es ging um Tine und darum, dass Ralle sie geschwängert hätte und dann Schluss gemacht. Und sie hat dann wohl abgetrieben und Malle war deswegen total sauer auf Ralle."

Hackenbroich greift instinktiv nach seiner Bananenbox und holt ein Würstchen raus, nimmt es in die Hand, beißt kurz ab, um dann mit dem angebissenen Ende in der Luft zu dirigieren: „Moment, der Reihe nach. Mit der Fußball-Clique meinen Sie Gottmann, Matros, Busch, Breitscheid und Gropius, richtig?“ Packenbach nickt. „Und was heißt *gesprengt*?“

„Na ja, im Verein haben sie sich immer mehr angegiftet und neben dem Platz sind sie sich zunehmend aus dem Weg gegangen. Aber ich habe keine Ahnung warum. Es gab keinen Anlass, bis auf die Nummer mit Tine.“

„OK, zu Tine, was ist da genau passiert?“

„Also, aber wie gesagt, das ist ja ewig her, was ich mitbekommen habe, ist, dass Malle mit Tine auf einer Party mal rumgeknutscht hat, und ein paar Tage später, auf einer anderen Party, hat Ralle was mit Tine gehabt. Das hat mir Sam beim Training damals erzählt, ich war bei keiner der Partys dabei. Angeblich hat Ralle mit ihr geschlafen und sie war schwanger, die beiden haben sich gestritten, und er hat Schluss gemacht. Dann soll sie zu einer Abtreibung nach Holland gefahren sein und das hat Malle mitgekriegt und sich dann auf der Klubheim-Party mit Ralle deswegen gezofft. Da müsste Sam aber mehr wissen, wenn er sich noch erinnert, der ist nämlich irgendwann dazwischen gegangen. Für mich kam das aber irgendwie so rüber, als würden die beiden sich über was ganz anderes oder jemand anderes streiten.“

„Warum das?“, wedelt Hackenbroich mit der Wurst seine Frage über den Tisch und beißt noch mal nervös ab.

„Weil mir der Streit dafür nicht krass genug vorkam und ich mir damals echt nicht vorstellen konnte, dass es mit einem der beiden für Tine was Ernstes war. Die passten beide nicht zu ihr, die war eine andere Liga damals, und das wussten die beiden auch. Ich glaube auch nicht, dass die beiden Sex hatten, das wäre echt strange gewesen. Tine und Ralle, nee."
„Aber warum hätte sie das behaupten sollen?"
„Wie gesagt, sie war da etwas speziell. Aber vielleicht stimmte es ja auch. Wer weiß."
„Wie ging es dann weiter, nach dem Streit?"
„Ganz ehrlich, keine Ahnung. Das war ja jetzt auch nicht so eine ‚Alle haben es mitgekriegt Nummer' auf der Party. Ein Streit halt. Und die hatten ja in der Zeit dauernd Streit wegen jedem Scheiß. Beim Fußball: Ball nicht abgespielt, Streit. Tor nicht getroffen, Streit. Und und und…"
„Mit Sam meinen Sie Simon Rot, richtig?", fragt Hackenbroich sicherheitshalber noch mal nach und steckt sich den letzten Wurstzipfel in den Mund.
„Genau. Ich glaube, der ist Lehrer geworden, Sportlehrer. Mehr weiß ich da aber auch nicht."
„Danke, Sie haben mir auf jeden Fall sehr geholfen." Hackenbroich klappt seinen eifrig beschriebenen Notizblock wieder zu.
„Gerne, freut mich, wenn ich helfen kann. Darf ich Sie jetzt auch mal was fragen?"
„Klar."
„Das mit dem Würstchen, ist das so ein Kommissar-Ding?" „Was? Nein, das ist… das ist gar nichts. Ich ver-

suche mir das Rauchen abzugewöhnen" – „Ah, dann mal viel Erfolg." – „Danke."
Rauchen abgewöhnen denkt Hackenbroich auf dem Rückweg, oh Mann, was ein Blödsinn, *aber an der Wurstnummer muss ich arbeiten.*
Zurück in seinem Campingplatz-Büro erwartet ihn eine Mail von Katrin Scharfenberg. Die Obduktion von Ralf Breitscheid hat nichts ergeben, außer dass er ertrunken ist. Keine Spuren, die Leiche war perfekt gesäubert. *Das Wasser in der Lunge lässt aufgrund der gefundenen Reinigungs- und Desinfektionsmittelrückstände vermuten, dass er in einem der Krankenhausbadewannen ertränkt wurde,* schreibt sie. Auch Kleidung und alle anderen Dinge aus dem Zimmer geben nichts her. Was die Postkarten betrifft, so sagen die Schrift-Experten, dass die Handschrift so aussieht, als hätte jemand versucht, seine Schrift zu verstellen. Vielleicht mit der linken Hand geschrieben oder mit einer andern Handhaltung als gewöhnlich. Zum Beispiel den Stift statt mit Daumen und Zeigefinger mit allen Fingern gehalten.
Was Hackenbroich aktuell aber am meisten Kopfzerbrechen bereitet, ist die Verteilung der Tatorte. Köln, Overath, Bensberg. Bensberg, nimmt er an, ging nun mal nicht anders, Breitscheid war krank und es war klar, dass er nicht mehr lebend aus dem Krankenhaus rauskommen würde. Aber warum ihn dann überhaupt noch umbringen? War er so wichtig im Szenario? Vielleicht hat er dem Pfleger, Azra, mal was erzählt, irgendwas schien zwischen den beiden ja vorgefallen zu sein.

Warum der Blücherpark in Köln und die Verkehrsinsel in Overath? Beides schwer zu erreichen, ohne aufzufallen. Hackenbroich sucht im Internet nach einer Verbindung. Über den Blücherpark erfährt er, dass er in den Jahren 1911 bis 1913 nach Plänen des Gartenarchitekten Fritz Encke entstanden ist, der Anfang des 20. Jahrhunderts in Köln zahlreiche Grünanlagen geplant hat. Der Weiher, auf dem sie Gottmann gefunden haben, ist 1,5, Hektar groß, von Frühling bis Herbst zum Bootfahren freigegeben und war früher ein beliebter Wintertreff zum Schlittschuhlaufen. Es gibt einen Kiosk mit Restauration am Bootshaus und der Weiher wird seitlich von zwei Lindenalleen gesäumt. Hackenbroich liest sich den gesamten Online-Artikel durch, aber die Einzige, wenn auch sehr weit hergeholte Verbindung zu seinem Fall ist die Tatsache, dass es einen Sportplatz gibt, auf dem der Fußballverein *Vorwärts Blücherpark* spielt. 2019 wurde der Weiher komplett saniert und ist jetzt einen Meter tiefer als davor. Das bringt ihn nicht weiter.
Also Overath und Verkehrsinsel in die Suchmaske getippt. Außer einigen Unfällen an verschiedenen Verkehrsinseln findet sich hier gar nichts. Aber dass es einen eigenen Wikipedia-Eintrag für die Overather Verkehrsinsel gibt, damit hat er auch nicht gerechnet, vielleicht ja jetzt. Nach dem berühmten Satz von Sherlock Holmes „Wenn man das Unmögliche ausgeschlossen hat, muss das, was übrig bleibt, die Wahrheit sein, so unwahrscheinlich sie auch klingen mag“, beschließt Hackenbroich, erst mal noch eine Bockwurst aus seiner Bananendose auszuschließen, um dann zu beschließen, dass er erst mal ver-

suchen sollte, die ihm unwahrscheinlicher erscheinende Spur, nämlich den Streit um Tine Haus, auszuschließen, wenn möglich. Danach könnte er sich dann mit neuer Wurst und Elan auf die einzig verbliebene Spur, die Fußball-Clique stürzen. Holmes wäre stolz auf ihn! Daraus folgt, dass er als Erstes mit Simon Rot sprechen muss.
Wie er schnell rausfindet, ist der Sportlehrer in Lohmar und wohnt in Donrath, sogar eine Handynummer ist auf der Schulseite zu finden, weil er auch Vertrauenslehrer ist. Chapeau! Tatsächlich ertönt nach den zweiten Klingeln eine sehr angenehme und beruhigende Stimme aus dem Handy an Hackenbroichs Ohr „Rot."
„Herr Simon Rot?"
„Ja, und wer sind Sie?"
„Kommissar Hackenbroich, Kripo Köln."
„Hm. Das kann jeder behaupten und ausweisen können Sie sich am Telefon ja wohl nicht."
„Dann rufen Sie doch bitte die Kripo oder die Polizei in Köln an und erkundigen sich nach Kommissar Rüdiger Hackenbroich, lassen sich meine Handynummer geben und rufen mich zurück. Einverstanden?"
„Vielleicht ist das ja gar nicht nötig, Sie können mir ja auch erst mal sagen, worum es überhaupt geht."
„Genau genommen um eine Party im Fußballheim des SSV Overath im Sommer 1986."
„Ich denke, dafür brauche ich keinen Nachweis", antwortet der hörbar amüsierte Rot „Was ist denn an dieser Party so wichtig, dass Sie mich über 30 Jahre später extra deswegen anrufen? Ich bin wirklich gespannt!"

„Es geht um einen Streit, den Sie wohl mitbekommen und dann auch geschlichtet haben. Zwischen Matthias Busch und Ralf Breitscheid. Können Sie sich daran erinnern?“
„Allerdings. Streit schlichten und wieder für Frieden sorgen, war schon immer mein Ding.“ Er lacht „Hat sich bis heute nicht geändert. Die beiden sind, nach einigen Kölsch, aneinander hochgegangen. Anfangs dachte ich, es geht um Fußball, aber dann wurde es immer persönlicher. Daher vermute ich mal, dass es um ein Mädchen ging. Irgendeine Tine oder Tina.“
„Martina oder Tine Haus“, wirft Hackenbroich ein.
„Richtig, ich glaube, die war sogar da an dem Abend, aber das würde ich nicht beschwören. Oder müsste es heißen *nicht unter Eid aussagen?*“ Rot muss schon wieder lachen, ein lustiges Kerlchen, aber vermutlich ein toller Vertrauenslehrer.
„Woran ich mich noch genau erinnern kann, ist, dass Malle, also Matthias Busch, Ralf irgendwann vorgeworfen hat, alles kaputtgemacht zu haben und nicht er. Vielleicht in etwas anderen Worten, aber im Grunde so.“
„Haben Sie eine Idee, was er damit gemeint haben könnte?“, unterbricht Hackenbroich ihn an dieser Stelle.
„Nein, aber es muss etwas Wichtiges gewesen sein, die Stimmung zwischen den beiden und den anderen drei von der Clique wurde in dem Sommer immer schlechter und nach den Ferien hatte ich das Gefühl, dass die noch nicht mal mehr miteinander geredet haben. Fußball haben sie dann auch nicht mehr gespielt, zumindest nicht, dass ich es mitbekommen hätte. Aber ich bin dann auch nach

Wahlscheid gewechselt, und habe sie komplett aus den Augen verloren."

„Sind Sie sicher, dass es bei dem Streit um Tine Haus ging?"

„Komisch, dass Sie das fragen, aber ich hatte damals schon das Gefühl, dass es eigentlich um etwas anderes ging. Als wäre sie, und was da mit ihr gewesen ist, nur der Auslöser für einen ganz anderen Streit, den die beiden oder vielleicht sogar alle fünf miteinander hatten. Es klang so, wie bei Paaren, die sich über eine Kleinigkeit streiten und dann eskaliert es bis hin zu '*Du hast doch schon immer...* und *was ich auch schon immer mal sagen wollte.*"

Da kommt eindeutig der Vertrauenslehrer durch, denkt Hackenbroich und versucht Rot wieder auf die Spur zu bringen. „Aber Sie haben keine Ahnung, was der eigentliche Streitgrund gewesen sein könnte?"

„Nein, leider gar keine Ahnung. Ich gehörte aber auch nicht zur Clique. Da waren die fünf sehr eigen, wer dazu gehören durfte, und mit wem sie geredet haben. Vielleicht fragen Sie mal einen von denen, oder den Packenbach, der war auch da an dem Abend, das weiß ich noch."

„Der war so freundlich, mich zu Ihnen zu schicken, und, falls Sie es noch nicht mitbekommen haben, Thorsten Gottmann, Ralf Breitscheid und Patrick Matros sind tot."

Schweigen in der Leitung.

Hörbar geschockt spricht Simon Rot langsam weiter „Tot. Doch nicht die Leiche in Overath am Kreisverkehr?"

„Doch, das war Patrick Matros."

„Und die anderen beiden?“
„Gottmann haben wir auf einem Weiher im Blücherpark in Köln gefunden und Ralf Breitscheid ist letzte Nacht im Krankenhaus in Bensberg umgebracht worden.“
„Sie sind alle umgebracht worden?“
„Ja, tut mir leid.“
„Und die anderen beiden?“
„Sind noch am Leben“, und ich hoffe, das bleibt so, schickt Hackenbroich in Gedanken hinterher.
„Warum? Wer? Was? Entschuldigen Sie, aber das ist hart.“
„Leider kann ich Ihnen zum Stand der Ermittlungen nicht viel mehr sagen, als das, was Sie auch in der Zeitung lesen können. Sollte Ihnen noch was einfallen, egal was, was uns weiterhelfen könnte, Sie sehen meine Nummer ja im Display. Auf jeden Fall schon mal vielen Dank.“
„Ja, gerne, also ich meine…“
„Schon gut. Melden Sie sich einfach, auch wenn Sie nur reden wollen.“
„Danke. Auf Wiedersehen.“ – „Machen Sie es gut!“
An diesem Punkt der Ermittlung wäre es schön, mal mit Martina Haus zu sprechen, aber die hat bisher nicht zurückgerufen. Also versucht es Hackenbroich erneut, landet aber wieder nur auf der Mailbox, auf der er wieder eine Nachricht hinterlässt, aber diesmal mit etwas offiziellerem Charakter.
Da sich in der Ferne schon erste Gewitterwolken ankündigen und die herrschende Schwüle auch auf eine größere Entladung hindeutet, packt er seine Unterlagen zusammen, steckt alles in seinen neu angelegten Fallordner

und verstaut es im Wohnmobil. Danach räumt er Tisch und Stuhl ebenfalls ein und beschließt, das anrollende Spektakel aus dem Restaurant am Campingplatz zu genießen. Tatsächlich muss er auch nur noch eine knappe halbe Stunde warten, bevor die ersten Blitze, gefolgt von tiefem Donnergrollen, durch den immer schwärzer werdenden Himmel zucken. Kurz darauf gehen gefühlte hundert Liter Wasser pro Quadratmeter in wenigen Minuten über dem Campinggelände nieder und verwandeln die Wiese in eine kleine Seenlandschaft. Der ausgetrocknete Boden ist kaum in der Lage, die Wassermengen aufzunehmen und es bilden sich größere Rinnsale, die talwärts fließen. Während er aus dem Fenster des Restaurants schaut, einen kleinen Salat mit Putenbrust und ein Kölsch vor sich, muss er unweigerlich an die Tatsache denken, dass alle seine Opfer bisher ertrunken sind, was ihn wiederum an Katja Weiland denken lässt. Ob der Grund für alles doch sie ist? Ein besonders lauter Donnerschlag lässt Hackenbroich aus seinen Gedanken hochschrecken, und er widmet sich seinem Salat.

Nach einer halben Stunde ist die Show vorbei und eine angenehme Kühle macht sich breit auf dem Gelände. Zurück an seinem Wohnmobil beschließt er, es für heute gut sein zu lassen und endlich mal wieder ein Buch von seinem „Noch lesen“ Stapel anzufangen. Er macht es sich in seinem Bett bequem, lüftet das Wohnmobil gut durch und erfreut sich an der frischen Gewitterluft und seiner neuen Lektüre.

Irgendwann döst er ein und als er aufwacht, ist es halb zwölf und er denkt sich, jetzt brauch ich auch nichts mehr anfangen. Er schließt die Fenster bis auf die Dachluke, putzt sich die Zähne, und legt sich anschließend nackt bis auf die Unterhose wieder ins Bett. Dann schaut er noch zwei Stunden *Dexter* auf dem Laptop und fragt sich, ob Dexter in Köln auch so lange mit seinen Morden durchgekommen wäre, oder ob er ihn vielleicht geschnappt hätte.

Schlosskapelle – Samstag, 24. Juli

Das Gewitter gestern hat für eine angenehme Abkühlung gesorgt und viel vom gelben Blütenstaub von den Bänken vor der kleinen Kapelle an Schloss Auel weggespült. Helene Winterscheidt führt ihre kleine Gruppe von zehn neugierigen Besucherinnen durch das Portal ins Innere.
„Kommen Sie ruhig alle rein, es ist genug Platz. Das Schloss, zu dem die Kapelle *Sankt Johannes Nepomuk* gehört, ist seit 1391 beurkundet. Hier vorne sehen Sie den wunderschönen Rokokoaltar und“, sie zeigt auf die Bilder an beiden Seiten der Kapelle, „diese Gemälde stammen aus dem 17. und 18. Jahrhundert. Die Kapelle gehört zur katholischen Gemeinde Lohmar und wer möchte, kann auch hier heiraten.“ An dieser Stelle ihrer Führung sucht sie sich immer ein Paar raus, und schaut es erwartungsvoll an. Ihr Blick schweift über ein altes Wanderer-Pärchen, einen älteren Mann, der offenbar alleine da ist, einen großen, kräftigen Mann mit Glatze und bleibt dann bei zwei Mittzwanzigern hängen, die recht verliebt aussehen,

und auch sofort auf ihren Blick reagieren. Beide fangen leicht verschämt an zu lächeln.
„Ein schöner Ort, um zu heiraten“ sagt das junge Mädchen, woraufhin der Mann mit der Glatze so leise, dass es niemand hört „Oder um Buße zu tun“ flüstert.
„Ja, das ist er“, reagiert Helene Winterscheidt auf das Mädchen und fährt fort: „Und hier können Sie dann auch später Ihre Kinder taufen lassen“, was bei dem jungen Mann wieder zu einer gesunden Gesichtsfarbe führt, während sie wieder lächeln muss, genau wie der Rest der Gruppe, mit Ausnahme des Glatzenmanns. Der stellt die nächste Frage: „Wird die Kapelle häufig für Trauungen oder Taufen genutzt?“ – „Also alle zwei bis drei Wochenenden, vor allem im Sommer schon. Morgen zum Beispiel ist wieder eine Trauung und nächste Woche haben wir ein immer wiederkehrendes, eher profanes Event. Der örtliche Buchhändler fährt mit einem Pferdewagen verschiedene Orte ab, an denen etwas gegessen wird, und dazu gibt es eine Krimilesung, unter anderem hier in der Kapelle. Gibt es sonst noch Fragen? Wenn nicht, gehen wir rüber ins eigentliche Schloss. Wenn Sie mir folgen würden.“
Nachdem alle die Kapelle verlassen haben, steht nur noch der Mann mit der Glatze zwischen den Bankreihen, macht ein paar Fotos mit seinem Handy und folgt dann der Führerin zur nächsten Station der Schlossführung.

Hackenbroich – Samstag, 24. Juli

Hackenbroich wacht sehr erholt gegen neun Uhr auf, reißt alle Fenster auf, beziehungsweise kurbelt alle Scheiben runter, schlüpft in seine Shorts, streift sich ein T-Shirt über und setzt sich mit dem ersten Espresso des Tages vor sein Mobil. Heute geht was, denkt er und holt seine USB-Box nach draußen. Seine extra angelegte *Frühstücks-Playlist* begrüßt diesen natürlich wieder sonnigen Tag mit Kapelle Petra und dem Song *Ja*. Das heißt doch was! Die Wiese ist auch schon wieder trocken, das Thermometer zeigt 18 Grad und der Himmel ist wolkenlos. Hätte er nicht drei Morde aufzuklären und ein Haus zu entrümpeln, wäre das ein perfekter Ferientag.
No stop signs, speed limits – sag einfach ja, nicht immer nein – Nobody's gonna slow me down – wahrscheinlich wird es gar nicht so schlimm sein – Like a wheel, gonna spin it –
Auch wenn Hackenbroich die Mischung aus Bon Scott und Kapelle Petra zusagt, entschließt er sich doch, das Durcheinander zu beenden, stoppt die Musik und geht ans Handy.
„Hackenbroich"
„Bartom, Martina Bartom hier, ich sollte Sie zurückrufen."
„Ah ja, sehr schön", läuft doch! „Schön, dass Sie sich melden…" „Es klang so, als hätte ich da keine große Wahl. Was will denn die Polizei von mir?", ihre Stimme war eine Mischung aus Genervtheit und Arroganz, wie sie Menschen gerne an den Tag legen, wenn sie Geld be-

sitzen, aber daran selber keinen großen Verdienst haben. Praxis übernommen, Laden weitergeführt, einfach geerbt oder reich geheiratet, der Klassiker. Es fehlt dann die Selbstsicherheit des *ich habe das alles selbst geschafft,* die ersetzt wird durch *ich kann auch was, aber keiner respektiert das.* Keine guten Voraussetzungen für ein entspanntes Gespräch.

„Können Sie sich noch an Ralf Breitscheid und Matthias Busch erinnern?"

„Ralle und Malle? Sicher. Wie könnte ich die beiden Idioten vergessen?"

„Wieso Idioten?"

„Na, weil sie beide dachten, sie könnten bei mir landen."

„Konnten sie offenbar nicht?"

„Natürlich nicht. Ich bitte Sie, Fußballer."

„Aber Sie hatten mal mit beiden was, ist das richtig?"

„*Was haben* ist ein bisschen hochgegriffen. Ich habe mit beiden mal rumgeknutscht und mit Ralle auch ein bisschen mehr."

„Was heißt *mehr?*"

„Wir sind nach einer Party mal im Bett gelandet, oder besser gesagt, im Kombi von einem Freund auf dem Schulparkplatz. Das war aber eher so eine *Kaumgehteslosistesauchschonwiedervorbei-Nummer*, Sie verstehen?"

„Ich denke schon. Verzeihen Sie die Frage, aber stimmt es, dass Sie von Ralf schwanger waren?" Lautes Lachen auf der anderen Seite

„WAS? Wer erzählt denn so was? Ralf? Ich bin doch nicht völlig bescheuert. Außerdem war ich 16."

„Einer der Fußballer hat uns das erzählt“, weicht Hackenbroich der Frage erst einmal aus „Es stimmt also nicht und demnach haben Sie auch keine Abtreibung vorgenommen?“
„Natürlich nicht! Hören Sie, wer immer sich diesen Schwachsinn ausgedacht hat, sollte das besser nicht öffentlich sagen, sonst werde ich meinen Anwalt informieren. Das ist ja rufschädigend. Schwanger, so eine Unverschämtheit. War's das oder haben Sie noch mehr so tolle Fragen?“
„Ich denke, das war es soweit. Vielen Dank, dass Sie sich die Zeit…“ aber bei *sich* hatte sie schon aufgelegt.
Messerscharf kombiniert spricht damit sehr viel für die Fußball-Clique, zumindest nach Sherlock Holmes Theorie, oder so ähnlich. Außerdem ist die Richtung im Großen und Ganzen ja noch dieselbe, sprich an den Fußballern führt kein Weg vorbei. Die Frage ist jetzt nur, was ist damals passiert, das heute drei Morde heraufbeschwört, und wer begeht sie? Vielleicht sollte man einfach mal mit ein paar anderen Menschen von damals sprechen, die nicht Fußball gespielt haben. Auf Hackenbroichs innerer To-do-Liste hat sich eine Fragestunde mit den Eltern damit nach oben geschoben und die Fragen, warum Busch und Gropius nichts von den Telefonaten mit Breitscheid erzählt haben. Dazu die Frage, warum Packenbach ihm die Story mit der Schwangerschaft erzählt hat.
Klingt nach einem anstrengenden Wochenende.

„Das hat Bianca damals erzählt und es klang, zumindest in meinen Ohren, glaubwürdig", berichtet Michael Packenbach am Telefon.
„Bianca wer?"
„Illermann, das war eine gute Freundin von Tine und auch von Malle, deshalb hat sie es ihm erzählt, und er hat es dann mir erzählt, und ich fand es zumindest gut vorstellbar."
„Haben Sie Ralf Breitscheid mal darauf angesprochen?"
„Nein, warum – ging mich ja nichts an und wie schon gesagt, wir waren Mannschaftskollegen, keine Freunde!"
„Irgendeine Ahnung, wo ich Frau Illermann finden kann?"
„Wenn mich nicht alles täuscht, arbeitet sie in Overath auf der Stadt. Ich meine, ich hätte sie letztens im Bürgerbüro erkannt, als ich mein Auto angemeldet habe. Aber sie heißt jetzt anders Schumann oder Schuber oder Schumacher, irgendwas mit Schu am Anfang."
„Danke und noch ein schönes Wochenende" – „Ebenso!"
OK, das musste und konnte bis Montag warten.
Dann zum zweiten Punkt auf der Liste, die Eltern von Katja Weiland.
Nach einem kurzen Telefonat erklären sich Herr und Frau Weiland bereit, den Kommissar zu empfangen. Kurz nach zehn betritt Hackenbroich das Grundstück am Ferrenberg. Das Haus ist eines von vier Reihenhäusern, die immer mit leichtem Versatz aneinandergebaut sind. Die Weilands wohnen im Zweiten von rechts. Sie stehen auch schon beide in der Tür und sehen kleiner aus, als sie

vermutlich sind. Daher wohl auch der Spruch *von Gram gebeugt.* Hier passt er auf jeden Fall. Er trägt eine Jeans, darüber ein weißes Polohemd, sie eine Leinenhose und ein ärmelloses Hemd mit Blümchenmuster. Den Unterlagen nach ist Vater Ludger Weiland 77 Jahre und ehemaliger Leiter des Kaufhof-Lagers in Köln-Porz gewesen und Ursula Weiland die klassische Hausfrau und Mutter an seiner Seite und jetzt 76 Jahre alt. Hackenbroich geht die vier Stufen zum Eingang hoch und begrüßt beide mit Handschlag, erst Frau, dann Herrn Weiland.
„Kommen Sie doch herein, Herr Kommissar, wir können uns auf den Balkon setzen, der liegt im Schatten." Ursula Weiland bringt noch einen Krug Wasser und drei Gläser mit auf den Balkon und alle drei setzen sich in den angenehmen Schatten. Nachdem sie die Gläser gefüllt hat, trinkt sie einen großen Schluck und verharrt in einer Position, die klar macht, dass sie das hier gerade nicht besonders angenehm findet. Ihr Mann sitzt kerzengerade in seinem Stuhl, die Hände im Schoss gefaltet und macht den Eindruck, als würde er auf seine Hinrichtung warten.
„Es tut mir leid, dass ich Sie wieder mit diesem schmerzhaften Thema belästigen muss, aber im Laufe meiner aktuellen Ermittlung taucht immer wieder der Name Ihrer Tochter auf und ich wüsste einfach gerne noch ein bisschen mehr darüber, was damals eigentlich genau passiert ist. Schaffen Sie das?"
Nach einigen Sekunden des Schweigens beginnt Ludger Weiland leise und bedacht zu sprechen.
„Rudolf war es nicht. Das haben wir nie geglaubt. Warum hätte er seiner Schwester etwas antun sollen. Die beiden

waren immer ein Herz und eine Seele. Dass ausgerechnet er sie auch noch finden musste, das hat ihn komplett aus der Bahn geworfen."
„Ganz kurz", unterbricht Hackenbroich ihn, „letztendlich ging man doch von einem Sturz oder Unfall aus, oder nicht?"
„Aber einen Unfall auf der Brücke hätte doch jemand mitkriegen müssen, so viele Autos wie da meist fahren, und dass sie selbst gesprungen wäre, das ist... das ist... ist undenkbar. Also muss sie doch jemand umgebracht haben, und das war auf keinen Fall unser Rudolf!" Herr Weiland wird energisch. Um die Emotionen erst mal wieder ein wenig herunterzufahren, lenkt Hackenbroich das Gespräch in eine andere Richtung:
„Könnten Sie mir zuerst einmal schildern, wie der Abend aus Ihrer Sicht abgelaufen ist? Das wäre nett."
„Wir, wir... wir waren alle zusammen bei der Aufführung der Theater AG in der Schulaula, *Herr der Fliegen* stand auf dem Programm und auch wenn keines unserer Kinder eine Rolle in dem Stück hatte, so sind wir doch immer gerne mit den Nachbarn zusammen hingegangen. So viele Gelegenheiten mal rauszukommen gab es ja damals in Overath nicht."
„Wir, das heißt, Sie beide, Rudolf und Katja?" Beide nicken. „Gut, erzählen Sie bitte weiter."
„Es war für eine Theater AG eine richtig gute Aufführung und ich glaube, Katja fand den Hauptdarsteller, ich weiß nicht mehr, wie er hieß...". „Ralf" springt seine Frau ihm zur Hilfe, „Richtig, den fand sie wohl nett oder hatte sich in ihn verguckt." Er muss schlucken und seine

feuchten Augen verraten, dass auch nach so vielen Jahren der Schmerz noch immer präsent ist. Vorsichtig fragt Hackenbroich weiter „Wie ist es nach der Aufführung weitergegangen?“

„Wir standen alle draußen“, übernimmt Frau Weiland die Erzählung „und haben über das Stück und die Schule geredet. Rudolf hat wie immer seine Otto-Späße gemacht, Sie müssen wissen, er sah Otto damals sehr ähnlich und konnte ihn unglaublich gut imitieren. Katja war auch dabei. Dann sind wir, also die Nachbarn, Rudolf und wir noch ins Bistro in der Tennishalle gegangen, um den Abend ausklingen zu lassen. Wie mein Mann schon gesagt hat, viele Gelegenheiten gesellig zu sein gab es damals nicht. Rudolf ist noch mitgekommen, Katja nicht, sie wollte nach Hause gehen.“

„Ich vermute, sie wollte sich noch mit ein paar Freunden am Steinhofplatz treffen“, erklärt ihr Mann, der sich wieder ein wenig gefangen hat. „Das sollten wir zwar nicht wissen, aber wir sind ja auch nicht blind, und wir waren ja auch mal jung.“

„Mir war das nicht recht, da hingen immer so komische Leute rum, vor dem Grill. Da hatte ich immer Angst, dass Katja was passiert“, wirft Frau Weiland ein und trinkt einen großen Schluck Wasser, füllt nervös alle Gläser noch mal nach und geht in die Küche, um kurz darauf mit einer neuen Flasche zurückzukommen. Sie sagt „Es ist aber auch sehr heiß heute“ und wischt sich zur Bestätigung den Schweiß von der Stirn.

„Wo war ich stehengeblieben?“

„Katja wollte nach Hause gehen…", hilft Hackenbroich ihr, und Frau Weiland nimmt dankbar den Faden wieder auf.

„Ich habe ihr noch gesagt, sie soll nicht über den Steinhofplatz gehen, und dann war sie weg, und wir sind ins Bistro gegangen."

„Ist sie alleine gegangen, oder mit einer Freundin?"

„Alleine, da war niemand mehr, oder Ludger?"

„Nein, ich kann mich nicht erinnern, dass sie mit jemand zusammen losgezogen wäre."

„Wie ging es dann weiter?", fragt Hackenbroich in die entstandene Stille hinein, die nur von einer Heckenschere vom Nachbargrundstück gestört wird.

„Als wir so gegen elf Uhr wieder zu Hause waren, ist sie nicht hier gewesen", fährt Ludger Weiland fort. „Ich bin dann mit dem Auto zum Steinhofplatz gefahren, aber da war sie auch nicht, und der Grill war schon geschlossen. Es war auch sonst niemand da. Also bin ich noch einmal zur Schule gefahren und habe geschaut, ob sie noch auf dem Weg unterwegs war, aber auch da habe ich sie nicht gefunden. Wenn ich bedenke, dass ich zweimal über sie drüber… über die Brücke, wo sie doch da unten ..."

Herr Weiland stockt, fängt an zu weinen und geht in die Wohnung. „Entschuldigen Sie meinen Mann, aber das ist gerade ein bisschen zu viel für ihn, und der Jüngste ist er ja auch nicht mehr."

„Das macht doch nichts und ich habe vollstes Verständnis. Wir haben es auch gleich geschafft. Zwei Dinge würden mich noch interessieren. Wissen Sie noch, wer da war, also vor der Aula, als Katja losgegangen ist?"

„Ach Gott, das müssen mindestens noch ein paar Dutzend Leute gewesen sein. Vor allem die Eltern der Kinder, die mitgespielt haben. Alle anderen sind vermutlich direkt nach dem Stück entweder ins Bistro gegangen oder nach Hause oder in die Stadt gefahren. Der Parkplatz war jedenfalls schon fast wieder leer, als Katja gegangen ist. Am Mofaständer standen noch ein paar von den Halbstarken rum. Wir sind ja auch nur noch da gewesen, weil die Tochter unseres Nachbarn mitgespielt hat, auf die haben wir noch gewartet."
„Haben Sie da vielleicht noch ein paar Namen für mich?"
„Also unsere Nachbarn heißen Schmidt, die anderen, warten Sie, nein, das Problem ist ja, in der AG waren Schüler aus mehreren Jahrgängen und Klassen dabei. Fragen Sie aber mal bei Schmidts, vielleicht haben die das Programmheft noch aufgehoben. Ihre Svenja war ja ganz vernarrt ins Theaterspielen."
„Danke, werde ich gleich mal machen und…", bevor Hackenbroich weiterreden kann, steht Frau Weiland auf und ruft dem Heckenschneider zu: „Wolfgang! Hallo, kannst du mal kurz unterbrechen?"
„Ursula, was gibt's" ruft vermutlich Wolfgang Schmidt über die Hecke zurück. „Hier ist ein Mann von der Polizei und möchte wissen, ob du noch die alten Programmhefte von Svenja vom Theater hast", was Hackenbroich zwar ursprünglich nicht wissen wollte, aber sei's drum, wenn was dabei rumkommt, will er auch das wissen.
„Bestimmt, die hat Svenja alle aufgehoben. Warte, ich bring sie gleich rüber."

Frau Weiland geht an die Tür und kommt ein paar Minuten später mit einem kleinen drahtigen Mann mit Glatze und Schnurrbart zurück, der ein altes Fotoalbum unter dem Arm trägt. „Schmidt, Wolfgang Schmidt", stellt er sich vor und setzt sich unaufgefordert an den Tisch und knallte das Album neben die Wasserflasche. Er blättert schon mal los und fragt dann „Um welches Jahr geht es denn?" – „1986, der *Herr der Fliegen*", klärt Ursula ihn auf und das Blättern wird langsamer. „Hier, da ist es", sagt er und tippt auf ein altes Faltblatt, auf dem eine riesige Fliege ist und der Schriftzug *Theater AG 1986 – Der Herr der Fliegen.* Stolz reicht er Hackenbroich das Album rüber. Der öffnet das eingeklebte Faltblatt und sieht die Rollenverteilung des Stückes:

Die Rollen und ihre Darsteller:
Ralph – Martin Kreymann
Jack – Ralf Breitscheid
Zwillinge Sam & Eric – Doppelrolle Manuel Meister
Roger – Thomas Epple
Simon – Frank Trierschein
Piggy – Oliver Herkenhöhner
Chor – Chor der Unterstufe unter Leitung von Manfred Glasbauer
Regie – Hartmut Fischer
Kostüm – Annegret Fischer

„Darf ich mir das abfotografieren?", fragt Hackenbroich Herrn Schmidt und zückt sein Handy. „Ja, sicher, sind Sie wirklich von der Polizei, darf ich Ihren Ausweis sehen,

haben Sie eine Waffe?", plappert Schmidt munter auf den Kommissar ein. Der hält ihm seinen Ausweis vors Gesicht und sagt: „Eine Waffe habe ich nicht dabei."
Er macht Fotos von allen Seiten des Faltblatts und gibt dem immer noch aufgeregt rumzappelnden Schmidt das Album zurück. Aber anstatt aufzustehen und zu gehen, starrt er erwartungsfroh in die Runde.
„Wenn es Ihnen nichts ausmacht, würde ich gerne mit Frau Weiland unter vier Augen sprechen, Sie verstehen", dabei zwinkert er ihm konspirativ zu und denkt mal wieder *was mache ich hier?*
„Selbstverständlich, verstehe, geht klar, ich muss ja auch die Hecke weiter… oder stört das Ihr Verhör? Ich kann das auch später machen."
„Herr Schmidt, das ist kein Verhör, sondern nur eine kleine Unterhaltung über alte Zeiten, und Sie können sehr gerne Ihre Hecke weiterschneiden."
Irritierenderweise geht Schmidt nicht in die Wohnung zurück, sondern vom Balkon in den Garten, bis Hackenbroich merkt, dass die Gärten durch ein kleines Tor in der Hecke verbunden sind. Mit einem *Ja dann* ist er verschwunden, und kurz darauf erfüllt wieder der Klang der Heckenschere die Luft.
„Ein paar Fragen hätte ich noch, Frau Weiland. Wie ist Ihr Sohn Rudolf eigentlich mit der ganzen Sache umgegangen?"
„Das hat ihn, wie schon gesagt, schwer aus der Bahn geworfen. Eigentlich wollte er ja auch auf die Bühne, Musik machen und dazu seine lustigen Geschichten erzählen, die er immerzu geschrieben hat. Aber nach der Beerdi-

gung von Katja hat er damit komplett aufgehört, und hockte dann fast die ganzen Sommerferien in seinem Zimmer, und hat Musik gehört und Bücher gelesen, vor allem so religiöse Sachen. Nach dem Abi, das er so gerade geschafft hat, hat er Zivi im VPH gemacht und ist dann einfach dageblieben als Pfleger, und das ist er heute noch. Aber wir haben eigentlich kaum Kontakt. Er kommt an Weihnachten und zu unseren Geburtstagen vorbei, das war es dann aber auch. Und dann redet er auch nicht viel, meist über seine Arbeit und die Gebetsgruppe, die er im Krankenhaus leitet. Ich glaube, er ist gut in seinem Job, er kann sich gut in andere Menschen reinfühlen und es scheint ihn auch zu erfüllen."

„Können Sie mir wohl seine Handynummer und Adresse geben?"

„Er hat kein Handy, soweit ich weiß. Wenn er anruft, macht er das immer über das Telefon im Stationszimmer oder aus dem Wohnheim, da gibt es auch ein Gemeinschaftstelefon. Aber das passiert nur ein, zwei Mal im Jahr."

„Er wohnt also im Wohnheim hinter dem Krankenhaus?"

„Ja. Die Nummer kann ich Ihnen geben."

„Das wäre nett. Wann ist Rudolf eigentlich losgegangen, um seine Schwester zu suchen?"

„Das müsste so gegen ein Uhr gewesen sein, ich meine, die Kirchturmglocke hätte geläutet."

„Und noch etwas, wir haben gesehen, dass Ralf Breitscheid Sie vor ein paar Wochen angerufen hat. Worum ging es?"

„Der Junge aus dem Theaterstück? Der hat hier angerufen? Nein."
„Doch", kommt es aus der Wohnung, und Ludger Weiland kehrt auf den Balkon zurück. „Ich bin damals am Telefon gewesen, du hast gemalt. Er klang sehr schwach und krank. Er sprach über Katja, und dass es ihm leidtäte, dass sie gestorben ist. Dann hat er geweint, und ich habe fast nichts mehr verstanden. Dann ging auf einmal jemand anders an den Apparat und sagte, Herr Breitscheid müsse sich ausruhen und würde sich wieder melden, was er bis jetzt nicht getan hat."
„Das wird er auch nicht mehr, er ist letzte Nacht im Krankenhaus in Bensberg gestorben", erläutert Hackenbroich kurz. „Das war alles, was er gesagt hat?"
„Ja, das war es."
„Eine letzte Frage noch, wenn Sie gestatten und dann sind Sie mich auch los. Hatten Sie jemals einen Verdacht, wenn es denn ein Mord gewesen wäre, wer es hätte sein können?"
„Da haben wir schon so oft drüber nachgedacht, aber wir können uns niemanden vorstellen, der dazu fähig wäre. Wirklich niemand." Dabei steigen ihr die Tränen in die Augen, und Hackenbroich beschließt es dabei bewenden zu lassen.
„Vielen Dank für Ihre Zeit und sollte Ihnen noch was einfallen, melden Sie sich einfach bei mir." Er überreicht Frau Weiland eine Visitenkarte und sie gibt ihm einen Zettel mit der Nummer vom Wohnheim.
Es gibt Orte, die man gerne verlässt und froh ist, dass man nicht bleiben muss, weil alles immer etwas dunkler

und schwerer ist als woanders, die Wohnung der Weilands, denkt Hackenbroich, ist so ein Ort.
Für heute beschließt er, sein mobiles Büro in der Eisdiele am Bahnhofsplatz aufzuschlagen. Bei einem Eiscafé und einer Bergischen Waffel lässt es sich im Schatten unter den aufgestellten Sonnenschirmen gut aushalten. Noch ist Markt auf dem Platz und daher allerlei Trubel, aber die ersten Stände packen schon ein, und die Händler gehen oder fahren – vermutlich – ins wohlverdiente Wochenende.
Da Hackenbroich schon immer ein großer Freund von Listen und Zetteln war, packt er sein Notizbuch aus, ergänzt die neuen Erkenntnisse und plant sein weiteres Vorgehen. Auf der To-do-Liste aktuell ganz oben stehen die Fragen:

- *Was ist mit Katja Weiland passiert im Sommer 1986?*

- *Warum hat Ralf Breitscheid die Eltern angerufen?*

- *Warum haben Sven Gropius und Matthias Busch nicht erzählt, dass Ralf Breitscheid sie angerufen hat?*

„Na, mein Lieber, wie isset?“, reißt Alex ihn aus seinen Gedanken. „Geht so, die Nummer hier wird immer seltsamer. Sag mal, kannst du dich noch an den Tod von diesem Mädchen 1986 unter der Aggerbrücke erinnern? Ich war da schon in Rösrath und hab fast gar nichts mitgekriegt.“ Alex setzt sich und bestellt sich bei der gerade vorbeikommenden Bedienung einen Cappuccino. „Nur dass man sie tot unter der Brücke gefunden hat und dass sie hier auf dem PKG war. Ich kann mich noch erinnern, dass man wohl nie rausgefunden hat, was eigentlich passiert ist, oder?“

„Ne, bis heute unaufgeklärt.“

„Aber warum willst du das wissen? Hat das was mit deinem Fall zu tun?“

„Weiß ich nicht, aber ich denke, dass es da schon eine Verbindung geben könnte. Ich war gerade bei ihren Eltern, das war nicht sehr schön.“

„Das kann ich mir denken, Ursula ist häufiger bei mir im Laden und man hat immer das Gefühl, dass es irgendwie ein bisschen dunkler wird im Raum, wenn sie reinkommt. Ist aber auch ein schweres Schicksal, wenn die Tochter so jung stirbt.“

„Kennst du eigentlich den Bruder, Rudolf oder Rolle Weiland? Arbeitet im VPH.“

„Nöö. Ich kannte sie ja auch nicht. Aber mal anderes Thema. Kommst du jetzt am Dienstag mit bei unserer Krimifahrt?“

„Ach ja, die Krimifahrt. Erzähl mal, was ihr da genau macht?“

„Ich habe einen sehr netten Typen kennengelernt, der eine Pferdekutsche hat. Da haben wir die Idee gehabt, man könnte doch an verschiedenen Orten was essen und gleichzeitig eine Lesung machen. Auf der Fahrt gibt's dann auch immer lecker Weinchen und das Ganze dann an vier Stationen.“

„Wo geht's denn lang?“

„Wir starten hier am Bahnhof, dann Cyriax, Lesung und als Vorspeise eine kleine Brotzeit, dann hoch zum Camping Paul, erste Hauptspeise und Lesung, weiter zum Schloss Auel, Lesung im Kapellchen und zweiter Hauptgang im Restaurant, und dann Lesung und Nachtisch im Golfclub am Lüderich in Steinenbrück."
„Ich sag mal, klingt toll, mal sehen, vielleicht schaffe ich es. Aber momentan kann ich dir nichts versprechen."
„Sag einfach Bescheid. So, ich muss dann auch mal wieder. Schönen Samstag noch!"
„Dir auch." – „Danke, Tschöö."
Wieder alleine mit seinem Eiscafé, macht Hackenbroich aus dem Foto der Besetzungsliste vom Theaterstück eine Rechercheliste für Frau Schörn und schickt sie ihr per Mail vom Handy. Dann ruft er Sven Gropius an, der auch sofort ans Handy geht: „Herr Kommissar, was kann ich für Sie tun?"
„Sie haben meine Nummer eingespeichert?" – „Na sicher. Ist doch immer gut, einen Kriminalisten an der Hand zu haben. Oder etwa nicht?" Interessante Betrachtungsweise.
„Mmm. Eine Frage habe ich an Sie. Warum haben Sie mir nicht gesagt, dass Ralf Breitscheid Sie angerufen hat?"
Schweigen.
„Herr Gropius?", die Antwort kommt etwas zögerlich „Nun ja, der Anruf war, sagen wir mal, sehr seltsam. Er redete was von Schuld, und dass es ihm leidtäte, und dann hat er auch schon aufgelegt."
„Haben Sie eine Ahnung, was ihm leidgetan haben könnte?" Wieder kommt die Antwort recht langsam und

klingt verunsichert „Nein. Aber wir hatten ja auch seit der Schule keinen Kontakt mehr, keine Ahnung, was er in der Zeit angestellt haben könnte.“
„Aber warum ruft er dann ausgerechnet Sie an?“
„Ich kann es Ihnen beim besten Willen nicht sagen“, an diesem *besten Willen* hegt Hackenbroich allerdings gewisse Zweifel, belässt es aber dabei. „Vielen Dank und sollte Ihnen doch noch eine Idee kommen…“ hier unterbricht Gropius ihn „Dann melde ich mich natürlich, Ihre Nummer habe ich ja.“ Hier hört der Kommissar ein GENAU durch die Leitung fliegen und drückt auf *Beenden.*
Bei Matthias Busch erreicht er nur die Mailbox, und bittet um Rückruf. Im Wohnheim des VPH ist das Ergebnis ähnlich, niemand hebt ab. Dann versucht er es an der Vermittlung, um herauszufinden, ob ein Pfleger namens Azra im Krankenhaus arbeitet – Fehlanzeige. Also wird er wohl noch mal nach Bensberg müssen und auf der Station nachfragen, wer das sein könnte. Es läuft nicht rund heute. Weil er keine Lust hat nach Bensberg zu fahren, das Gefühl ein bisschen Wochenende wäre doch auch ganz nett, und er den Kopf mal wieder freikriegen muss, beschließt Hackenbroich, zuerst seine Bananenbox zu füllen, dann seine Badesachen zu holen, um sich mit beidem an die Agger zu setzen und abzukühlen. Was er dann auch macht.
Kurz nach 18 Uhr und sehr gut erholt, bestellt sich Hackenbroich in der Stadtmitte ein Kölsch und einen Flammkuchen mit Speck. Dazu liest er weiter in seinem neuen Buch *Der Markisenmann.* Eine Geschichte um

einen Mann, der eine alte Schuld abträgt, indem er alte und sehr hässliche Markisen aus DDR-Beständen versucht im Ruhrgebiet zu verkaufen. Das Ganze läuft auf eine Art Hochverrat zu Zeiten des Kalten Kriegs raus und auf einmal entsteht in Hackenbroichs Gehirn ein kleiner Gedanke, der sich, wie ein neugeborenes Kälbchen auf unsicheren Beinen, immer wieder umfallend, durch seinen Kopf und die verschiedenen Instanzen der bewussten Wahrnehmung stakst. Ab und zu bleibt es stehen und immer kurz bevor der Gedanke sich ins für die *Aha-Erlebnisse* zuständige Areal emporkämpfen kann, fällt es wieder um, bis er schließlich aufgibt und beschließt, ein Nickerchen zu machen. Was in Hackenbroichs Bewusstsein arbeitet, ist *Alte Schuld* und *Fallakten.* Er schickt eine Mail an Frau Schörn mit der Bitte, dass sie ihm die alten Akten, und zwar komplett, zu dem Fall Weiland zuschickt, und auch die Namen der Kollegen, die den Fall bearbeitet haben, und nicht nur die, die ohnehin im Protokoll stehen.

Schon etwas zufriedener liest er das Buch zu Ende, und beschließt, sich auf dem Rückweg noch mal den alten Fundort unter der Brücke anzuschauen. Er zahlt, packt das Buch in seinen Rucksack und fährt mit dem Rad zur Brücke über die Agger. Dort angekommen, schaut er sich die Szenerie erst mal von der Brücke aus an.

Stromabwärts ist auf der linken Seite die Treppe, die unten in einen asphaltierten Fußweg mündet. Sollte Katja also diesen Weg genommen haben, ist ein Unfall eher unwahrscheinlich, weil da nur selten irgendwas mit Motor fährt und wenn, dann maximal ein Motorrad oder Mofa.

Die Straße verläuft vom Kreisverkehr kommend parallel und anfangs gut zehn Meter oberhalb des Fußwegs mit einem seitlichen Bürgersteig bis zur Schule. Wenn es einen Unfall gegeben hätte, dann wohl dort, oder an der Stelle, wo Hackenbroich gerade steht, oben auf der Brücke. Den Kreisverkehr gab es damals noch nicht. Wäre sie gesprungen oder gestürzt, hätte das auf den letzten zwanzig Metern der Brücke passieren müssen. Andernfalls wäre sie im Wasser gelandet oder auf der anderen Flussseite. Für einen Sturz ist das Geländer aber zu hoch, Katja war eher eine kleine, zierliche Person. Entweder hätte sie jemand stoßen müssen, und das mit viel Kraft, oder hochheben – auch nicht gerade einfach.
Ein Auto, das sie anfährt, wäre wohl stark genug, um sie über die Brüstung zu schleudern. Aber dann hätte sie schlimmere und vor allem auch mehr Verletzungen haben müssen.
Bleibt noch die Möglichkeit, dass sie jemand angefahren und unter die Brücke gelegt hat. Aber warum hätte derjenige sie dann ertränken sollen? Oder war es wirklich nur Pech, und sie ist ohnmächtig mit dem Kopf ins Wasser gerutscht? Aber wenn ich jemanden um die Uhrzeit, also im Hellen, anfahre und versuche das Ganze zu vertuschen, dann haut man doch lieber sofort ab, anstatt hier auf der Brücke oder der Straße anzuhalten, das Mädchen unter die Brücke zu tragen, alle Spuren zu beseitigen und erst dann zu flüchten. So kaltblütig ist doch niemand, der völlig unerwartet ein junges Mädchen anfährt. Und wenn es gewollt war, wer sollte sich so viel Mühe machen, eine

Schülerin derartig planvoll und riskant umzubringen, das ist doch Blödsinn.
Überhaupt Spuren. Gab es tatsächlich nur so wenige, wie im Bericht stehen, oder wurde hier schlampig gearbeitet? Jeder Unfall hinterlässt doch Spuren. Auch ein Sturz hätte Spuren hinterlassen müssen. Hier stimmt so einiges nicht, denkt Hackenbroich und hat diesmal tatsächlich das Gefühl, etwas zu übersehen. Irgendwas an dem Bild, das sich ihm von der Brücke aus bietet, stimmt nicht. Wie in Trance holt er, trotz Flammkuchen, eine Bockwurst aus der Bananenbox und konzentriert sich auf das, was hier falsch ist.
Die von der Schule über den unteren Fußweg kommende ältere Dame und ihr Hund bleiben stehen und wundern sich, aus unterschiedlichen Gründen, über den Mann auf der Brücke, der mit einer angebissenen Bockwurst ein nur für ihn sichtbares Orchester zu dirigieren scheint. Die Dame denkt, *was soll das* und *die Leute werden immer seltsamer, das Internet ist schuld.* Der Hund denkt *Wurst.*
Als Hackenbroich die ältere Dame mit Hund auffällt, die ihn vom Fußweg aus irritiert anstarrt, beschließt er, dass ihm der Fehler heute wohl nicht mehr auffallen wird. Er mampft seine Wurst zu Ende und fährt zu seinem Wohnmobil, ohne zu ahnen, wie dicht er der Lösung schon war.

Overath, 16. Juli 1986 – 20.24 – 20.40 Uhr – Malle

Wie soll er jemals mit Katja alleine sein, wenn bei jeder Gelegenheit immer die ganze Clique mit am Start ist. Immer alles zusammen machen hat auch echte Nachteile. Außerdem hat Ralf sie bestimmt schon gefragt, ob sie mit ihm ins Schulkino geht.
Vielleicht sollte er ihr was schenken. Das machen die coolen Jungs in den romantischen Filmen auch immer – und hartnäckig sein. Oder so ein geiler Typ wie Ferris aus „Ferris macht blau“ werden. Aber weder hat sein Vater einen Ferrari, noch würde er jemals mit einem Tennisball einen Wecker treffen. Und für seine „Star Wars“ Sammlung interessieren sich Mädchen aus irgendwelchen unerfindlichen Gründen auch nicht. Also was soll er machen, ihr einen Flux-Kompensator bauen, das wäre eher was für seinen Freund Heiko, oder eine Geisterfalle? So langsam verzweifelt er an der Situation. Dabei ist Katja so schön, und wenn sie lacht, dann steht die Welt still. Sie versteht ihn ja auch viel besser als die anderen Mädchen aus der Stufe. Klar, Ralf ist irgendwie immer cooler als er, aber das kann doch nicht alles sein, er ist doch immer viel netter zu ihr und bei ihm hätte sie es auch besser, jeden Wunsch würde er ihr von den Augen ablesen. Immer nur Ralf, Ralf, Ralf. Aahhhhh… aber er ist sich sicher, seine Chance kommt noch.
Seine Chance kommt tatsächlich schon bald, aber er wird sie komplett versauen.

Hacki – Montag, 26. Juli

Nach einem ziemlich ruhigen Sonntag, den er größtenteils mit Lesen und Dösen verbracht hat, überschlagen sich am Montagmorgen die Ereignisse. Um sieben Uhr weckt ihn Matthias Busch mit seinem Rückruf, der in ähnlicher Weise wie schon Sven Gropius auf Hackenbroichs Frage nach Breitscheids Anruf reagiert. *Komisches Gespräch, Schuld, Sühne* und so weiter, ergänzt seine Aussage aber noch um die Entschuldigung, er habe das für nicht wichtig gehalten.

Kurz darauf meldet sich Frau Schörn und verkündet, dass sie ihm die gewünschten Unterlagen gleich zusammenstellen wird, und von einem Kollegen nach Overath bringen lässt, und dass sie dafür eine Adresse bräuchte. Das Naserümpfen, als er einen Campingplatz als Lieferadresse angibt, konnte er durchs Handy spüren. Ihre Rechercheergebnisse betreffs der Namen aus dem Theaterstück kommen in Kürze per Mail.

Derart ungewohnt früh auf den Beinen beschließt Hackenbroich, die Gunst der Stunde zu nutzen, und Bianca Schubert auf dem Amt in Overath zu besuchen, um herauszufinden, ob er seine Streit-um-eine-Frau-Theorie endgültig abhaken kann.

Nachdem er ihr klargemacht hat, dass er kein Auto anmelden will, aktuell keine Umzugspläne nach Overath hat, und keinen Hund, der auf seine Marke wartet, gelingt es ihm, Bianca Schubert unter vier Augen zu sprechen.

Die sehr sportlich wirkende Schubert erinnert den Kommissar an die Frauen aus der Joghurt-Werbung, die entweder den ganzen Tag joggen oder Yoga machen. Kein Gramm Fett zu viel, dichtes braunes Haar zum Pferdeschwanz gebunden, und ernährungstechnisch sicherlich auf der vegetarischen, wenn nicht sogar veganen Seite zu verorten. Die Bananenbox bleibt hier lieber zu. Nachdem er ihr erklärt hat, wer er ist, und dass er sie kurz sprechen möchte, steht sie auf und gibt ihm per Handzeichen zu verstehen, dass er ihr folgen soll.
Als sie auf dem balkonartigen Gang vor dem Amt stehen und auf den Steinhofplatz schauen, packt sie zu seiner großen Verwunderung eine Schachtel Zigaretten aus und zündet sich eine an. Bevor Hackenbroich sprechen kann, sagte sie schon „Ich weiß, ich sehe nicht so aus und es ist auch mein einziges Laster und Sie sind nicht der erste, der so guckt.“ OK, das wäre geklärt. Ihr jetzt wieder teilnahmsloser Blick lässt Hackenbroich das Gespräch beginnen, wobei er nicht so recht weiß, wie er die Geschichte beginnen soll. Er entscheidet sich für die zeitsparendste Methode, die *Tür-ins-Haus-Variante*: „Stimmt es, dass Sie im Sommer 1986 Matthias Busch erzählt haben, dass Martina oder Tine Haus von Ralf oder Ralle Breitscheid schwanger gewesen sei, und sie das Kind daraufhin abgetrieben hat?“ Kaum rede ich mit städtischen Beamten klinge ich wie ein Text aus einer Gebührenverordnung, denkt Hackenbroich noch und ist gespannt auf die Antwort. Die kommt prompt und ist genauso unerwartet wie die Zigarette.
„Ja.“

Eigentlich auf ein längeres Drumherumgerede eingestellt, ist Hackenbroich leicht aus dem Konzept gebracht und schweigt verblüfft.
„Und deshalb kommen Sie extra aus Köln hierher, um mich so einen alten Quatsch zu fragen? Mann, Ihnen muss echt langweilig sein! Müssten Sie nicht hier den Mord auf der Verkehrsinsel aufklären?"
„Ja, auch. Aber…" er kommt nicht rein in das Gespräch „…darum geht es gerade nicht. Warum haben Sie das getan?"
„Weil ich in Matthias verknallt war, und da wollte ich, dass er denkt, Tine ist eine Schlampe und Ralf ein Arsch."
„Wieso Ralf?"
„Er hat mich ein halbes Jahr vorher abblitzen lassen. Und bevor Sie fragen, ich war früher die klassische Wing Woman, verpickelt und dick. Eine, die nur mitgenommen wird, um den besten Freund des Angehimmelten zu beschäftigen. Mich haben die Jungs damals sonst mit dem Arsch nicht angeguckt. So habe ich mich eben gerächt. Und ja, es hat mir Spaß gemacht!"
Hackenbroich denkt kurz, dass er gerne immer solche Befragungen hätte: ehrlich, kurz, auf den Punkt und ohne was zu verschleiern. Haken dran.
„Kannten Sie eigentlich Katja Weiland?"
„War das nicht das Mädchen, das man unter der Brücke gefunden hat?" – „Ja" – „Nein." – „Was?" – „Nein, die kannte ich nicht." – „Ah" – „War's das dann? Ich muss auch mal wieder arbeiten." – „Ja, danke."

Sie schnippt die Zigarettenkippe gekonnt in den Standaschenbecher neben der Tür und lässt Hackenbroich wie bestellt, abgeholt, und dann wieder zurückgebracht stehen. In einem Film würde er jetzt den Zeigefinger heben, *ja, ich muss dann auch mal, dringender Termin…* nuscheln und gehen. Hackenbroich lässt nur den Zeigefinger weg und denkt ganz Monty-Python-like: *Diese Spur ist eine Gewesene.*

Die Zeit, bis Frau Schörn die Namensliste zusammen hat, und die Unterlagen bei ihm eintrudeln, nutzt Hackenbroich noch für ein kleines Frühstück in der Bahnhofsbäckerei. Danach radelt er, nach einem kleinen Abstecher zum *Horrorhaus im Wald*, um zu sehen, ob noch alles in Ordnung ist, zum Campingplatz und errichtet bei angenehmen 22 Grad seine Außenstelle der Kripo Köln im Bergischen. Die Uhr seines Rechners zeigt 09:47 Uhr, als die Mail mit den Namen eintrifft. Er öffnet den Anhang und studiert in Ruhe die Liste:

Martin Kreymann – 56, Germanistikstudium in Köln, arbeitet seit 1995 für den Spiegel *als Journalist, wohnt in Hamburg, verheiratet, zwei Kinder.*

Ralf Breitscheid – bekannt.

Manuel Meister – verstorben 2008 bei einem Autounfall, lebte bis dahin alleine in Düsseldorf und arbeitete in der Zentrale des Verbraucherschutzes.

Thomas Epple – 48, Studium in Köln, Lehrer für Biologie und Chemie an der Klara-Schumann-Gesamtschule in Bonn, wohnt in Siegburg, verheiratet, drei Kinder.

Frank Trierschein – 51, lebt und arbeitet seit 2007 in Thailand für eine IT-Firma. Familienstand unbekannt.

Oliver Herkenhöhner – 53, Ausbildung zum Versicherungskaufmann, arbeitet in Overath, wohnt in Vilkerath, verheiratet, kinderlos.

Ehepaar Hartmut & Annegret Fischer, 77 und 78, beide Lehrer in Rente, leben in Bremerhaven, Frau Fischer seit zwei Jahren dort in einem Heim für Demenzpatienten.

Beste Grüße Schörn

Auf der zweiten Seite des Anhangs findet Hackenbroich noch die dazugehörigen Adressen und Telefonnummern. Dann mal los, und er fängt an, die ehemaligen Laiendarsteller aus der Theater AG abzutelefonieren. Dreißig Minuten später hat er Termine für den Nachmittag in Vilkerath und Siegburg, eine Nachricht auf einem AB hinterlassen, eine Mail nach Thailand geschickt und den Eindruck, dass Herr Fischer bald bei seiner Frau wohnen wird.
Zehn Minuten und einen Espresso später steht der POM-Bär vor seinem Wohnmobil, mit einer Kiste voller alter Fall-Unterlagen.

„Ja nun, das ist ja mal eine Überraschung, was machen Sie denn hier?"
„Ja nun", imitiert Brudak ihn, „diese Kiste soll ich Ihnen von Frau Schörn geben. Sie hat mich extra deswegen nach Köln kommen lassen. Gibt wohl Engpässe bei den Kollegen in Köln."
„Vielen Dank, darf ich Sie noch zu einem Espresso einladen?" „Danke, gerne".
Pause.
Das hatte Hackenbroich ganz vergessen, Brudak war ganz stark in Pausen.
Während er im Wohnmobil verschwindet, um zwei Espresso zu machen, setzt sich Brudak auf den frei gewordenen Stuhl. Der Espresso läuft durch und Hackenbroich holt derweil einen zweiten Stuhl, den er an den Tisch stellt.
„Wo Sie schon mal hier sind, können Sie mir eigentlich auch kurz helfen, die Akten durchzugehen, oder haben Sie es eilig, wieder ins heiße Büro zu kommen?"
„Wenn Sie so fragen, helfe ich doch gerne. Was soll ich machen?"
Hackenbroich stellt die beiden Tassen auf den Tisch und schnappt sich die Kiste mit den Unterlagen.
„Ich versuche herauszufinden, was am 16. Juli 1986 mit Katja Weiland passiert ist, und warum jemand heute Mitschüler von ihr umbringt." Hackenbroich schildert dem POM-Bär kurz den Fall und die Unstimmigkeiten, die ihm aufgefallen sind. Vor allem, dass es nur so wenig Beweise gab. Dann überreicht er ihm einen Stapel der alten

Papiere und schiebt sich selbst den etwas kleineren Stapel zu.
„Und schreiben Sie auf jeden Fall alle beteiligten Kollegen auf, vielleicht erinnert sich ja der ein oder andere noch an was.“ – „Geht klar.“
So sitzen die beiden gut drei Stunden unter der Markise vor dem Wohnmobil und machen sich Notizen, trinken zwei Flaschen Wasser und noch einen Espresso, gönnen sich zwei Bockwürste zum Mittag, und eine Schachtel Kekse als Nachtisch. Als sie mit allen Unterlagen durch sind, besprechen sie ihre Ergebnisse.
POM Brudak eröffnet mit einem erstaunten „das war eine ganz schön schlampig durchgeführte Ermittlung. Von der Absicherung des Tatorts über die Beweisaufnahme bis hin zu möglichen Zeugen. Also selbst für eine Dorfwache war das schlecht. Man hat das Gefühl, die hatten alle keine Lust. Warum? Ein junges Mädchen wird tot gefunden, und alle stehen dumm rum und machen… nichts?“
„Ja, den Eindruck habe ich allerdings auch. Vor allem, wenn alle die Unfall-Theorie für plausibel gehalten haben, warum hat man dann keine Bremsspuren gefunden? Weder auf der Straße, noch auf dem Radweg. Und wenn die zweite Theorie war, dass sie gesprungen ist, warum hat man dann kein Blut auf dem Gelände gefunden, wo sie gelandet sein müsste? Und wenn ihr Bruder, der sie ja gefunden hat, sie umgebracht hat, wie soll das abgelaufen sein? Er kommt nach Hause, bricht dann wieder auf, und trifft sie zufällig? Oder von mir aus haben die beiden sich

verabredet und dann bringt er sie um, weil ihm gerade danach ist? Das ist doch alles Blödsinn."
„Scheint aber damals niemanden gestört zu haben."
„Genau, aber warum? Und gab es keine Spuren? Wurden sie ignoriert, oder sogar vertuscht? Wenn ja, von wem?"
Hackenbroich reißt ein DIN-A4-Blatt vom Block ab und malt einen Zeitstrahl auf.
„Um etwa zwanzig vor neun verabschiedet sich Katja von ihren Eltern und geht Richtung Innenstadt, und gegen zwei Uhr findet sie ihr Bruder tot unter der Brücke. Ich war gestern da und habe mir die Gegend genauer angesehen. Im Sommer ist das Gras und alles was da sonst noch wächst so hoch, dass man sie unter der Brücke nur von der äußersten Kante des Supermarktparkplatzes hätte sehen können. Allerdings war da früher kein Supermarkt, sondern ein Fußballplatz vom SSV und an dem Abend war kein Training und auch kein Spiel, ergo niemand auf dem Platz. Sie hätte da also von, sagen wir, kurz vor neun bis um zwei Uhr unentdeckt liegen können. Da sie gegen kurz vor neun an der Brücke hätte vorbeikommen müssen, wenn sie von der Schule ohne Umwege oder Pausen ihren Weg Richtung Innenstadt gemacht hätte, hätte, was auch immer passiert ist, gegen neun Uhr passieren können oder sogar müssen, weil sie niemand danach mehr gesehen hat. Andererseits waren die Verletzungen wohl nicht sofort tödlich, das heißt, sie hat bewusstlos dort gelegen oder ist vielleicht noch mal zu sich gekommen, und hätte um Hilfe rufen können. Außerdem, und jetzt wird's spannend, sie scheint erst deutlich später ertrunken zu sein. Da stellt sich also die Frage, was

ist passiert, das sie verletzt hat, und wie ist sie dann ertrunken?"

„Machen Sie das immer noch?", fragt der POM-Bär und schaut den Kommissar halb erstaunt, halb amüsiert an.

„Was?" „Das mit der Bockwurst?" Ohne es zu merken, hat er – mal wieder – eine Bockwurst aus der Bananenbox befreit, und damit seinem Monolog anscheinend gestisch Nachdruck verliehen.

„Äh, ja, ich meine nein, also ist doch egal. Was sagen Sie zu dem Ganzen?"

Brudak überlegt kurz, wirft noch mal einen Blick auf seine Notizen und legt los:

„Nehmen wir an, sie liegt, warum auch immer, bewusstlos unter der Brücke und wird wach, oder bewegt sich und rutscht dann mit dem Kopf ins Wasser, dann müsste sie doch reflexhaft husten, und spucken, und sich vom Wasser wegdrehen. Weil sie muss ja irgendwas gemacht haben, nach einiger Zeit, das ihre Lage verändert hat."

„Oder jemand!", wirft Hackenbroich ein.

„Ja, oder jemand. Der Bruder?"

„Der Todeszeitpunkt wird, ungewöhnlicherweise sehr grob, mit *zwischen 23 und 1 Uhr* angegeben. Rudolf war aber erst um zwei Uhr da, beziehungsweise laut der Mutter ist er erst um ein Uhr losgezogen, da müsste Katja schon tot gewesen sein."

„Aber es gibt keine Unfallspuren, keine Spuren von einem Sturz, und nichts im Umfeld, was auf einen Täter oder eine Täterin hinweist. Zumal die Brücke anscheinend wohl ein beliebter Treffpunkt zum Abhängen war, also voller Spuren, die vermutlich alle anderen Spuren unbrauchbar gemacht hätten."

„Was hat man denn überhaupt als Spuren aufgelistet, oder an der Brücke gefunden?", will Brudak wissen.

„Ein bisschen Blut vom Opfer unter der Brücke, das vermutlich dahingekommen ist, als sich Katja unter die Brücke geschleppt hat, oder da abgelegt wurde. Jede Menge Zigarettenkippen, gerne auch mit Haschischresten, leere Bier- und Schnapsflaschen, viele davon zerbrochen. Eine alte Matratze, zwei Europaletten, ein paar Kleidungsstücke, die aber wohl schon länger da herumlagen, kaputte Feuerzeuge und so weiter. Nichts, was man an einem Ort, wo häufiger Jugendliche abhängen, nicht erwarten würde. Sackgasse!", schließt Hackenbroich seine Auflistung ab.

„Und jetzt?", will der junge Kollege wissen.

„Jetzt schauen wir uns mal an, wer damals vor Ort war und den ganzen Schlamassel zu verantworten hat."

Beide legen ihre Aufzeichnungen auf den Campingtisch, der unter der ungewohnten Aktenlast schon zu quietschen anfängt und bedrohlich wackelt. Insgesamt waren vier Polizisten, zwei aus Bergisch Gladbach und zwei aus Overath, das damals noch eine eigene Wache hatte, wie Hackenbroich sich erinnert, zwei Kollegen von der Spurensicherung aus Köln und zwei Mitarbeiter eines Overather Bestattungsunternehmens vor Ort. Als Hackenbroich die Namen durchgeht, bleibt er bei einem Namen hängen, zeigt mit dem Finger, nicht der Bockwurst, auf den Namen und ruft überrascht „Der war auch

da? Wo haben Sie den Namen her, der stand nicht im Tatort-Protokoll."
„Das stimmt, aber in einer Aussage sagt Polizeimeister Wack", Brudak blättert an die entsprechende Stelle des Protokolls, *„dass er und der Polizeihauptmeister als erste nach dem Notruf vor Ort waren und das tote Mädchen und ihren Bruder Rudolf Weiland dort angetroffen haben.* Danach taucht der Name nirgendwo mehr auf."
„Apropos Notruf, von wo aus hat Rudolf denn die Polizei angerufen, Handys gab es ja noch nicht."
„Auf dem Parkplatz vor dem Schwimmbad stand damals wohl eine Telefonzelle. Von da aus hat er angerufen und ist dann wieder zurück zu seiner Schwester gegangen."
„Hatten die beiden Bereitschaft oder wieso waren sie so schnell da?"
„Ja, hatten sie und wurden abends zu einem Einsatz auf der A4 gerufen, da hat es wohl einen größeren Unfall gegeben, und kurz nachdem sie wieder in Overath waren, erhielten sie die Nachricht aus der Leitzentrale, dass es ein totes Mädchen unter Brücke gibt."
Hackenbroich tippt noch einmal mit dem Finger auf den Namen und sagt „Das ist eine wirklich unerwartete Wende."

Overath, 16. Juli 1986 – 20.24 – 20.40 Uhr – Ralf und seine Clique

„Glaubst du, wir haben eine Chance nächste Woche?" Rick, eher kleinerer Rechtsaußen in der Schulmannschaft und Mittelstürmer beim SSV Overath, ist wieder bei seinem Lieblingsthema.
„Nur wenn statt dem Vertretungslehrer diesmal ein Sportlehrer als Trainer mitkommt."
„Vergiss es, gegen die Leverkusener haben wir doch eh keine Chance. Das ist ein Werksteam, die gewinnen immer, die machen nichts anderes als kicken." Ralf, Libero in der Schulmannschaft und Mittleres Mittelfeld beim SSV.
„Aber der Neue hier, der Dings, der kommt doch, und der hat Saarland-Auswahl gespielt." Sven, großer, eher schlaksiger Verteidiger, egal auf welcher Seite und fußballerisch der schlechteste der Clique.
„Maurice, der heißt Maurice." Thorsten, kann mit seinen 1,83 Meter alles und überall spielen, und als einziger nach 80 Minuten noch sprinten und redet eher wenig.
„Genau der!", bestätigt Sven.
Mittlerweile ist das Quintett kurz vor der Aggerbrücke angekommen, und der Weg steigt leicht an. Die Mofa-Fraktion fährt vor. Ralf, Malle und Thorsten machen noch einen kurzen Ausflug unter die Brücke, ihrem Lieblings-Abhäng-Platz im Sommer, weil Thorsten meint, er hätte beim letzten Mal hier eine Schachtel Camel ohne von seinem Opa liegen lassen. Hat er nicht, aber dafür

finden sie ein Fünf-Mark-Stück im Dreck, was zwei Milchshakes extra bedeutet. Läuft.
Nachdem sie zu den anderen auf der Brücke über die Agger gestoßen sind, wird erst mal traditionell gemeinsam über das Geländer in die, für diese Jahreszeit ungewöhnlich viel Wasser führende, Agger gespuckt.
„Ich glaube, die haben irgendwo die Schleusen aufgemacht, wegen so einem Kanurennen" wirft Malle in die Runde.
„Kanuten oder Kanutten", kontert Ralf und erntet eine Runde Männerlachen und will gerade das gefundene Fünf-Mark-Stück ins Portemonnaie stecken, als ihm auffällt, dass die Innentasche seiner geliebten und bei jedem Wetter und jeder Jahreszeit getragenen Motorrad-Lederjacke leer ist.
„Fuck, ich habe mein Portemonnaie hinter der Bühne liegen lassen."
Und damit nimmt das Unheil seinen Lauf…

Hacki – Montag, 26. Juli – 14 Uhr 30

„Jetzt wird es spannend“, sagt Hackenbroich, in dem ein gewisses Jagdfieber erwacht ist. Sein Kollege schaut ihn fragend an, aber Hackenbroich hat schon zum Handy gegriffen und versucht, Frau Schörn zu erreichen.
„Schörn, Büro Hackenbroich, Kripo Köln, was kann ich für Sie tun?“
„Frau Schörn, Hackenbroich hier, Sie sehen doch meine Nummer im Display, was soll dann Ihre Anrede?“
„Das gehört sich nun mal so. Was kann ich für Sie tun *Herr* Hackenbroich?“
„Ich bräuchte Informationen zu einem Kollegen, der in den 80-er-Jahren in Overath auf der Wache gearbeitet hat.“ Er gibt ihr den Namen durch und wartet auf das Ergebnis.
„Der Polizeihauptmeister hat von 1982 bis Ende 1986 in Overath Dienst getan und ist dann, auf eigenen Wunsch, nach Siegburg versetzt worden. Dann hat er noch bis zur Rente in Bonn im Revier gearbeitet. Er ist verheiratet, wobei die Frau wohl kurz vor seinem Renteneintritt verstorben ist, und er hat einen Sohn, der…“
„Ja, den Rest kenne ich“, unterbricht Hackenbroich sie. „Aber eine Frage noch, war es damals nicht üblich, dass Kollegen nicht da arbeiten, wo sie wohnen?“
„Doch, aber es gab immer wieder Ausnahmen. Moment, ich schau mal gerade“ Hackenbroich hört Tastengeklapper durchs Handy „Ja, seine schwer kranke Mutter war der Grund für die Ausnahme bei ihm. Er hat angegeben, er müsse im Notfall schnell zu Hause sein. Nach ihrem

Tod hat er sich dann versetzen lassen. Wobei sie schon Mitte 1985 gestorben ist, er den Antrag auf Versetzung aber erst August 1986 gestellt hat."

„Danke, das hilft schon mal sehr. Wo lebt der Kollege jetzt?"

„Anscheinend immer noch in Overath, er ist da nie weggezogen laut Register." Hackenbroich lässt sich noch die Adresse und Telefonnummern aller anderen Beteiligten von damals geben und sie beenden das Gespräch.

„Könnten Sie mich aufklären Herr Hackenbroich? Was haben Sie entdeckt?"

Aber Hackenbroich war schon wieder am Telefon.

„Hackenbroich hier, Kripo Köln. Sagen Sie, hätten Sie heute Zeit, einem Kollegen bei der Arbeit zu helfen? Es dauert auch nicht lange. Jetzt? Kein Problem. Ich bin in 10 Minuten da. Wiedersehen."

„Ich glaube, ich habe eine Idee, warum die Spurenausbeute damals so gering war. Wären Sie so nett und würden mich fahren?"

„Gerne, wenn Sie mir endlich sagen, was los ist."

Was Hackenbroich auf dem Weg nach Eichen dann auch macht.

„Guten Tag Herr Gropius", begrüßt Hackenbroich Sven Gropius' Vater, ehemaliger Polizeihauptmeister in Overath. „Danke, dass Sie sich so spontan Zeit für uns nehmen, das ist Kollege POM Brudak."

Heinrich Gropius ist gut 1,90 Meter groß, dünn, mit scharf geschnittenen Zügen und für seine 77 Jahre mit erstaunlich fülligem weißem Haar, und einem beeindruckenden, ebenso weißen Schnurrbart Marke Pornobalken, und erwidert „Wenn die Kollegen schon um Hilfe fragen und ich habe ja nicht wirklich viel zu tun, außer meine Gebrechen zu pflegen. Kommen Sie doch rein, es ist so heiß draußen."

Er führt Hackenbroich und Brudak in einen typischen 70er-Jahre Bungalow mit braunen Bodenfliesen und holzgetäfelter Decke, dazu Strukturtapete und Möbel, die man früher als *Gelsenkirchener Barock* bezeichnet hat. Er bittet sie, in einer Sofalandschaft Platz zu nehmen, die an spießiger Plüschigkeit kaum zu überbieten ist. Auf dem gefliesten Tisch liegen die HÖRZU, eine Fernbedienung und ein aufgeschlagenes Sudoku-Magazin, in dem ein Kugelschreiber liegt und auf seinen nächsten Einsatz wartet. Herr Gropius kommt mit einem Tablett aus der Küche, auf dem drei Gläser gefüllt mit Wasser stehen.

„Sie werden durstig sein." Beide nehmen dankbar die Gläser, trinken und lehnen sich in die Kissenlandschaft zurück.

„Herr Gropius Sie waren laut Protokoll damals bei dem Fall der toten Katja Weiland am Tatort, stimmt das?"

Beim Namen Weiland meint Hackenbroich ihn kurz zusammenzucken zu sehen, lässt sich aber nichts anmerken. Zögerlich antwortet der alte Gropius „Ja, ich war da. Warum? Das ist doch Jahrzehnte her. Hat man neue Spuren?" Letzteres klang in Hackenbroichs Ohren schon fast ängstlich.

„Das nicht, aber die Spuren, darüber würde wir gerne mit Ihnen sprechen. Es gab kaum welche."

Nach kurzem Überlegen sagt Gropius „Das stimmt."

„Hat Sie das nicht stutzig gemacht damals? Ein totes Mädchen in Overath und der Tatort gibt nichts her, so als wären hier Profis am Werk gewesen."
„Natürlich hat es das", antwortet Gropius, jetzt in deutlich schärferem Ton. „Aber außer dem toten Mädchen und ihrem Bruder gab es nichts, was auf irgendein Verbrechen hingedeutet hätte. Oder wollen Sie uns schlampige Arbeit unterstellen?"
„Nein, auf keinen Fall", lügt Hackenbroich, der eigentlich genau das will, aber weiß, dass er damit nicht weiterkommt. Der POM-Bär schlürft an seinem Wasser. „Aber wenn wir davon ausgehen, dass keine Profis am Werk waren, *müssen* da irgendwelche Spuren gewesen sein…"
„Nur die dummen Dorfpolizisten waren zu blöd sie zu finden, oder was wollen Sie mir damit sagen?", unterbricht ihn Gropius energisch. Brudak lässt sich noch ein paar Zentimeter tiefer in die Plüschigkeit sinken, um aus der verbalen Schusslinie von Gropius zu gelangen.
„Außerdem haben die Kollegen aus Bergisch Gladbach, die glaube ich, eine halbe Stunde später gekommen sind, auch nicht mehr gefunden."
Weil vielleicht nichts mehr da war, denkt Hackenbroich, sagt aber „Es geht mir doch nicht darum, Ihre Arbeit zu bewerten. Ich suche nur nach einer Erklärung, warum man das Rätsel um Katjas Tod nie gelöst hat, und habe mich gewundert, warum es so wenig verwertbare Spuren gab."
„Da kann ich Ihnen leider heute auch nicht mehr sagen als damals. Es gab keine Spuren. Punkt."
„Wissen Sie eigentlich, wo Ihr Sohn an dem Abend war?"

„Ich nehme an im Bett, um die Uhrzeit, aber woher soll ich das wissen, ich habe gearbeitet, wie Sie ja schon festgestellt haben."
„Gut, dann vielen Dank für Ihre Zeit und wenn Ihnen noch was einfällt, melden Sie sich einfach bei mir."
Das *Sicherlich nicht* stand dem ehemaligen Polizisten in Schriftgröße 36 ins Gesicht geschrieben, in **fett**!
Als beide zum Auto zurückkehren, telefoniert Hackenbroich kurz mit seiner Dienststelle und verkündet anschließend POM Brudak:
„Sie sind für heute und die nächsten Tage mein offizieller Fahrer und Begleiter, ist das OK für Sie?"
Brudak macht einen begeisterten Eindruck und sagt „Sehr gerne, da kann ich sicherlich noch einiges lernen für meine Kommissars-Prüfung."
„Nun gut, mein junger Padawan, dann auf nach Siegburg zu Meister Epple." Brudaks Blick verrät ihm, dass er mit der Rangordnung der Yedi-Ritter weniger vertraut ist, als mit der eigenen.
Der Vorteil an Streifenwagen, sollte man es mal eilig haben, und die aktuelle Verkehrslage sieht das anders, bewirkt der Einsatz von Blaulicht und Sirene wahre Wunder. Kurz nach vier kommen die beiden am Haus von Thomas Epple in Siegburg an. Bunt und aus Holz gebaut, sieht es eher so aus, als würde es in einen Fjord in Norwegen gehören, statt nach Siegburg. Aber zusammen mit dem kleinen Teich, einer knallroten Kinderschaukel und einer Hundehütte, die Snoopy gefallen würde, sieht es schon von außen gemütlich und einladend aus. Sie klingeln und ein Mann Mitte 50, mit einem kurz geschnit-

tenen Haarkranz, der fast schon einer Mönchstonsur gleicht, öffnet in Cordhose und gelbem T-Shirt die Haustür.

„Sie sind Kommissar Hackenbroich?"

„Und POM-Bär… äh Polizeiobermeister Bär."

„Brudak", korrigiert ihn Brudak, schaut aber ansonsten nur aufmerksam zu.

„Polizeiobermeister Brudak, genau" und da war es wieder, das schöne GENAU. „Wir hatten telefoniert. Dürfen wir reinkommen?"

„Natürlich. Ich bin gespannt, was ich für Sie tun kann, das Theaterstück, von dem Sie sprachen, ist ja nun schon ein paar Jährchen her, nicht wahr?" Während er spricht, führt er den Besuch in ein sehr gemütliches Wohnzimmer, das durch zwei riesige Scheiben den Blick auf den Garten hinter dem Haus freigibt. „Darf ich Ihnen was anbieten?"

„Nein, danke, es wird auch nicht lange dauern." Herr Epple signalisiert ihnen, sich zu setzen und nachdem alle Platz genommen haben, schaut er Hackenbroich erwartungsvoll an.

„Sie haben damals den Roger gespielt?" – „Richtig".

„Wissen Sie noch, was nach der Aufführung passiert ist?"

„Passiert? Was soll passiert sein?"

„Ein Mädchen aus der Schule ist in der Nacht gestorben." Epples Blick verrät, dass er diese beiden Ereignisse anscheinend tatsächlich nie zusammen- gebracht hat.

„Sie meinen, das Mädchen…" – „Katja Weiland." – „…ja, sie ist in dieser Nacht, oder an dem Abend gestorben?"

„Ja, und das nicht sehr weit von der Aula entfernt, wo Sie gespielt haben. Daher befragen wir jetzt noch mal alle Leute, die damals etwas gesehen oder gehört haben könnten. Haben Sie?"
„Nicht dass ich wüsste."
„Woran können Sie sich denn nach der Aufführung noch erinnern?"
„Ich habe mit Ralf, der hat den Jack, eine der Hauptrollen gespielt, noch ein bisschen hinter der Bühne geredet und *heimlich…*" als er das sagt, rollt er verschwörerisch mit den Augen, als hätten die beiden damals Heroin gespritzt „…einen Schnaps getrunken aus dem Flachmann, den Herr Fischer immer in seiner Ledertasche versteckt hat. Sie verstehen?", Hackenbroich versucht möglichst kumpelhaft zu nicken, was ihm nur leidlich gelingt, während sich der POM-Bär Notizen macht. Als er die, durch das Kumpelnicken entstandene Stille bemerkt, fragt er „Und, was ist dann passiert?"
„Ralf ist zu seiner Clique gegangen, und ich habe noch beim Abbau geholfen. Etwas später bin ich dann mit meiner 80-er nach Hause gefahren. Das war es eigentlich schon."
„Haben Sie Ralf oder irgendwen aus der Clique noch mal gesehen auf Ihrem Heimweg?"
„Nein, ich glaube nicht."
Stille, Schweigen und das Kritzeln von POM-Bärs Bleistift auf seinem Notizblock. Als der merkt, dass es nicht weitergeht, schaut er den Hackenbroich mit großen fragenden Augen an.

„Dürfte ich vielleicht noch eine Frage stellen“, richtet er seine Frage an Hackenbroich, der ihn ermuntert „Nur zu.“

„Ist Ihnen sonst noch etwas Ungewöhnliches an dem Abend aufgefallen?“ Gerade als Hackenbroich ihn tadeln will, in Richtung, *solche Fragen stellt man nur im Fernsehen,* wird Meister Epple aktiv:

„Doch, aber ich weiß nicht, ob das wirklich wichtig ist.“

„Das werden wir erst wissen, wenn wir wissen, was es ist“, ermuntert Hackenbroich ihn.

„Ich habe auf dem Weg nach draußen, beim Bühnenabgang, das Portemonnaie von Ralf gefunden, und bin dann raus, um zu gucken, ob er noch da ist. Aber da standen nur noch ein paar Eltern mit ihren Kindern. Dann bin ich noch vorne auf die Ecke gerannt, wo die Hinterlassenschaften der ehemaligen Abiturjahrgänge auf der Wiese stehen. Aber auch vor der Schule, oder auf dem Weg zur Brücke, habe ich sie nicht mehr gesehen. Ich bin dann zurück und hab das Portemonnaie Herrn Fischer gegeben, weil ich dachte, der kann es Ralf in der Schule wiedergeben, und keiner denkt, ich hätte was gestohlen, oder so.“

„Wissen Sie, ob Ralf es sich an dem Abend zurückgeholt hat, also ob er noch mal zurückgekommen ist deswegen, oder ob Herr Fischer es ihm dann in der Schule gegeben hat?“

„Nein, wirklich nicht. Also, das weiß ich wirklich nicht mehr. Vielleicht weiß es Herr Fischer noch.“

„Ok, vielen Dank für Ihre Zeit, und wenn Ihnen noch was einfällt, melden Sie sich bitte einfach bei mir.“

Nachdem er Herrn Epple seine Karte überreicht hat, bringt dieser sie beide zur Tür, sie verabschieden sich und nach einer guten halben Stunde sind Hackenbroich und der POM-Bär auf dem Weg zurück nach Overath. Die Zeit im Wagen nutzt Hackenbroich zum Brainstormen.
„Was denken Sie, was passiert ist, Kommissars-Anwärter Brudak?"
„Schwierig… vor allem frage ich mich, ob das tote Mädchen wirklich was mit den Morden von heute zu tun hat. Sie nicht?"
„Doch, aber ich glaube nicht an Zufälle, zumindest nicht an so viele."
„Das hieße, einer aus der Clique hätte etwas mit dem Tod von Katja Weiland zu tun?"
„Oder weiß etwas. Ich finde das Verhalten von einigen doch zumindest merkwürdig. Und, dass der Vater von einem der Jungen als Polizist am Tatort war."
„Aber der kam doch von einem Einsatz von der Autobahn, was hätte der mitkriegen können", fragt der POM-Bär.
„Ich weiß es nicht, aber vielleicht hat er ja auch vorher was gesehen, oder wurde informiert."
„Wie denn? Handys gab es damals ja noch nicht, und es wird ihn kaum einer über den Polizeifunk informiert haben, oder?"
„Nein, ich denke nicht. Mögen Sie auch eine Bockwurst?"
„Was, Bockwurst. Nein, ich bin Veganer!"
„Oh, OK, tut mir leid, aber das muss jetzt sein."

Mittlerweile waren sie auf halber Strecke zwischen Lohmar und Overath und Hackenbroich gibt seinem Fahrer zu verstehen, dass er bei der Tankstelle kurz anhalten soll. Fünf Minuten später sitzt er mit einer dicken Bockwurst samt Brötchen wieder im Streifenwagen und schaut in das skeptische Gesicht seines Kollegen.

„Seien Sie froh, dass ich nicht rauche“, sagt er und beißt genussvoll in die Wurst, deren Pelle beim Reinbeißen ein lautes Knacken von sich gibt. „Die Dicken sind die besten, wissen Sie. Ich kann einfach besser denken mit Wurst!“ Leicht stinkig lenkt POM Brudak den Wagen wieder auf die Bundesstraße, und sie setzen ihren Weg zum Campingplatz fort.

„Also, wo waren wir stehengeblieben?“

„Bei Herrn Gropius und ob er mehr weiß, als er erzählt hat.“

„Was ich auf jeden Fall glaube“, bringt Hackenbroich zwischen zwei Bissen raus „Es wäre für ihn leicht gewesen, am Tatort oder Unfallort, wie auch immer, etwas zu verändern oder gar zu vertuschen.“

„Warum hätte er das tun sollen?“

„Vielleicht, weil er geglaubt hat, dass sein Sohn Sven irgendwas damit zu tun hat. Vielleicht hat er etwas gefunden, das Sven gehört hat, oder er hat vorher was mitbekommen, was ihn vermuten ließ, dass sein Sohn Mist gebaut hat. Da würde doch jeder Vater was unternehmen.“ Saftiger Bissen und kurzes Wurstwedeln, das Brudak zu dem Kommentar *Das ist eklig!* Verleitet.

„Wie, würden Sie ihre Kinder nicht schützen wollen?“

„Doch, ich meinte das mit der Wurst. Können Sie aufhören, mir damit vorm Gesicht herumzufuchteln, bitte?"
„Oh, entschuldigen Sie, keine Absicht."
No stop signs, speed limits.
Brudak schaut verwundert, Hackenbroich zieht sein Handy aus der Gürteltasche und Brudak wird Zeuge eines seltsamen Monologes, da er die andere Seite des Gesprächs nicht mithören kann.
Hackenbroich! – Ja, ich bin… – Nein, dass… – Anzeigen, wen? – Fliegen? Bitte? – Sie sind der… – Jetzt lassen Sie mich doch bitte mal ausreden. – Hackenbroich, ja, Polizei. – Das ist ja schön und gut, aber eigentlich würde ich gerne von Ihnen… - Ausweis? Am Telefon, wie soll das gehen? –
Brudak sieht, wie der Kommissar seinen Ausweis herausholt, vor das Handy hält und wieder einsteckt.
Zufrieden? – Schön, dann eine Frage bitte. An dem Abend des Theaterstückes… – Ja, genau Fliegen. Haben Sie da Ihrem Hauptdarsteller sein Portemonnaie… – seine Geldbörse wiedergegeben? – Nicht, da sind Sie sicher? – Haschisch? OK. – Nein, das war es schon. Vielen Dank, dass Sie sich… – Ja, auf Wiederhören.
„Entschuldigung, aber was war das?"
„Das war Herr Fischer, der Regisseur der Theater AG. Ihm ist noch was eingefallen, und zwar, dass das Stück, das sie an dem Abend aufgeführt haben ‚Herr der Fliegen' hieß. Was klar war, aber er ist sich ziemlich sicher, dass er Ralf an dem Abend sein Portemonnaie nicht zurückgegeben hat, sondern erst am nächsten Tag. Und das weiß er deshalb so genau, weil er, um Ralf zu ärgern,

bei der Rückgabe genau wissen wollte, was alles drin sei, und beim Nachgucken einen kleinen Klumpen Haschisch gefunden hat. Was allen Beteiligten höchst unangenehm war."

„Verständlich und er wollte wirklich Ihren Ausweis sehen?"

„Ja, hatte aber keine Videofunktion an seinem Festnetztelefon." Beide lachen, Hacki beißt herzhaft zu und zwanzig Minuten später setzt POM Brudak seinen neuen Chef an dessen Wohnmobil ab.

Für den Rest des Tages hat er sich vorgenommen, die Katzen aus dem geerbten Haus zu sortieren und dann einzeln, bzw. als Konvolute bei Ebay einzustellen. Er wechselt schnell sein Outfit, packt eine Rolle große Mülltüten in den Rucksack und eine Flasche Wasser, springt auf sein Rad und ist nach fünf Minuten am Horrorhaus im Wald.

Die Katzen bilden unverändert eine verschworene Gemeinschaft im Halbdunkeln des immer noch sehr stickigen Hauses. Nach welchen Kategorien sortiert man Porzellankatzen? Größe? Haltung? Mimik – böse Katze, gute Katze? Kulturkreis – chinesische Winkekatze vs. europäische Schmusekatze? Die schier unfassbare Menge an Internet-Videos hat Hackenbroich eher verunsichert als bei einer Entscheidungsfindung geholfen. Nach eingehender Betrachtung aller im Flur befindlichen Katzen, entschließt er sich für die vier Kategorien „Sieht wertvoll aus", „Sieht nicht ganz so wertvoll aus", „Plunder" und „Weiß nicht". Überraschenderweise sind nach einer guten Stunde die „Weiß nicht"- und die „Plunder"-Tüte ziem-

lich voll und die beiden anderen Tüten, nun ja, wenn man wirklich ehrlich ist, leer. Der Logik folgend, beschließt er, die Plunder-Exemplare in dem kleinen Schuppen im Garten zu deponieren, und die Weiß-nicht-Tüte mitzunehmen, um anhand einzelner Exemplare zu recherchieren, ob sie doch in eine der anderen Tüten gehören. Er leert die Tüte so weit, dass sie in den Rucksack passt, und radelt wieder zum Campingplatz. Angekommen, verbringt er den restlichen Abend am Tisch vor seinem Wohnmobil mit einer Flasche Kölsch, einem Kartoffelsalat mit Frikadelle, man muss ja auch mal was anderes essen, und der Recherche nach Katzenfiguren.
Ergebnis: Alle gehören in die Plunder-Tüte.
…und wieder ist ein schwerer Tag vollbracht.

Overath, 16. Juli 1986 – 20.40 – 20.55 Uhr – Katja

„Ich gehe dann mal nach Hause", verabschiedet sie sich von Eltern, Bruder und allen, die immer noch über DEN Otto schmunzeln „Wir sehen uns zu Hause!"
„OK, aber keinen Umweg mehr über den Steinhofplatz und Grill", wird sie halb im Ernst, halb im Spaß von der Mutter ermahnt. Dann streicht sie ihr kurz übers Haar, und der ganze Trupp setzt sich in Bewegung Richtung Tennishalle.
„Viel Spaß!", ruft sie ihnen noch hinterher und geht dann zügig ums Schulgebäude, an den Überresten der „Denkmäler" vergangener Abi-Jahrgänge vorbei: ein Sofa, ein VW-Käferskelett, aus dem ein Baum wächst, eine Mauer und irgendwas Undefinierbares.
Dann kommt die Raucherecke und der Ascheplatz, auf dem Ralf und seine Truppe bei Schulmannschaftsspielen so tun, als wären sie Unreal Madrid oder so was. Dann muss man sich entscheiden. „Take the high road or take the low road", wie es bei Runrig heißt. Entweder oben rum, was bedeutet, an der Straße lang den Bürgersteig, der stetig bergauf geht, zu benutzen oder unten zu bleiben und den Fahrradweg zu nehmen, was bedeutet, lange auf einer Höhe und zum Schluss steil bergan zu laufen.
Bei Runrigs Song „Loch Lomond" steht die Low Road für das Totenreich, durch das der eine Bruder heimgeht, und die High Road für die Berge, über die der andere lebend nach Hause wandert. Vielleicht sollte sie Ralf mal fragen, ob er Lust hat, mit ihr auf ein Konzert zu gehen, sie hat gelesen, dass Runrig nächsten Montag in Köln

spielen. Aber vielleicht ist ihm die Band nicht cool genug, und er will lieber zu den Red Hot Chili Peppers, was ja auch OK wäre. Sie schaut noch mal nach links auf den Sportplatz, wo ein paar Jungs kicken, und überlegt kurz, ob Ralf mit seiner Clique noch Fußball spielen gegangen ist. Wäre zwar komisch, aber Jungs sind manchmal so. Aber nachdem sie das kleine Wiesenstück vor dem Zaun überquert hat, stellt sie fest, dass sie keinen von den Jungs kennt, und die außerdem locker zwei bis drei Jahre älter sind als Ralf. Was sie erst mal erleichtert. Denen beim Fußball zugucken, echt nicht. Das Blöde an den Jungs ist, dass sie immer im Rudel auftreten – ganz selten, dass man mal einen alleine erwischt, und dann ist es garantiert auch noch der Falsche, Malle zum Beispiel. Der ist zwar in seiner leichten Pummeligkeit süß, aber irgendwie auch ein bisschen einfältig und öde. Sie steht mehr auf schlagfertig und witzig. Ihre größte Hoffnung ist, dass Ralf noch alleine am Steinhof abhängt, weil die anderen schon nach Hause müssen.
Ach ja, die Wegentscheidung – wo sie jetzt eh schon am Sportplatz ist, kann sie auch den unteren Weg nehmen.
Was besser zu Runrigs Song passt, als sie glaubt…

Hacki – Dienstag, 27. Juli

Es klopft am Wohnmobil. Hacki schreckt hoch und schaut auf sein Handy, acht Uhr. Wieso hat der Wecker nicht geklingelt? Er scrollt durchs Menü und stellt fest, dass er keinen Wecker gestellt hat. Verdammt!

Die Sonnenstrahlen, die durch die Dachluke ins Führerhaus dringen, kündigen wieder einen heißen Tag an.

Es klopft noch mal. Warum und wer? Er schwingt sich aus dem Bett und tritt auf eine Porzellankatze, was wehtut und der Plunder-Tüte eine Figur erspart, die jetzt in Teilen in den Müll kommt. Gott sei Dank ist der Katzenkopf durch die Kollision mit der Klotür, und nicht durch Hackenbroichs Ferse abgebrochen.

„Alles OK da drin?“, hört er die Stimme seines neuen Chauffeurs und erinnert sich wieder, dass sie heute zusammen nach Bensberg fahren wollten, um nach dem Pfleger zu suchen, den Breitscheids Zimmergenosse Azra genannt hat.

„Ja, alles gut. Warten Sie einen Moment, ich bin gleich da.“

Nach einer Katzenwäsche, haha, schaltet Hackenbroich die Kaffeemaschine ein, und öffnet die Tür nach draußen. Der POM-Bär hat es sich mittlerweile in einem der beiden Campingstühle bequem gemacht, und zieht in seiner Uniform jede Menge Blicke auf sich.

„Kaffee?“ – „Gerne. Ich habe Ihnen auch zwei Weckchen mitgebracht, einmal mit und einmal ohne Rosinen.“ – „Sehr gut, danke“, ruft Hackenbroich aus dem Inneren des Wohnmobils und erscheint kurz darauf mit zwei Henkeltassen Kaffee draußen.

„Und, neue Erkenntnisse?", fragt der POM-Bär und bekommt ein für ihn sehr unverständliches „Nur wenn Sie sich für Porzellankatzen interessieren" als Antwort.

„Porzellankatzen?" – „Ja, ich hätte da ein paar…" – „Sammeln Sie etwa?" – „Auf keinen Fall, Sie?" – „Ne, aber meine Mutter ist ganz vernarrt in Porzellankatzen und Porzellanelefanten." – „Kennt sich Ihre Mutter zufällig auch noch aus damit?" – „Ich würde sagen, ja. Erklären Sie mir jetzt auch noch, warum Sie das alles interessiert?"

„Ich habe gefühlt Hunderte von Porzellankatzen von meinem Vater geerbt und habe keine Ahnung, was ich damit machen soll."

„Wenn Sie wollen, kann ich sie gerne mal bei meiner Mutter vorbeibringen, die freut sich bestimmt."

Yeeesss! Strike! Hackenbroich ernennt diesen Tag innerlich schon mal zum Besten des Jahres, egal, was heute noch passiert – und es passiert noch einiges! Äußerlich bleibt er aber ruhig und sagt: „Dann packe ich die Tage mal eine Kiste für Mama Brudak zusammen, und gebe sie Ihnen mit."

Danach frühstücken die beiden ihren Kaffee und die Weckchen, POM-Bär mit, Hackenbroich ohne Rosinen, und fahren mal wieder nach Bensberg ins Krankenhaus.

Kurz nach neun parkt POM Brudak den Streifenwagen auf dem Platz neben den Vinzenz-Palotti-Krankenhaus und sie machen sich auf in Richtung Information am Haupteingang, in dessen Schatten ein älterer Mann mit

Infusionsständer neben sich auf einer Mauer sitzt, raucht, und alles was passiert, kommentiert. Als die beiden an ihm vorbei gehen, hören sie ein genuscheltes *Sie betreten die Keimbrutstätte und Virenschleuder – selber schuld.* Im etwas kühleren Inneren angekommen, zeigen sie der jungen Dame hinter dem Tresen ihre Ausweise und fragen, ob es einen Angestellten namens Azra gibt, was sie nach einem Blick in den Computer verneint.

„Vielleicht ist es ein Spitzname", schlägt sie vor. „Viele unserer Pflegerinnen und Pfleger schreiben sich Spitznamen oder Namenskürzel auf die Schilder an ihrer Arbeitskleidung, damit sie nicht sofort im Netz gefunden werden können. Da fragen Sie dann am besten auf der Station nach, wo er oder sie arbeitet. Wissen Sie, wo er oder sie arbeitet?"

„*Er* arbeitet auf oder in der Onkologie", sagt Hackenbroich und merkt, dass er den übergenauen Satzbau der Dame hinter oder an dem Tresen schon adaptiert hat, und beschließt, das sofort wieder bleiben zu lassen. Aber wenn er in Berlin ist, oder mit einem oder einer Berlinerin redet, fängt er auch an zu Berlinern, *machste nix, wa*?

„Soll ich für Sie dort anrufen, oder möchten Sie selbst auf der Station bei den Kolleginnen und Kollegen nachfragen?"

POM Brudak, der das Dilemma seines Vorgesetzten instinktiv erkannt hat, grätscht verbal mit einem „Danke, wir gehen selbst auf die Station", dazwischen und, ohne eine weitere Antwort von der Dame oder Hackenbroich abzuwarten, marschiert er Richtung Aufzug. Hackenbroich folgt etwas überrumpelt und sieht, wie sein junger

Kollege schon den Aufzugsknopf betätigt. Als beide im Aufzug stehen, drückt Hacki auf den Knopf mit der zwei und nach kurzer, schweigsamer Fahrt – warum reden Menschen eigentlich in Aufzügen nie, denkt Hacki noch – treten sie an den Tresen der Stationsleitung. Oder wie auch immer die Kollegin unten das nennen würde, und erkundigen sich bei der diensthabenden Schwester, einer sehr alten Nonne namens *Schwester Agathe*, ob sie jemanden kennt, der den Spitznamen Azra trägt.
„Nein, aber das heißt nichts, ich helfe hier heute nur aus. Am besten fragen Sie Mirko, der hat heute Dienst und ist schon am längsten hier. Wenn Ihnen jemand helfen kann, dann er.“ Dabei deutet sie den Flur entlang. „Er müsste gerade mit der Medikamentenausgabe beschäftigt sein. Irgendwo zwischen Zimmer 205 und 220.“ – „Vielen Dank!“, sagt der POM-Bär und in der leicht gebückten Haltung, die viele Menschen in Krankenhäusern einnehmen, schleichen sie den Gang entlang. Um niemanden zu stören, oder womöglich noch in eine Visite hereinzuplatzen, stellen sie sich an das Fenster am Ende des Gangs und warten, bis ein Pfleger mit Medikamenten aus einem der Zimmer kommt. Was nicht lange dauert.
Ein kleiner, dünner, fast schon dürrer Mann mit zauseligen, schulterlangen schwarzen Haaren kommt aus Zimmer Nummer 206 und legt gerade die Hand auf die Klinke von 208, als Hackenbroich in anspricht „Mirko?“
Etwas erschrocken und mit argwöhnischen Augen schaut der Angesprochene sie an „Ja?“
Hackenbroich stellt sich und seinen Kollegen vor, zeigt dem Pfleger seinen Ausweis und ohne weitere Reaktionen

abzuwarten, fragt er „Kennen Sie einen Kollegen, der sich selbst Azra nennt?"
Ohne lange zu überlegen, antwortet Mirko „Ja" und schiebt nach einer kurzen Pause ein „Warum?" hinterher.
„Wir würden gerne mit ihm sprechen, er könnte wichtige Informationen in einem Fall von Fahrerflucht haben."
Hackenbroich hat über die Jahre gelernt, dass die meisten Menschen bereit sind, in einem Fall von Fahrerflucht bereitwilliger zu helfen als wenn es um Diebstahl oder gar Mord geht. Der POM-Bär hat sein Gesicht gut genug unter Kontrolle, um den Bluff nicht auffliegen zu lassen.
„Ah so", antwortet Mirko und ergänzt „Sie meinen Rudolf, Rudolf Weiland, der nennt sich seit ein paar Monaten Azra."
Die beiden Polizisten brauchen einen kurzen Moment, um die Information zu verdauen, dann sagt Hackenbroich „Seit ein paar Monaten erst?"
„Ja, vorher haben ihn alle Rolle genannt, war wohl sein Spitzname seit der Schule, aber dann stand auf einmal Azra auf seinem Namensschild. Komischerweise war es ihm egal, dass wir alle weiter Rolle gesagt haben, nur bei den Patienten hat er sich dann immer mit Azra vorgestellt."
„Wissen Sie, warum er sich den Namen gegeben hat?"
„Nein, keine Ahnung. Vielleicht was aus der Bibel, das ist so ein bisschen sein Ding."
Hackenbroich hört Brudak mitschreiben und fragt noch mal nach „Gab es denn einen Anlass für den neuen Namen?"

„Tut mir leid, keine Ahnung. Kann ich dann weitermachen? Es warten noch viele Menschen auf ihre Medis."

„Ja, ja, klar. Danke."

Mirko tippt sich noch kurz verschwörerisch an die Stirn und macht mit seiner Routine in Zimmer 208 weiter. Hackenbroich und Brudak kehren derweil zu Schwester Agathe zurück, um herauszufinden, ob Azra aka Rolle aka Rudolf Weiland aktuell im Krankenhaus ist. Am Tresen des Schwesternzimmers angekommen, sitzt Schwester Agathe mit demselben Blick wie vorhin am Computer und sieht ein bisschen so aus, als sei das Ganze auch in den 2020ern noch Neuland für sie.

„Entschuldigen Sie, können Sie uns sagen, ob Herr Rudolf Weiland heute Dienst hat?"

„Moment. Sagen Sie, Sie sind doch echte Polizisten, oder?", dabei deutet sie auf die Uniform von Brudak. Der fühlt sich angesprochen und antwortet „Natürlich."

„Dürfte ich dann wohl ein Selfie mit Ihnen für mein Insta-Profil machen? Hier passiert so wenig Aufregendes, das wäre mal eine willkommene Abwechslung für meine Follower." Beide starren die Schwester an, als hätte sie gerade ein Wunder gewirkt, was, zumindest für Hackenbroich auch stimmt. Kollege Brudak ist weniger überrascht und stimmt sofort zu. Die Nonne kommt um die Ecke des Tresens, holt ein Handy aus ihrem Gewand, stellt sich neben Brudak, nimmt eine unerwartet weltliche Insta-Pose ein, und macht das Foto. Beim Zurückgehen hinter der Empfangstresen, tippt sie sehr schnell auf dem Handybildschirm herum und nuschelt leise *Hashtag Poli-*

zei, Hashtag Krankenhaus, Hashtag TrueCrime. Wieder auf ihrem Platz angekommen, wendet sie sich dem Rechner zu und tippt Rudolfs Namen ein, sehr schnell.

„Da haben wir ihn ja. Nein, er hat ab heute Urlaub genommen, drei Wochen. Gestern hatte er das letzte Mal Frühschicht."

„Wissen Sie, ob er auch Ralf Breitscheid betreut hat", fragt Hackenbroich zur Sicherheit nach.

„Einen Moment", wieder tippt Schwester Agathe sehr schnell auf der Tastatur herum und verkündet dann „Ja, der lag auf seiner Station. Kann ich sonst noch was für die Polizei recherchieren?" Den letzten Satz sagt sie mit einem spitzbübischen Grinsen, das mit dem Kontrast zu ihrem Nonnengewand fast schon gefährlich wirkt.

„Wie lange arbeitet er denn schon hier", fragt Hackenbroich vorsichtig, während Brudak die Nonne fast gleichzeitig nach ihrem Insta-Namen fragt.

„Seit 1989 und Sister-Act-Agathe." Brudak lacht, holt sein Handy raus, liked ihren Post, und folgt ab sofort Schwester Agathe. Hackenbroich wendet sich schon zum Gehen, da fällt ihm noch eine andere Frage ein. „Sagen Sie, Schwester Agathe, Rudolf hat sich seit kurzem *Azra* genannt, sagt Ihnen das irgendwas? Mirko meinte, es könnte was mit der Bibel zu tun haben."

„Azra, nein. Aber warten sie einen Moment", wieder tippt sie sehr schnell auf der Tastatur herum „Da, Azrael ist ein Engel, der im Islam mit dem Engel des Todes identifiziert wird. Er notiert wohl die Namen der Neugeborenen und streicht die der Verstorbenen. Kein schö-

ner Name, wenn man hier arbeitet, wenn er denn gemeint ist, finden Sie nicht."
„Nein, wirklich nicht. Aber heißt nicht auch die Katze von Gargamel bei den Schlümpfen so?", entgegnet Hackenbroich spontan, woraufhin die Nonne wieder am Rechner tippt „Ja, stimmt. Aber nett war die auch nicht."
Diesmal schaut Brudak irritiert, aber bevor er nachfragen kann, sagt Hackenbroich „Vielen Dank Schwester Agathe, das hat uns wirklich sehr geholfen." – „Gerne. Dann wünsche ich Ihnen noch viel Erfolg und haben Sie eine schöne Zeit."
Als sie wieder an der Information vorbeikommen, bittet Hackenbroich die junge Dame noch einmal, kurz herauszufinden, ob Rudolf Weiland wohl im Wohnheim ist. Nach einem kurzen Telefonat verkündet sie, dass er gestern Abend mit einem großen und vollgestopften Rucksack zu einer Trekkingtour nach Frankreich aufgebrochen ist. Zumindest berichtet das ein anderer Bewohner auf seiner Etage.
Sie verlassen das Krankenhaus und schreiten in die Welt hinaus nuschelt der alte Raucher, der immer noch im Schatten vor dem Eingang sitzt, und immer noch raucht, als die beiden das Krankenhaus verlassen.
Auf der Rückfahrt fahren sie nicht über die Autobahn nach Overath, sondern über Untereschbach und Steinenbrück und gönnen sich noch ein Eis, Hacki klassisch Schoko/Vanille und POM Brudak Tiramisu/Roché. Während sie im Schatten eines alten Baumes auf einer Bank sitzen und ihr Eis schlecken, versuchen sie die Neuigkeit in die vorhandenen Ergebnisse einzuflechten.

„Das heißt, dass Rudolf Weiland sich auch um Ralf Breitscheid gekümmert hat, und sich vermutlich während dieser Zeit die Haare geschoren und in Azra umbenannt hat. Das spricht doch schwer dafür, dass irgendwas in der Zeit passiert ist, oder?", fragt Hackenbroich seinen Kollegen.
„Auf jeden Fall, aber was?"
Hackenbroich geht seine spärlichen Notizen durch und findet nach einigem Blättern, was er gesucht hat „Hier, Breitscheids Zimmergenosse hat gesagt, dass beide sich gut verstanden hätten, aber auf einmal nicht mehr. Also ist zwischen den beiden was vorgefallen. Vielleicht etwas, das mit dem Tod von Rudolfs Schwester zu tun hat."
„Vielleicht hat Breitscheid ihm irgendwas erzählt, das ihn darauf gebracht hat, was an dem Abend passiert ist, oder was seiner Schwester passiert ist?"
Hackenbroich ist mit seinem Eis fertig, schaut grüblerisch in den wolkenlosen blauen Himmel und sagt „Oder, dass diese Fußballclique sie umgebracht hat oder an ihrem Tod Schuld ist. Und jetzt zieht er als Racheengel los und rächt seine Schwester? Das würde den Zeitpunkt erklären und bedeuten, dass Matthias Busch und Sven Gropius noch auf seiner Liste stehen." „Aber wie soll das damals abgelaufen sein? Die waren doch niemals so clever, alle Beweise verschwinden zu lassen."
„Mussten sie nicht, wenn doch einer ihrer Väter als erstes am Tatort war."
„Aber warum sollten sie sie umbringen?"
„Muss ja keine Absicht gewesen sein."

„Aber wenn es ein Unfall war, hätte der Polizisten-Papa doch klar machen können, dass sich zu stellen besser ist, als alles zu vertuschen, oder?"
„Mmm, uns fehlen einfach noch ein paar Puzzleteile fürchte ich."
Brudak ist auch mit seinem Eis durch, versorgt mit dem Resthörnchen noch ein paar Tauben und beide schlendern nachdenklich zum Wagen zurück. Als sie gerade losfahren wollen, meldet sich Hackis Hose zu Wort.
No stop signs – speed limits…
„Kommissar Hackenbroich."
„Ja, Hallo, hier ist Martin Kreymann, Sie haben um einen Rückruf gebeten. Was kann ich für die Kölner Polizei tun?" Hackenbroich gibt Brudak ein Zeichen, den Motor wieder abzustellen. „Herr Kreymann, wie nett, dass Sie so schnell zurückrufen. Ich hätte da ein paar Fragen zu dem Abend, an dem Sie mit der Theater AG 1986 den ‚Herrn der Fliegen' aufgeführt haben."
„Das hatten Sie ja schon angekündigt. Geht es um das tote Mädchen an der Agger?"
„Was wissen Sie denn darüber?"
„Am Tag nach der Aufführung, glaube ich, wurde sie tot unter der Aggerbrücke gefunden, richtig?"
„Ja."
Als Kreymann keine Anstalten macht weiterzusprechen, fragt Hackenbroich „Was wissen Sie noch von dem Abend, vor allem über den Zeitraum nach der Aufführung?" Nach längerem Schweigen entgegnet Kreymann „Eigentlich kann ich mich nur noch an das Mofa erinnern, auf Rados Hänger wegen dem Aufkleber."

„Stopp, langsam. Wer ist Rado?“
„Milan Radovic oder Radowitz jedenfalls so ähnlich, seine Eltern hatten früher in Overath am Steinhofplatz das jugoslawische Restaurant auf der Ecke – *Steinhof Restaurant* hieß das, glaube ich. Und die hatten damals einen sehr auffälligen Anhänger in so Tarnmuster, Camouflage sagt man, glaube ich dazu, in Grün.“
„Und was für ein Mofa?“
„Das gehörte einem von Ralles Freunden, ich weiß nicht mehr wem, ich war nicht in der Clique, die waren ja alle zwei Stufen unter mir. Aber an das Mofa kann ich mich erinnern, weil da so ein riesiger neonpink-farbener Elho-Aufkleber drauf war. Und eben dieses Mofa war auf Rados Hänger, damit ist er mir entgegengekommen, als ich abends nach Eulenthal gefahren bin.“
„Wissen Sie noch, wann das ungefähr war?“
„Das müsste so zwischen halb zehn und zehn gewesen sein. Weil um halb zehn hat der Steinhof Grill immer zugemacht, und da bin ich noch etwas essen gewesen, und dann nach Hause gefahren. Also wahrscheinlich eher so zwanzig vor zehn, vielleicht viertel vor zehn.“
„Und Sie sind sicher, dass das Mofa einem von Ralf Breitscheids Freunden gehört hat?“
„Ja, absolut. Der Aufkleber war so hässlich, den werde ich nie vergessen.“
„Sie wissen nicht zufällig, wo sie das Mofa hingebracht haben, oder?“
„Nein. Aber ich vermute mal nach Oberdonrath zu den Kleiber-Brüdern. Die haben damals an allem rumgeschraubt, was zwei Räder und einen Motor hatte. Waren

auch auf jedem Rockertreffen zu der Zeit mit ihren umgebauten Enduros. Also, wenn einer damals was repariert oder umgebaut haben wollte, für kleines Geld und ohne Garantie, dann bei denen. Die Eltern hatten da auch mehrere Scheunen und einen Handwerksbetrieb, Zimmerei oder Schreinerei oder so, irgendwas mit Holz auf jeden Fall."

„Ist Ihnen sonst noch was an dem Abend aufgefallen – oder komisch vorgekommen?"

„Nein, ist ja nun auch schon ein paar Jährchen her. Und wenn das Mädchen nicht gestorben wäre, hätte ich mir wahrscheinlich gar nix gemerkt."

Hackenbroich legt auf und gibt dem POM-Bär ein Zeichen loszufahren. Während der Fahrt schildert er ihm das Gespräch, und in Heiligenhaus beschließen beide, einen Abstecher über Oberdonrath zu machen.

Es ist 10 Uhr 45, 28 Grad und drei Minuten zu spät, um Sven Gropius zu warnen. Was Hackenbroich zwar versucht, aber der geht nicht ans Handy.

Overath, 16. Juli 1986 – 20.50 – 21.00 Uhr –
Ralf und seine Clique

„Jungs, ich muss noch mal zurück, sorry."
„Ungeil"
„Ehrlich, muss das sein."
„Dann mach aber schnell um halb zehn macht der Grill zu, dann ist Essig mit Milchshake!"
„Dann leih mir doch kurz dein Mofa, dann bin ich in drei Minuten wieder da, Alter!"
Der angesprochene Sven grübelt.
„Wir können auch vorgehen, kaufen schon mal die Shakes, und treffen uns mit Rado hinterm Laden."
Der Rest nickt zustimmend und Malle ergänzt mit Beavis and Butthead-Stimme „That's cool, hö hö hö!"
„Ist es nicht! Ich brauch auch noch 'ne Pommes rot-weiß und die ist bis dahin kalt. Also komm schon Sven, ist doch eh keiner mehr da außer dem Hausmeister, und der ist auch gleich weg."
Sven grübelt immer noch.
„Die Shakes gehen dann auch auf meine Kappe." Das bringt Leben in die Resttruppe.
„Komm Sven, jetzt gib ihm deine Schüssel und der Abend ist umsonst, stell dich nicht so an!"
„Ja, Alter, mach schon, es ist gleich neune, und Katsche macht um viertel nach die Fritteuse aus, und die Shakemaschine sauber, dann ist es vorbei mit Free-Shakes!"
„Selbst wenn er sich aufs Maul legt, ist doch kein Problem, dein Bock kann nur schöner werden."
„Ok, ok, hab's kapiert. Okidoki."

Sven reicht Ralf seinen Helm, und schiebt ihm seine froschgrüne Kreidler rüber.
„Soll ich sie noch antreten, oder schaffst du das alleine“, spottet er, noch etwas verunsichert ob das eine gute Idee ist, hinterher.
„Schaff ich, easy!“
Ralf setzt den Helm auf und strampelt los. Nach fünf Metern springt die Maschine an, Ralf gibt Gas und biegt rechts auf den Fahrradweg ab, der steil nach unten geht. Steiler als Ralf erwartet hat und das Gefährt nimmt Tempo auf.
„OK. Bremsen!“, geht es ihm durch den Kopf und eine Millisekunde später „Scheiße, rechts oder links?“. Er hat jetzt das steilste Stück erreicht, wird immer schneller und kommt etwas ins Schlingern. Von der Brücke kommen Rufe, die er nicht versteht, und panischer klingen als sie sollten. Jetzt steigt auch leichte Panik in ihm auf, und die Reaktion auf die Rechts-Links-Frage entscheidet sein Kleinhirn.
„Kleinhirn an Großhirn, Kleinhirn an Großhirn: Bremsen!“, geht es ihm ottomäßig durch den Kopf – in welchem selbiges den völlig falschen Befehl gibt, nämlich mit der rechten Hand am Gashahn zu drehen, was zu noch mehr Tempo und Kontrollverlust führt.
Dann sieht er was Buntes hinter dem Strauch auftauchen…

Sven Gropius – Dienstag, 27. Juli – 10 Uhr 23

Normalerweise trifft sich Sven Gropius nicht mit Kunden direkt an einem Baugrundstück, vor allem, wenn er den Kunden überhaupt noch nicht kennt. Aber er musste ohnehin nach Lohmar und da liegt Rambrücken fast auf dem Weg. Und das Grundstück, um das es geht, ist sehr groß und war bestimmt sehr teuer, sodass der Kunde, ein Versicherungsmakler aus Köln, sicherlich auch über den finanziellen Background verfügt, um ein schön teures Haus oder eine Villa zu bauen, natürlich mit ihm, Sven Gropius, dem besten Architekten südlich von Köln. Als er an der provisorischen Einfahrt zu dem wirklich sehr großen Gelände einbiegt, sieht er in der Ferne einen dunklen Transporter neben einer hohen Hecke stehen, und einen größeren Mann winken. Er hätte jetzt eher mit einem hochklassigen Mercedes oder BMW gerechnet, aber vielleicht muss Herr Funk ja noch was transportieren oder abliefern, oder was auch immer. Als Sven näherkommt, muss er feststellen, dass das definitiv nicht der Herr Funk von dem Foto auf der Website ist. Aber der hagere Mann mit Sonnenbrille und Kappe winkt ihn freundlich zu sich herüber. Also hält er an, steigt aus und geht ein paar Meter auf den Mann zu.

„Herr Funk?", fragt er freundlich „Nein, Herr Funk schickt mich, da er vor einer halben Stunde einen Brandfall bei einem großen Kunden reinbekommen hat, und sofort nach Leverkusen musste. Ich soll Ihnen das Baugrundstück zeigen, er meldet sich dann später bei Ihnen."

Merkwürdig, denkt Gropius, er hätte ja zumindest kurz anrufen können. Als sein Blick auf den Transporter fällt und er den Schriftzug liest, sackt erst sein Kreislauf weg, und dann wird ihm schlecht.

„Ich sehe, du hast Ricks Transporter erkannt“, alle Freundlichkeit war aus der Stimme des Mannes verschwunden und mit zwei großen Schritten war er neben Sven, der mit bebender Stimme fragt „Wer sind Sie?“

Statt einer Erklärung, spürt Sven einen Stich in seinem rechten Arm. Seine Beine knicken weg, und er merkt noch, wie das Handy, das er eben aus der Hosentasche ziehen wollte, aus der Hand fällt, und er sanft von zwei starken Armen aufgefangen wird. Dann wird es dunkel.

Für die junge Joggerin, die gerade ihre gewohnte Morgenstrecke läuft, sieht es aus der Ferne so aus, als wären sich die beiden Männer vor dem Bauplatz in inniger Umarmung zugetan, was sie generell in Ordnung findet, aber hier und jetzt? Tsss…

Der Mann mit der Ray-Ban-Brille bückt sich und steckt das gerade vibrierende Handy – *Kom Hack ruft an* steht im Display – in die Tasche und verfrachtet Sven Gropius in den Laster. Nachdem *Kom Hack* aufgelegt hat, hält er Sven das Handy vor die Nase, um es zu entsperren, und durchsucht das Adressbuch. Unter B wird er fündig und schickt eine SMS raus:

„Müssen uns dringend treffen. Er weiß es. Wir müssen was tun. In einer Stunde Kifferparkplatz.“

Dann drückt er auf SENDEN. *Wuschschschsch…*

Als die Joggerin weiterläuft, fliegt eine Meise mit einem Wurm im Maul knapp an ihr vorbei, auf die Hecke neben den beiden Gestalten zu, und versucht das Geschrei ihrer Brut mit dem leckeren Happen zum Schweigen zu bringen.

Hacki – Dienstag, 27. Juli – 11 Uhr 03

Die Kleiber Brüder, Klaus und Karl, sind beide etwa 1,90 m groß, haben schulterlanges glattes schwarzes Haar. Sie sind sehr kräftig, vermutlich ein paar Jahre älter als Hackenbroich, keine Zwillinge, auch wenn sie sich sehr ähnlich sehen. Für Rheinländer sind sie extrem wortkarg, als Hackenbroich und Brudak sie in ihrer Schreinerei in Oberdonrath antreffen. Nach dem obligatorischen Ausweis-Vorzeigen und kurzer Vorstellung fällt Hackenbroich auf, wie dämlich seine Frage, die er jetzt stellen wird, klingen muss für die beiden.

„Können Sie sich erinnern, im Sommer 1986 ein Mofa repariert oder umgebaut zu haben, das einen sehr auffälligen neonpinkfarbenen Elho-Aufkleber auf der Seite oder am Tank hatte?"

Schweigen – dann, nachdem sich die beiden angeguckt haben, sagt einer von ihnen „Juli oder August 86?" Ohne die leichte Ironie zu bemerken, antwortet Hackenbroich „Juli."

Die beiden schauen sich wieder an und jetzt sagt der andere „Ne."

„Aber im August?", fragt jetzt der POM-Bär etwas naiv nach. Beide schauen sich wieder an, überlegen kurz und der Erste sagt „Ne, da auch nicht."

„Sagen Sie, wollen Sie uns verarschen?", fragt Hackenbroich. „Sie haben doch angefangen", sagt der Zweite.
„OK, noch mal, das ist eine ernste polizeiliche Ermittlung und es wäre sehr wichtig, wenn Sie sich erinnern könnten."
„Ich glaube, wir haben damals jede Woche fünf oder sechs Mofas repariert oder *umgebaut*", wobei er, der Erste, das *umgebaut* mit Gänsefüßchen in der Luft begleitet. Dabei grinst er, als hätte er dem Kommissar gerade sein Portemonnaie geklaut, ohne dass der es mitbekommen hätte.
„Da können wir uns sicherlich an keins einzeln erinnern, egal mit was für Aufklebern dran." Der Zweite setzt an „Obwohl, warte mal kurz", macht eine theatralische Pause, um dann mit „Ach nee, doch nicht, das waren wir ja gar nicht" zu enden. Beide grinsen und schweigen. Hackenbroich hat genug und will eigentlich kommentarlos gehen, bemerkt aber beim Wegdrehen, dass er alleine vor den beiden steht. Irritiert schaut er sich um und entdeckt den POM-Bär ein paar Meter weiter vor einem der Schuppen. Im Näherkommen fragt er die beiden, während er auf die Schuppentür deutet, vor der er gerade stand „Der hier sieht anders aus als die restlichen Schuppen. Sauberer und mit einem neuen Schloss. Warum?"
„Ja, der ist vermietet."
„An wen?", will Hackenbroich wissen. Die beiden gucken sich wieder an, und der erste sagt „so ein Typ aus dem Krankenhaus in Bensberg, Weirand oder so ähnlich."

„Weiland?“, wirft Hackenbroich ein. Beide nicken und der Zweite sagt „Genau“ und Hackenbroich denkt „Oh Mann“.

„Können Sie das Schloss öffnen?“, will der POM-Bär wissen. „Können ja, aber dürfen?“, sagt der Erste.

„Brauchen wir wirklich einen Beschluss?“, sagt Hackenbroich.

„Ja“, sagen der Erste und der Zweite sehr synchron.

„War hier mal ein schwarzer Transporter mit dem Schriftzug eines Antiquitätengeschäfts Matros?“, fragt Brudak.

„Kann schon sein… oder auch nicht“, sagt der Zweite.

„So kommen wir hier nicht weiter“, richtet sich Hackenbroich an Brudak „Versiegeln Sie die Tür und wir kommen mit einem richterlichen Beschluss wieder“ und ergänzt an die beiden Brüder gerichtet „Und wehe, wir finden was Illegales in dem Schuppen.“

Aber mehr als ein Grinsen, das auch noch auf den Gesichtern ist, als der Streifenwagen vom Gelände fährt, erreicht er damit bei den Kleibers nicht.

„Was wollten die beiden eigentlich genau?“, fragt der Erste.

„Wissen, ob wir Svens Mofa damals repariert haben“, antwortet der Zweite.

„Und, haben wir?“

„Keine Ahnung!“

Beide gehen wieder an die Arbeit.

Leicht angenervt ruft Hackenbroich auf der Rückfahrt zu seinem Outdoor-Büro beim Campingplatz Frau Schörn an. Er bittet sie, einen Durchsuchungsbeschluss für den Schuppen, oder was auch immer das ist, bei den Kleibers zu beschaffen. Und zwar so schnell es geht. Außerdem soll sie alle Informationen über einen Milan Radovic oder Radowiz vom Steinhof Restaurant zusammenzustellen und ihm per Mail zuschicken. Danach versucht er wieder, Sven Gropius zu warnen, erfolglos und probiert es danach auf Matthias Buschs Handy – Mailbox – und bei Busch im Betrieb. Da teilt man ihm mit, dass Matthias vor ein paar Minuten hektisch aufgebrochen sei, aber keiner wüsste wohin, einen Auftrag gäbe es zumindest im Moment nicht.

„Mist", hört POM Brudak den Kommissar leise fluchen „Alle weg oder gehen nicht ran!"

„Sollen wir bei ihnen vorbeifahren?", fragt Brudak.

„Nein, Busch ist unterwegs und bei Gropius können wir ja nicht einfach die Türen eintreten. Wir fahren zum Campingplatz. Ich brauche eine Wurst und Kaffee, und ein großes Stück Papier."

Den Rest der Fahrt legen sie schweigend, beide in Gedanken vertieft, zurück.

Malle – Dienstag, 27. Juli – 12 Uhr 07

Nachdem er die SMS von Sven bekommen hat, ist er sofort losgefahren, ohne irgendwem zu sagen, wohin. An den alten Kifferparkplatz hatte er schon ewig nicht mehr

gedacht, geschweige denn, dass er da gewesen wäre. Eigentlich ist es auch kein richtiger Parkplatz, sondern nur die Einfahrt zu einem Wanderweg, der parallel zum Gammersbach verläuft. Die Straße macht da eine scharfe Kurve und von dort aus kommt man nach ein paar Minuten zu Fuß an eine schöne Stelle am Bach, wo man von der Straße aus nicht gesehen wird, und da haben sie sich früher gelegentlich zum Kiffen getroffen, oder einfach nur Abhängen und Bierchen trinken. Damals war die Welt noch in Ordnung, kein schlechtes Gewissen, keine Morde, und vor allem nicht so eine Angst. Über all das denkt Matthias Busch nach, als er am Barfußweg in Wahlscheid von der Bundesstraße abbiegt, über die kleine Brücke am Aggerschlösschen vorbei, und dann den steilen Berg hochfährt. Nach ein paar hundert Metern kreuzt er die Oberscheider Straße und fährt durch Schönau Richtung *Kifferparkplatz.* Er parkt an der alten Stelle direkt in der Kurve, anscheinend ist er zuerst hier, zumindest steht noch kein anderes Auto hier. Vielleicht kommt Sven ja aber auch mit einem E-Bike oder Motorrad. Matthias weiß es nicht, sie haben sich bestimmt seit 30 Jahren nicht mehr gesehen.
Er steigt aus und folgt dem Wanderweg, bis er tatsächlich nach ein paar Hundert Metern den kleinen Trampelpfad findet, der vom Weg runter zum Bach führt, der hier in einer kleinen Schlaufe fließt. In der Mitte dieser Schlaufe kann man sich, von Baumästen vor Sonne, Regen oder Blicken geschützt, ins Gras hocken und, damals zumindest, in Ruhe seine Sportzigarette genießen. Heute bleibt

Matthias einfach in der Schleifenmitte stehen und wartet auf Sven, ein komisches Gefühl.
Nach zehn Minuten kommt eine SMS von Sven:
„*Wo bist Du, warte vorne am Parkplatz.*"
Ärgerlich, denkt Matthias, das hätte er ja auch sagen können, dass er *wirklich* den Parkplatz meint und nicht die Schleife. Als er den Weg zurückgeht, sieht er, als er gut 20 Meter von der Einfahrt entfernt ist, einen schwarzen Transporter mit offenen Hecktüren vor seinem Kombi stehen. Auf der Ladefläche sitzt ein Mann mit Sonnenbrille und Baseballkappe in schwarzem T-Shirt und Jeans, der ihm einladend zuwinkt. Matthias kommt irgendwas an der ganzen Szenerie komisch vor, hat aber zu viel Angst vor *dem Killer,* um drauf zu kommen, was ihn irritiert.
Was sich schon bald rächen wird.

Hacki – Dienstag, 27. Juli – 12 Uhr 03

Hackenbroich und Brudak sitzen bei entspannten 28 Grad im Schatten der Wohnmobilmarkise. POM Brudak hat seine Jacke über die Stuhllehne gehängt, trinkt seinen Milchkaffee und schaut seinem Vorgesetzten interessiert dabei zu, wie er auf ein DIN A3 Blatt einen Zeitplan kritzelt. Jeden Eintrag begleitet der Kommissar dabei mit einem Kommentar, dem er mit der Bockwurst in seiner linken Hand zu mehr Gewicht verhilft.
„Ungefähr um 20 Uhr ist das Theaterstück zu Ende und alle versammeln sich vor der Aula, oder fahren direkt

nach Hause." Bockwurst von unten links nach oben rechts.
„Gegen halb neun findet Epple das Portemonnaie von Ralf und geht ihm hinterher, aber der ist schon weg."
Bockwurst von Mitte nach links außen.
„Zwischen zwanzig und Viertel vor zehn sieht Kreymann das Mofa auf dem Hänger."
Bockwurst verharrt in der Luft, Mitte.
„Um zwei Uhr findet Rudolf seine Schwester und ruft ungefähr eine Viertelstunde später die Polizei vom Schwimmbadparkplatz aus an. Svens Vater trifft gegen zwei Uhr dreißig an der Brücke ein. Zwanzig Minuten später kommen die Kollegen aus Bergisch Gladbach dazu, und gegen drei Uhr die Spurensicherung."
Bockwurst im Mund, großer Bissen.
„Das heißt, wir haben eine zeitliche Lücke zwischen 20 Uhr 30 und zwei Uhr, in der Katja, wie auch immer, zu Tode gekommen ist. Wenn wir jetzt noch den ungewöhnlich ungenauen Todeszeitpunkt des Pathologen dazu packen, schrumpft die Lücke auf die Zeit zwischen etwa 20 Uhr 30 und ein Uhr zusammen."
Letzter Bissen Bockwurst.
„Sollte das Mofa beteiligt gewesen sein, geht es nur noch um die Zeit zwischen halb neun und halb zehn, was gut wäre für uns."
Der POM-Bär trinkt seinen Kaffee aus und beugt sich über Hackenbroichs Zeitplan.
„Das hieße aber, wenn das Mofa beteiligt war, war der mögliche Unfall, oder was auch immer passiert ist, nicht

tödlich, jedenfalls nicht sofort, wenn sie frühestens gegen Elf gestorben sein kann."

„Da ist was dran. Also nehmen wir mal an, es gab einen Unfall, der nicht zu ihrem Tod geführt hat. Dann bleiben die Fragen: Wo ist der Unfall passiert, wie ist sie unter die Brücke gekommen, und warum, oder besser, wie ist sie dann ertrunken?"

„Und die Frage, rächt sich der Bruder gerade an den Jungen von damals? Und warum? Die haben sie doch bestimmt nicht alle umgebracht, und woher wusste er überhaupt, dass sie es waren?", gibt der POM-Bär zu bedenken.

„Vielleicht ja doch, vielleicht haben sie nichts dagegen getan. Aber Rudolf, wenn er es ist, war definitiv den gesamten Zeitraum, in dem Katja gestorben ist, mit irgendwem zusammen. Das heißt, er kann die Tat nicht selber gesehen haben. Entweder hat ihm jemand davon erzählt, oder er hat es irgendwie anders mitbekommen. Und noch eine Frage: Warum jetzt?"

Brudak überlegt und sagt im Tonfall einer großen Erkenntnis „Er hat es erst jetzt herausgefunden oder erfahren!"

Hackenbroich klatscht in die Hände und befreit die zweite Wurst aus der Bananenbox.

Malle – Dienstag, 27. Juli – 12 Uhr 38

Als Matthias näherkommt, hebt der Mann seinen Kopf. Das Gesicht, das bis jetzt durch den Schirm seiner Kappe

verdeckt war, sieht dem Sven Gropius, den Matthias im Kopf hat, kaum ähnlich. Jetzt weiß er auch, was ihn beim Näherkommen gestört hat. Sven würde keinen Transporter fahren, das passt nicht zu ihm und seiner „Ich bin ein erfolgreicher Architekt"-Attitüde. Während Matthias noch überlegt, wer der Mann sein könnte, erhebt der sich und macht schnell einen großen Schritt auf ihn zu. Instinktiv weicht Matthias zurück und will auf dem Wanderweg in die Richtung laufen, aus der er gekommen ist, zurück zum Kifferplatz, und all den schönen Erinnerungen an damals. Aber der Fremde ist schneller und packt ihn sehr kräftig am Oberarm. Matthias, der sich auch immer für einen starken Mann gehalten hat, muss feststellen, dass es ihm nicht gelingt, sich aus dem Griff herauszuwinden. In Panik versucht er dem Mann mit der Faust ins Gesicht zu schlagen, aber schon beim Ausholen explodiert ein höllischer Schmerz in seinem Gesicht, der seinen Ursprung an seiner Nase hat. Der Fremde hat ihm mit der Stirn die Nase gebrochen. Matthias schreit, und aus seiner gebrochenen Nase strömt Blut auf sein „Sanitär-Busch"-Shirt. Dann spürt er einen Stich im Arm und kurz danach knicken seine Knie weg. Er fühlt noch ein paar starke Arme, die ihn auffangen, dann ist er….
Das junge Pärchen, das mit seinem Hund eine kleine Wanderung am Gammersbach macht, hat Glück. Sie wundern sich nur über einen Antiquitäten-Transporter hier in der Kurve, vermuten aber, dass der Fahrer mal pinkeln musste, und sich kurz in die Büsche geschlagen hat. Dass sie gerade an zwei ohnmächtigen Gefangenen vorbeilaufen, die sie noch vor ihrem Schicksal hätten be-

wahren können, kriegen sie weder mit, noch werden sie es je erfahren. Genauso wenig ahnen sie, wie knapp sie dem Tod entgangen sind. Fünf Minuten früher und der Mann mit der Ray-Ban-Brille hätte sie als lästige Zeugen womöglich auch beseitigen müssen. So sitzt er gerade in Buschs Wagen und fährt Richtung *Picture Point,* einem schönen Aussichtspunkt ganz in der Nähe, hinter Oberdonrath. Hier fallen parkende Autos, auch wenn es nicht erlaubt ist dort zu stehen, kaum auf. Irgendwer steht immer hier und genießt die Aussicht. Nachdem er den Wagen abgestellt hat, joggt er die zwei Kilometer zurück zum Transporter, kontrolliert, ob beide noch schlafen, und fährt dann los. Ihn ärgert, dass er seinen Plan so beschleunigen musste, und ist sich nicht ganz klar darüber, wie ihm die Polizei so schnell in die Quere kommen konnte. Aber seinen Plan lässt er sich dadurch nicht zerstören. Er ist sich nur noch nicht ganz sicher, wo er die Nacht verbringen soll, in die Scheune kann er jedenfalls nicht, da war die SMS der Kleibers eindeutig. Auch wenn die beiden etwas schräg sind, hat es sich gelohnt, bei ihnen einen Unterschlupf zu mieten. Wenn es etwas gibt, das die beiden hassen, dann ist es die Polizei und Neugierde. Beides war perfekt für seine Pläne.
Aber jetzt muss er schon wieder improvisieren.
Da kommt ihm eine Idee und ein leichtes Lächeln spielt um seinen Mund – ja, das sollte gehen, denkt er und fährt los.

Overath, 16. Juli 1986 – 21.04 Uhr – Katja

Katja geht schneller, schließlich macht der Grill um halb zehn zu und auf „bei Rado hinterm Laden sitzen“ hat sie definitiv keinen Bock, ungeil. Sie sieht die Clique schon auf der Brücke stehen, und Ralf setzt sich gerade einen Helm auf. Komisch. Hat er jetzt heimlich doch einen Führerschein gemacht? Bei seinen Eltern irgendwie kaum vorstellbar oder macht er einen auf Rocker und fährt ohne? Kurz nachdem er aus ihrem Sichtfeld verschwunden ist, da fangen die anderen an zu rufen und zu winken. Erst noch belustigt, dann schnell schon fast panisch, und ihr Gewinke wird auch immer hektischer. Sie denkt „Oh Gott, hoffentlich ist Ralf nicht gestürzt“ und fängt an zu laufen, bis sie um den Strauch biegt, hinter dem die Steigung zur Brücke anfängt.

Hackenbroich – Dienstag, 27. Juli – 13 Uhr 17

Nachdem Hackenbroich mit seiner zweiten Wurst durch ist, steht er auf, schnappt sich sein Handy und wandert ein wenig auf dem Campinggelände herum. Telefonieren ist immer eine gute Gelegenheit, sich zu bewegen. Er probiert es noch zwei Mal bei Matthias Busch und Sven Gropius, und da keiner der beiden abnimmt, beschließt er sicherheitshalber eine Streife bei ihnen zu Hause und im Betrieb, beziehungsweise Büro, vorbeizuschicken. Dann kehrt er zu seinem schattigen Platz am Tisch zurück und sagt zum POM-Bär:

„OK, nehmen wir an Rudolf aka Azra hat vor Kurzem erfahren, wer am Tod seiner Schwester schuld ist, und nehmen wir weiter an, dass der- oder diejenige behauptet, es sei die Fußball-Clique gewesen, dann muss das Ganze für ihn so einleuchtend gewesen sein, dass er beschließt, sie alle umzubringen. Aber warum so dramatisch?"

„Ich denke, er will uns damit auf jeden Fall was sagen, oder?"

Pling.

„Eine Mail von Frau Schörn", klärt Hackenbroich seinen Kollegen auf. Betreff: „Familie Radovic. Bogdan und Emilia Radovic hatten von 1979 bis Ende 1986 in Overath am Steinhofplatz das Restaurant ‚Steinhof Restaurant'. Keine Einträge, keine Vorkommnisse. Sie haben zwei Söhne, Milan und Boris. Nach Aufgabe des Restaurants im September 1986 sind die Eltern nach Zagreb zurückgegangen, die Kinder sind hiergeblieben. Milan hat eine Ausbildung zum Schweißer gemacht und arbeitet momentan in der Deutzer Werft in Köln. Sein Bruder Boris ist Koch geworden und lebt und arbeitet seit zwölf Jahren in Koblenz in der Kantine der Universität", liest Hackenbroich vor. „Dann rufen wir Milan Radovic doch gleich mal an. Wenn wir wissen, ob das Mofa wirklich zu einem der Jungs gehört und wie es ausgesehen hat, sollte uns das definitiv weiterhelfen."

Nach sechs Mal piepen geht Milan ran. „Ja?"

„Hackenbroich, Kripo Köln hier, spreche ich mit Milan Radovic?", nach kurzem Zögern kommt ein vorsichtiges „Ja" aus dem Hörer.

„Hätten Sie einen Moment Zeit für mich, es geht um eine Geschichte, die schon was länger her ist." Wieder ein Zögern, dann „OK, was ist los?" – „Haben Sie 1986, im Juli, mit dem Hänger Ihrer Eltern abends ein Mofa mit einem sehr auffälligen pinkfarbenen Aufkleber abgeholt?"

„Wieso wollen das plötzlich alle wissen?", jetzt zögert Hackenbroich und fragt dann „Wer wollte das denn noch wissen?" „Ein Mann, der gesagt hat, er hieße Ätzra, oder so ähnlich, er arbeitet als Privatermittler und es wäre sehr wichtig."

„Und haben Sie es ihm gesagt?"

„Erst als er mir 100 Euro per PayPal überwiesen hat", kommt die amüsierte Antwort „habe ich ihm erzählt, was damals war." „Und was war damals?", fragt Hackenbroich ungeduldig.

„An der Brücke oben am Radweg, da habe ich das Mofa von Sven abgeholt. Hab mich noch gewundert, musste alles sehr schnell gehen, und ich sollte niemandem was sagen."

Hackenbroich legt sein Handy auf den Campingtisch und schaltet auf laut, sodass POM Brudak mithören kann, dann fragt er Milan „Wo haben Sie es dann hingebracht?"
„Muss ich das sagen? Ich will keinen verpetzen."
„Das ist alles eh schon lange verjährt, außerdem sind wir wirklich nicht an Schwarzarbeit interessiert, die so lange her ist. Aber ich mache es Ihnen einfacher. Haben Sie es bei zwei Brüdern in Oberdonrath abgeliefert?"
„Äh, ja."
„Gut, dann zurück zur Brücke. Wer hat Sie geholt?"
„Das war, Moment, ich weiß leider nicht mehr wie der richtig heißt, aber alle haben ihn nur Rick genannt. Der kam ganz hektisch bei mir vorbei und labberte so von wegen, Hänger, Mofa kaputt, abholen und so". dann spricht Milan anscheinend mit wem anders. Worum es geht, ist nicht zu verstehen. Vermutlich deckt Milan das Handy mit der Hand ab. Als er weiterspricht, klingt er leicht gestresst.
„Ich muss weiterarbeiten, dauert es noch lange?", will er wissen. Hackenbroich antwortet „Noch 5 Minuten, erzählen Sie bitte weiter."
„OK, ich bin dann mit dem Hänger zur Brücke gefahren und da waren Ralle, Rick, Sven, Malle und Thorsten. Als sie mich gesehen haben, haben die das Mofa aus dem Gebüsch unter der Brücke geholt und wir haben es zusammen auf den Hänger gehievt. Dann bin ich damit los. Das war's."
„Hat einer erzählt, was passiert ist" will Hackenbroich wissen. „Ralf ist wohl gegen die Bank unten gefahren, und der hatte ja keinen Führerschein, und darum wollten

sie nicht, dass das einer mitkriegt, und haben mich geholt."
„Wie sah das Mofa aus?"
„Nicht so kaputt, wie ich gedacht hätte. Eher so, wie weggerutscht und geschliddert. So über Asphalt gerutscht. Nicht als wäre es gegen was Hartes gegengefahren. Vorne war eigentlich alles OK, die Seite sah kacke aus und der Lenker war was verbogen."
„Ist Ihnen damals nicht die Idee gekommen, das könnte was mit dem toten Mädchen zu tun haben?"
„Was für ein totes Mädchen?"
Hackenbroich klärt ihn auf und Milan antwortet hörbar überrascht „Davon wusste ich nichts. Wir sind am nächsten Tag nach Kroatien gefahren, meine Oma hatte Geburtstag und dann sind wir den Sommer, wie immer, dageblieben. Von einem toten Mädchen habe ich nichts mitbekommen."
„OK, und das Mofa war von Sven Gropius? Sicher?"
„Absolut, das hatte doch diesen superhässlichen, pinken Aufkleber, *Elke*, oder so."
„Wann war das genau, wissen Sie das noch?"
„Halb zehn vielleicht, Steinhof-Grill hatte gerade zu gemacht und der hat immer so gegen halb zehn zugemacht."
„Haben Sie außer den Jungs noch jemanden da gesehen?"
„Nee, da war sonst keiner. Kann ich jetzt weitermachen, ich kriege sonst echt Stress hier?"
„Ja, vielen Dank für ihre Hilfe."
Hackenbroich beendet das Gespräch und schaut den POM-Bär an. Dann sagt er „Ich glaube nicht, dass Ralf

Breitscheid eine Bank angefahren hat. Ich denke mal, er hat Katja Weiland angefahren. Aber wo? Ich habe mir das ganze Gelände angeschaut, das ergibt keinen Sinn. Sagen wir, Ralf hat sich das Mofa von Sven geliehen, um einfach mal eine Runde zu fahren…" Brudak unterbricht Hackenbroich. „Vielleicht wollte er sein Portemonnaie holen und nicht laufen?"

„OK, möglich. Egal warum, er fährt mit dem Mofa und fährt Katja an oder um, wie soll das passiert sein. Die hätten sich doch meilenweit sehen müssen und ich glaube bei allem, was wir über ihn wissen, nicht, dass Ralf so dumm war, ohne Führerschein auf der Straße zu fahren."

„Er könnte den Radweg genommen haben", wirft Brudak ein.

„Das ist doch Quatsch. Wenn sie auf dem Weg zur Brücke waren, wären sie oben lang gegangen und gefahren, mit dem Mofa kommen sie doch die Treppe an der Brücke nicht hoch. Und wenn sie schon an der Brücke waren, wäre er wohl kaum die Treppe runtergefahren."

„Stimmt. Aber die Lüge, dass er gegen die Bank gefahren ist, wäre dann auch ziemlich durchsichtig, oder?"

„Ja, aber die Jungs waren damals 15, 16 und keine Gewohnheitsverbrecher. Da sagt man was einem, als Erstes einfällt. *Oh, die Ware muss wohl in meine Tasche gefallen sein,* oder *das hat mir jemand da reingesteckt, ich habe diese CD noch nie gesehen*, so was halt. Da kommt nichts wahnsinnig Durchdachtes bei raus."

„Aber auf dem Bürgersteig hätte man doch Spuren finden müssen."

„Und da kommt Papa Gropius ins Spiel. Ich vermute, er hat das abtransportierte Mofa auch zufällig gesehen, als er mit seinem Kollegen zum Einsatz auf die Autobahn gefahren ist. Er wird sich nicht viel dabei gedacht haben, aber als er dann zum Tatort kommt und vielleicht Spuren von einem Unfall findet, befürchtet er, dass sein Sohn was damit zu tun hat, und vernichtet alles, was auf seinen Sohn hindeuten könnte."
„Fuck, das könnte sein.", stimmt Brudak dem Kommissar zu, der den Faden weiterspinnt. „Und alle anderen aus der Clique haben das mitgekriegt, sind also aus Sicht des Täters auf jeden Fall mindestens mitschuldig." Brudak nickt nachdenklich, schaut sich den Zeitplan auf dem Campingtisch noch mal an und sagt: „Dann hätte der Unfall etwa zwischen halb neun und halb zehn stattfinden müssen. Richtig?" Hackenbroich nickt zustimmend und Brudak redet weiter: „Die Jungs waren dann so cool, Milan zu holen und das Mofa wegzuschaffen, das ist schon krass. Und dann haben sie noch Katja Weiland unter die Brücke geschafft und ... was dann?"
„Liegenlassen", ergänzt Hackenbroich trocken. „Einfach liegengelassen. Unter der Brücke, wo sie dann ertrunken ist. Ich habe das Gefühl, wir kommen der Lösung näher. Aber noch verstehe ich nicht, wie und wo der Unfall passiert sein soll und warum sie *ertrunken* ist. Ich vermute die Clique hat geglaubt, Katja ist nicht so schwer verletzt. Dann schaffen sie sie unter die Brücke und hoffen, dass sie irgendwann aufwacht und sich selber um Hilfe kümmert. Dabei ist irgendwas schiefgelaufen, und zwar gewaltig."

„Und wie hat ihr Bruder davon erfahren“, will Brudak wissen.
Hackenbroich schaut ihn an und sagt, einer Eingebung folgend: „Im Krankenhaus! Natürlich, er hat Ralf Breitscheid betreut, gepflegt, die beiden haben sich unterhalten, waren häufiger im Park zusammen. Vielleicht hat er sich, den Tod vor Augen, alles von der Seele geredet. Ohne zu ahnen, wer ihm da zuhört.“
„Und dann hat er seinen Plan geschmiedet, den ganzen Trupp, der entweder geholfen oder nichts unternommen hat, umzubringen. Klingt möglich.“
„Dann sollten wir immer noch so schnell wie möglich Matthias Busch und Sven Gropius finden, bevor Rudolf sie sich auch noch holt.“ Hackenbroich greift sein Handy, um in der Zentrale nachzufragen, ob es schon Neues über die beiden gibt, und wenn nicht, sie zur Fahndung ausschreiben zu lassen.
„Wenn es nicht schon zu spät dafür ist“, sagt Brudak.
„Sieht leider so aus“, entgegnet Hackenbroich, nachdem er das Telefonat beendet hat. „Beide sind weder zu Hause, noch im Betrieb oder Büro. Wir brauchen dringend den Beschluss für die Scheune, vielleicht finden wir einen Hinweis, wo er sie hingebracht haben könnte, oder was er vorhat.“

Malle – Dienstag, 27. Juli – 14 Uhr 12

Malle wird wach und sein Schädel brummt gewaltig, wie nach einem schweren Besäufnis früher, und das Atmen fällt ihm schwer. Er hat etwas Weiches im Mund. Langsam versucht er, seine Umgebung zu erfassen. Alles um ihn herum vibriert leicht. Es ist dunkel, aber nicht stockfinster. Mit der Schulter berührt er Stoff. Der Boden, auf dem er liegt, ist hart und leicht gewellt. Spärlich fällt etwas Licht von irgendwo herein, aber er kann nicht erkennen, von wo. Er versucht, sich an den Kopf, zu fassen, muss aber feststellen, dass seine Hände hinter dem Rücken gefesselt sind. Auch die Füße sind mit einem Strick zusammengebunden.

Langsam realisiert er, dass er wohl in einem fahrenden Transporter auf dem Boden liegt. Der Stoff hinter ihm, stellt er nach einer viertel Drehung fest, ist eine Jacke, in der ein menschlicher Körper steckt, der ihm den Rücken zugedreht hat – er kann die gefesselten Hände erkennen.

Wie ist er hier hingekommen? Wo fährt der Wagen hin? Wer liegt neben ihm? Immerhin ist er nicht alleine. Er versucht, den anderen neben ihm zu wecken, was ihm aber nicht gelingt. Nach einer Weile ruckelt es kräftig und der Transporter wird langsamer, bis er schließlich anhält. Der Lärm draußen bedeutet, dass sie auf jeden Fall nicht irgendwo in der Pampa sind. Es klingt nach einem großen Parkplatz, er kann Autos hören und… ja, das sind Einkaufswagen. Er hört das typische Rattern von Einkaufswagen auf Asphalt. Dann geht die Tür auf und es wird plötzlich sehr hell, sodass er die große Gestalt, die von Sonnenlicht umrahmt vor der Hecköffnung steht, nicht erkennen kann.

„Ah, da ist wohl jemand resistenter, als ich dachte“, hört er die Gestalt sagen. Sie trägt eine Kappe und eine Brille

und Malle überlegt, er hat sie schon mal gesehen, aber alles in seinem Kopf ist wie in Watte gehüllt, jeder Denkprozess dauert ewig.
„Na dann wollen wir mal dafür sorgen, dass du noch ein bisschen weiter träumst. Lange kannst du das nämlich nicht mehr“, klingt es diabolisch von der Gestalt herüber. Dann fallen seine Augenlider runter, und er ist wieder ohnmächtig.
Azra, wie er sich nun nennt, ist mit sich zufrieden. Auch wenn er seine Pläne ändern musste, ist ihm noch das alte Haus eines Patienten eingefallen, das, auch wenn man auf den ersten Blick das genaue Gegenteil vermuten würde, ideal ist für seine Zwecke. Es steht mitten in Overath und trotzdem beachtet es niemand, und es ist kaum einzusehen. Eingeklemmt zwischen Bahngleisen, einer großen Straße und dem Supermarktparkplatz, umgeben von Bäumen und Hecken, gibt es auch noch einen direkten Zugang vom Parkplatz. So kann er mit dem Transporter rückwärts an den Zaun fahren und, geschützt von der Hecke, ungesehen seine Fracht ins Haus bringen. Ungeachtet der Dutzende von Menschen auf dem Parkplatz. Es darf nur nicht gerade ein Zug vorbeifahren, die Passagiere könnten ihn von ihrer erhöhten Position dann doch sehen. Aber dafür gibt es ja Zugfahrpläne. Der Schlüssel liegt Gott sei Dank noch in dem Astloch, in das ihn sein ehemaliger Patient versteckt hat. Ein netter pensionierter Schuldirektor, der das Haus geerbt hat und nicht so wirklich wusste, was er damit machen soll. Den Schlüssel hat er dann für seinen Enkel dort deponiert, *falls er mal einen Ort zum Alleinsein braucht*, was wohl eigentlich *kiffen*

bedeutet. Leider ist er dann unverhofft an einem Herzinfarkt gestorben, aber nicht, ohne seinem freundlichen Pfleger auch noch die Möglichkeit *zum Alleinsein* anzubieten. Dass er jetzt gar nicht allein ist, und auch nicht kifft, nun ja, so was passiert.
Nachdem er Sven und Matthias ins Innere geschafft hat, schließt er die Türen des Transporters, auf dessen Seiten mittlerweile zwei Magnetschilder verkünden, dass man ihn superbillig mieten kann, nur 5,60 Euro/Stunde. Dann schlendert er gelassen in den Baumarkt neben dem Supermarkt und kauft alles, was er für sein großes Finale braucht, er aber leider in Oberdonrath liegen lassen musste. Als er alles zusammen hat, kauft er noch zwei Kisten Wasser und holt sich einen Hamburger mit Pommes an der Frittenbude. Im Schutz des Transporters schafft er alles auf das Grundstück und dann ins Haus.
Hier erinnert ihn die Szenerie irgendwie an den Film *Funny Games,* bei dem Jugendliche in ein Haus einbrechen und sehr gemeine Spiele mit den Besitzern veranstalten und muss fast lachen. Auf dem alten Sofa sitzen die beiden Betäubten und Gefesselten, Sven und Malle, einer nach rechts, der andere nach links gelehnt. Er sitzt ihnen gegenüber und isst in Ruhe seinen Hamburger mit Pommes. Aber viel Zeit zum Ausruhen bleibt ihm nicht, der Countdown läuft und er muss alles fertig haben, bevor ihm dieser verschissene Kommissar alles kaputtmacht. Nach seinem letzten Abendmahl macht er sich voller Demut an seine letzte Bestimmung, sein letztes Werk.

Hackenbroich – Dienstag, 27. Juli – 14 Uhr 20

Die beiden Polizisten sitzen noch immer vor Hackenbroichs Wohnmobil und diskutieren die Frage, wer Katja wie umgebracht haben könnte, als Bon Scott sich mal wieder meldet.

No stop sign, speed limit…

Hackenbroich wischt auf seinem Handy *Annehmen* und hat einen recht aufgebrachten Förster auf der anderen Seite, der ihm sehr verärgert klar macht, dass vom Haus im Wald, das ja wohl jetzt ihm gehöre, Wasser in die Agger läuft. Was Hacki erst mal nicht wirklich schlimm findet. Aber, so das Gegenüber, dabei reißt es mehrere Vogelnester geschützter Arten mit in den Abgrund, und das geht nun wirklich nicht. Also muss etwas getan werden, genauer, er muss was tun.

„Kollege“, wendet er sich an seinen Kollegen: „Ich muss zu meinem Erbe und nach dem Rechten schauen, ich habe ein Vogelproblem! Halten Sie so lange die Stellung und grübeln Sie munter weiter. Sollte was passieren, melde ich mich.“ – „OK.“

Woraufhin Hackenbroich mit seinem E-Bike losfährt. Am Haus angekommen, sieht er das Malheur. Aus der Kellertür läuft Wasser den Hang runter. Über das terrassierte Gelände schwappt ein größerer Wasserfall in die Hecken, in denen die Vögel ihre Jungen aufziehen, um dann in die Agger zu münden. Auch die vom Förster so liebevoll angesprochenen Nester sind gut zu erkennen, wie sie noch leicht im Gebüsch verhakt dem Wasserstrom trotzen. Er rennt ins Haus, in den Keller und stellt fest, dass aus dem am Boden liegenden Wasserschlauch, mit dem sein Vater den Garten gewässert hat, munter Wasser aus einem sehr großen Loch spritzt. Um das Problem zu lösen, muss Hackenbroich nur das Ventil an der Wand schließen und schon sind alle weiteren Nester vor der Flut gerettet. Da im Keller außer ein paar alten Kisten nichts gelagert ist, reicht es, die Tür aufzumachen, und mit einem Besen das Restwasser rauszukehren.

Als er die Treppen wieder hochgehen will, fällt sein Blick auf eine Kiste, aus der oben zwei eingerahmte Bilder rausgucken. Das eine zeigt die Tennismannschaft seines Vaters, wie sie durchgeschwitzt auf dem alten Overather Tennisplatz beim Schwimmbad steht und mit einigen Kölsch anscheinend auf einen Sieg anstößt. Auf dem anderen ist er als 15-Jähriger mit ein paar Freunden und seinem Vater zu sehen, wie sie an Vatertag mit einem Schlauchboot die Agger runterfahren. Sie sind gerade unter der Aggerbrücke am Schwimmbad und zwei sind wohl ins Wasser gefallen, jedenfalls sind sie tropfnass und ziehen das Schlauchboot, in dem die anderen noch sitzen, an Land. Im Vordergrund ist der Fahrradweg zu sehen, der von der Schule zur Brücke führt, und da fällt es ihm wie Schuppen von den Augen, und er weiß endlich, wo sich die ganze Zeit sein Denkfehler versteckt hat.

„Die Treppe gab es damals gar nicht!“, ruft Hackenbroich seinem jungen Kollegen zu, der immer noch im Campingstuhl vor dem Wohnmobil sitzt.

„Was?“, entgegnet Brudak, vom plötzlichen Auftauchen Hackenbroichs überrascht. „Die Treppe, vor der Brücke, die gab es damals nicht! Früher ging der Fahrradweg mit

einer Höllensteigung bis zur Brücke hoch. Die Treppe wurde erst später an diese Stelle gebaut."
„Ok, das heißt..."
„...dass ein Unfall mit dem Mofa unten auf dem Weg möglich, beziehungsweise nicht unlogisch wäre", unterbricht Hackenbroich ihn. „Wenn Katja von der Schule den unteren Weg genommen hätte, und einer mit dem Mofa von der Brücke gekommen wäre, hätten sie in der Kurve aufeinandertreffen können. Ich hatte das total vergessen. Ich habe eben im Keller von meinem Vater ein altes Foto gefunden, auf dem man das sehen kann."
„Wenn es da einen Unfall gegeben hat, ist der Weg unter die Brücke auch nicht weit. Und das Gelände ist im Sommer sehr zugewachsen, sprich, es ist sehr wahrscheinlich, dass niemand was gesehen hat."
„Außer er hätte auf der Brücke gestanden", wirft Hackenbroich ein. „Von da hat man auch im Sommer freie Sicht auf den Weg."

Overath, 16. Juli 1986 – 21.00 – 21.15 Uhr –
Ralf & Katja

Das bunte Etwas hat Arme und winkt und sieht aus wie ein Mensch, eine Frau ... mehr Gedanken passen nicht mehr in den Zeitraum vom Um-die-Kurve-Kommen bis zu einem lauten Schrei, einem ekligen Geräusch, das nach brechendem trockenem Holz klingt und einem ohrenbetäubenden Scheppern, als das Mofa über den Asphalt kracht und ungebremst weiterrutscht.
Dann ist Stille.
Dann ist Schmerz.
Die rechte Hand meldet einen brennenden Feuerball an Ralfs Hirn und ein Blick in Richtung Ursache zeigt ihm, was passiert ist. Der Kampf Haut gegen Asphalt hat einen klaren Verlierer. Wobei die Lederjacke ihn vor Schlimmerem bewahrt hat. Der Rest scheint soweit OK zu sein. Dann dringen die Rufe der Jungs zu ihm durch. Alle schreien durcheinander und Ralf versucht, was zu murmeln wie: „Nicht so schlimm, nur die Hand, geht schon“, bis er merkt, dass er gar nicht gemeint ist.
Die Horde rennt an ihm vorbei und lässt ihn einfach liegen. Sven stürzt auf sein Mofa und brüllt verzweifelt „Totalschaden, das ist ein Totalschaden. Alles im Arsch, du Wichser!“
Die anderen scharen sich um das am Boden liegende Etwas. Eine Frau, Ralf erinnert sich wieder, eine Frau ist auf ihn zugerannt gekommen, als er um die Biegung kam. Aber wer? Hat sie nicht noch seinen Namen gerufen?
„Wer ist das?“, krächzt er.

„Alter, das ist Katja und die sieht echt scheiße aus!", ruft Malle, der als erster losgestürmt und bei ihr war.
„Sie blutet am Kopf und der Arm sieht gebrochen aus. Wir müssen sofort einen Krankenwagen holen", ergreift Rick die Initiative.
„Fuck, nein, dann kriege ich einen Riesenärger wegen dem Moped, und dass ich Ralf habe fahren lassen. Das sieht doch schlimmer aus, als es ist. Die erholt sich schon gleich wieder."
Ralf dämmert allmählich, dass die Sache auch für ihn und seinen weiteren Lebensweg im Hause Breitscheid nicht gerade von Vorteil ist.
„Ganz ruhig", beschwichtigt er den leicht panischen Aktionismus der Übrigen. Schon fast wieder in der Anführerrolle wie bei „Herr der Fliegen", dirigiert er seine Horde. Erstaunlich klar sieht er im Geiste vor sich, was zu tun ist, um hier halbwegs heil rauszukommen.
„Als Erstes legen wir Katja mal unter die Brücke, da ist es nicht so heiß und keiner sieht, was passiert ist. Dann ziehen wir das Mofa vom Weg in die Büsche am Ufer. Rick, du fährst zu Rado, der soll mit dem Hänger seiner Eltern das Mofa abholen. Das bringt ihr dann zu den Jungs nach Oberdonrath, die hassen alles, was Polizei ist, die sagen definitiv nix, und machen das Mofa wieder fit. Alles klar?"
Froh, dass Ralf das Zepter in die Hand nimmt, folgen alle und tragen Katja unter die Brücke und legen sie auf die alte Isomatte, die hier immer für „Notfälle" – zu voll, um sich zu Hause blicken zu lassen – liegt.
„Sie atmet noch!"

„Aber schwach…“
„Alter, die stirbt uns hier, die muss ins Krankenhaus!“
„Und wie sollen wir sie da jetzt hinbringen, ohne aufzufallen und die ganze Scheiße hier zu erzählen?“
„Wenn meine Alten das mitkriegen, ist Feierabend mit der 80-er zum Geburtstag. Das müssen wir anders lösen.“
„Alles cool, wir machen Folgendes“, erklärt Ralf seinen genialen Plan, der das Leben aller für immer verändern wird.

Schloss Auel – Dienstag, 27. Juli – 16 Uhr 37

Man muss nur das Richtige anhaben und schon kommt man überall rein, denkt Azra, als er in seinem Veranstaltungstechniker-Outfit, bestehend aus einer dunkelblauen Cargo-Hose mit Multitool und Taschenlampe am Gürtel, Carhartt T-Shirt, Anglerweste mit dem Aufdruck „Veranstaltungs- und Bühnenbau Wester“ auf dem Rücken, Stahlkappenschuhen und seiner Baseballkappe, ein großes Flightcase in die Schlosskapelle schiebt. Die Dame vom Schloss hat ihm, ohne groß nachzufragen, die Kapelle aufgeschlossen. Sein wahres Ich muss er jetzt nicht mehr verstecken, der Kommissar weiß sicherlich sowieso schon, wer er ist und selbst wenn nicht, egal. Bald ist sein Werk vollbracht.

Sorgfältig schließt er die Tür von innen wieder zu und schiebt das Case nach vorne an den Altar. Zügig und geschickt verschraubt er seine Stahlkonstruktion in Kreuzform und stellt sie hinter den Altar. Dann hebt er den toten und bis auf die Unterhose nackten Sven aus der Kiste, legt seine Arme in die noch offenen Schellen an der Querstrebe und schraubt sie zu. Damit der Tote nicht wegsackt, hat er extra noch eine kleine Stange in Hüfthöhe montiert, auf die er den Körper absetzen kann. Die Füße bindet er unten mit einem Strick um das stehende Stahlrohr, das unten in einen 40 mal 40 Zentimeter breiten Fuß mündet. Dann schreibt er ihm noch mit einem dicken schwarzen Filzstift „Nicht vergessen – nicht vergeben – es waren FÜNF – jetzt ist es nur noch EINER!“, auf die Brust.

Als er fertig ist, packt er alles, was nicht mehr gebraucht wird ins Case und betrachtet sein Werk.
Und er sah, dass es gut war, denkt Azra und muss schmunzeln. Dieser Ort ist genau der richtige, um Buße zu tun, schließlich war es Svens Mofa, das seine Schwester umgebracht hat. Auch wenn er nicht gefahren ist, auch er hat sie liegen und dem Tod überlassen.
Beim Rausgehen schließt er die Kapelle wieder ab, bedankt sich bei der Dame im Hotel und fährt zurück nach Overath, ohne zu ahnen, welch passende Gruppe von Menschen er heute Abend mit seinem Werk Ehrfurcht einflößen wird.

Hackenbroich – Dienstag, 27. Juli – 17 Uhr 40

„Ich denke, mehr können wir nicht machen", sagt Hackenbroich zum POM-Bär „die Fahndung nach Rudolf, Gropius und Busch läuft, laut Büro kriegen wir morgen früh den Durchsuchungsbeschluss für die Scheune und hoffentlich wissen wir dann mehr oder finden einen Anhaltspunkt, wo sie sind." – „Dann mach ich mal Feierabend, wenn's OK ist." – „Klar. Wir sehen uns morgen früh. Der zuständige Richter ist Frühaufsteher. Ich denke, um kurz nach Sieben haben wir unseren Beschluss. Am besten sind wir dann schon in Oberdonrath."
„Dann hole ich Sie morgen für um halb sieben ab, OK?"
„Hart, aber OK". Hackenbroich schmunzelt und winkt dem Kollegen zum Abschied. Dann geht er noch auf ein Kölsch ins Campingplatz-Restaurant, gönnt sich eine

Frikadelle und freut sich auf einen ruhigen Abend mit Brian Johnson, dessen Biografie „Die Leben des Brian“ schon im Wohnmobil auf ihn wartet. Dass der Buchtitel gar nicht so unpassend für seinen weiteren Abend ist, wird ihm erst in ein paar Stunden auffallen. Er überlegt noch kurz, ob er für POM-Bärs Mutter schon mal eine Kiste Porzellankatzen zusammenstellen soll, entscheidet sich dann aber für Brian Johnson. Dabei geht ihm *„I got nine lives – Cat's eyes – Abusin' every one of them and running wild”* durch den Kopf. Vielleicht sollte er seinen Klingelton mal zu *Back in Black* ändern.

Bahnhofsplatz Overath – Dienstag, 27. Juli – 19 Uhr 30

Alex ist zufrieden mit der kleinen lustigen Schar an Leuten, die an seiner fahrenden Krimilesung mit kulinarischer Begleitung und Getränken teilnimmt. Immerhin vierzehn zahlende Krimifans warten heute Abend vor dem Overather Bahnhof auf Ludger und seine Pferdekutsche, die wie auf Zuruf gerade um die Ecke kommt. An Bord: Eine Kiste Weiß- und Rotwein, Wasser und zwei Pittermännchen Kölsch, was soll da noch schief gehen?

Jetzt geht es erst mal los Richtung Cyriax, wo Autor Volker Hein das erste Mal aus seinem Krimi ‚Kommando Schinderhannes‘ lesen wird. Dort angekommen, gibt es Schnittchen und… Musik. Allerdings unfreiwillig, der Bewohner des Hauses, vor dem sie Halt gemacht haben, scheint Schlagzeuger zu sein und probt anscheinend

gerade. Aber die Stimmung ist gut und das erste 10-Liter-Fässchen schon fast leer.
An der zweiten Station, Camping Paul, gibt es im Restaurant Schnitzel mit Bratkartoffeln und den zweiten Teil der Lesung.
Kommissar Hackenbroich ist mittlerweile auf Seite 43 der Biografie des ‚neuen' ACDC-Sängers angekommen und überlegt, welche Songs von *Geordie,* der ersten Band von Johnson, er kennt. Als er aus der Ferne Pferdegetrappel und Wiehern hört, wundert er sich kurz, aber lässt sich schnell wieder vom spannenden Leben des Musikers einfangen.
Gegen 21 Uhr trudelt die, mittlerweile recht angeheiterte, Krimitruppe auf dem Parkplatz von Schloss Auel ein. Hier gibt es den Nachtisch, Bergische Waffeln und Vanilleeis, dazu Grappa oder Dessertwein, und nach dem Essen die Lesung in der angeschlossenen Kapelle.
Die Bemerkung – „Sie hätten mir auch Bescheid sagen können, dass heute Mittag jemand von Ihnen vorbeikommt" – der Dame an der Rezeption, bei der Alex den Schlüssel für die Kapelle abholt, tut er kurz mit einem „Jaja" ab, ohne genau zu wissen, was oder wen sie damit meint.
Das ändert sich schlagartig, als er mit seiner illustren Truppe die Kapelle betritt.
Nachdem er die Tür aufgeschlossen hat und die Leute an ihm vorbei ins Innere schlendern, geht er zum Lichtschalter, der sich etwas versteckt neben dem Eingang hinter einer kleinen Klappe in der Wand befindet. Kaum hat er den Schalter umgelegt, hört er hinter sich entsetztes Ge-

schrei. Er dreht sich um und sieht schnell den Grund für den Aufruhr. Auch wenn das Ganze hier eine Krimilesung ist, so echt hätte er es nicht gebraucht. An einem stählernen Kreuz hängt ein bis auf die Unterhose nackter Mann, der keinen sehr lebendigen Eindruck mehr macht. Eine Teilnehmerin ist bereits in Ohnmacht gefallen und wurde von zwei Männern auf eine der Kirchbänke gelegt. Alex holt sein Handy raus und wählt den Notruf. Geistesgegenwärtig bittet er dann alle Teilnehmerinnen aus der Kapelle zurück ins Restaurant, wo er beim Kellner eine Runde Schnaps bestellt. Vorher verschließt er noch die Kapellentür und gönnt sich dann auch einen Grappa.

„No stop sign, Speed limit…"

Als Hackenbroichs Handy klingelt, war er gerade eingedöst und heizte im Traum mit einem Angus Young mäßigen Gitarrensolo der Kölner Sporthalle ordentlich ein. Gekonnt baute sein Gehirn den Klingelton mit ein und es dauert ein bisschen, bis er merkt, dass seine Rock'n'Roll Karriere leider nur ein Traum ist.

Nachdem ihn die Zentrale über das neueste Opfer informiert hat, dauert es noch zwanzig Minuten und der POM-Bär steht vor der Tür und lädt ihn ein.

Kurz nach zehn treffen sie an der Kapelle ein und hören aus dem Restaurant ein vielstimmiges Gemurmel. Auf der Bank am Eingang zum Restaurant sitzt ein Mann mit einem Bier und einem Schnaps in der Hand, der dem Kommissar bekannt vorkommt, aber er kann ihn nicht sofort einordnen. Erst als er die Stimme des vor sich hinredenden Mannes hört, die sagt „Ich will keine Leichen mehr finden, echt nicht. Reicht. Ich wollte doch nur eine

Krimilesung und ein paar Bier. Ehrlich", erkennt er Flo wieder, den „Entdecker" der ersten Leiche. Aber darum will er sich später kümmern, zuerst ist der Tatort an der Reihe. Nachdem er sich von den Kollegen einen an Tatorten üblichen Tykveranzug samt Schuhüberzieher und Handschuhen hat geben lassen, betritt er die Kapelle. Schichtleiterin Scharfenberg ist schon mit dem Leichnam von Sven Gropius, wie Hackenbroich erkennt, an dem stählernen Kreuz beschäftigt. Zwei Kollegen helfen ihr gerade, ihn von dem Gestänge zu lösen und auf eine Trage zu legen. Als er sie begrüßt, dreht sie sich zu ihm um und sagt „Ich hätte nicht gedacht, dass das Bergische Land so spannend und blutrünstig ist! Geht das jetzt ewig so weiter?"

„Ich hoffe nicht", entgegnet Hackenbroich „und um ehrlich zu sein, ist auch nur noch einer übrig." Scharfenberg deutet auf die Leiche und sagt „So steht es auch auf der Leiche, vermutlich mit Filzstift geschrieben." Hackenbroich schaut sich den Schriftzug auf Svens Oberkörper an und murmelt „Hoffentlich finden wir Matthias Busch noch."

„Ich kann es zwar noch nicht beweisen, aber ich vermute mal", reißt Scharfenberg ihn aus seinen Gedanken „dass auch hier wieder Ertrinken die Todesursache ist. Rein äußerlich sehe ich außer Fesselungsspuren an Händen und Füßen und zwei Einstichstellen keine Verletzungen."

„OK, danke. Dann gehe ich mal die Zeugengruppe befragen."

Im Restaurant trifft Hackenbroich auf eine sichtlich angeheiterte Truppe, bestehend aus vier Frauen, elf Män-

nern, inklusive Flo, und seinem alten Freund Alex. Nachdem er sich von Alex den Abend hat schildern lassen, und die mehr oder weniger betrunkenen Krimifans ihm auch keine weiteren Details verraten konnten, sucht er die Damen von der Rezeption, um herauszufinden, wer am Nachmittag da war.
Der Beschreibung nach war es wohl tatsächlich Rudolf Weiland, jetzt Azra. Er hatte sich als Gehilfe des Buchhändlers ausgegeben, der für die Lesung eine Überraschung vorbereiten sollte, was ihm ja auch gelungen ist. Der Transporter war vermutlich der von Patrick Matros, und er sei sehr höflich gewesen und hätte sich sogar noch verabschiedet. Alles in allem hat der Kerl gute Nerven, das muss man ihm lassen, denkt Hackenbroich und überlegt, wo Azra sich jetzt aufhalten könnte, wo die Scheune aufgeflogen ist. Aber sie haben alles gecheckt, was an Immobilien oder Grundstücken auf die Familie Weiland eingetragen ist. Ein Ferienhaus in Holland, das die Kollegen dort schon kontrolliert haben und das Haus in Overath, in dem er auch nicht ist. Es bleibt wohl nichts anderes übrig, als auf morgen früh und den Schuppen zu hoffen.
Bevor er geht, schaut er sich noch einmal in aller Ruhe die Kapelle und das Gestell an, an dem Sven Gropius hing. Er setzt sich auf eine der Bänke und fragt sich, was jemand, der hauptberuflich Menschen pflegt, dazu treibt solche Taten zu planen und dann so kaltblütig durchzuführen.
„Sie sehen ja schon wieder so traurig aus. Was ist denn bloß immer los mit Ihnen?“, reißt eine irgendwie vertraute Stimme Hackenbroich aus seinen Gedanken und

ehe er antworten oder sonst etwas tun kann, steckt ihm ein sehr großer Mann mit weißem T-Shirt und schwarzer Kappe einen Pin ans Shirt. „So, das sollte Ihnen helfen, nicht immer so trübsinnig zu sein." – „Ich bin überhaupt nicht...", setzt er an, doch schon hat sich der Große neben ihn gesetzt und fragt freundlich „Was suchen Sie denn diesmal? Golfspieler vielleicht?" Nach kurzer Irritation fällt ihm auch wieder ein, woher der den Typen kennt, aus der Stadtmitte, der Chor, Laut aber Irgendwas, an dem Abend, als er die Fußballer vom SSV Overath ausfindig machen wollte. „Langer!" Bricht es aus ihm raus. „Richtig. Wie schön, Sie erinnern sich. Beppo, komm mal rüber, ich muss dir jemand vorstellen." – „Was machen Sie denn hier? Singen?" – „Richtig. Drüben am Golfplatz wird eine Hochzeit gefeiert und wir singen ein paar Lieder." In dem Moment schiebt sich ein zweiter, ebenfalls sehr großer Mann zwischen Hacki und die Sonne. Aber bevor es zu einem weiteren Pin anstecken oder Ähnlichem kommt, erscheint POM Brudak.

„Soll ich Sie zurückbringen?", fragt er erstaunt in die Runde. Woraufhin der Lange ein erstauntes „Oh, Sie sind Polizist! Wie aufregend. Ist was passiert?" – „Ja, aber dazu darf ich jetzt wirklich nichts sagen. Und vielen Dank für den Pin! Dann noch viel Spaß beim Feiern!"

Dann folgt er seinem Kollegen auf den Parkplatz, der mittlerweile voller Menschen und Fahrzeuge ist. Auf der Rückfahrt sitzen beide schweigend nebeneinander, bis Hackenbroich plötzlich sagt: „Wissen Sie, was mich wahnsinnig macht? Dass wir wissen, wer es ist, und wir ihm trotzdem keinen Schritt nähergekommen sind.

Irgendwo ist jetzt Matthias Busch diesem Azra ausgeliefert, und wir wissen noch nicht mal, ob er überhaupt noch lebt. Aber er kann nicht weit weg sein. Er will, glaube ich auch gar nicht weit weg sein. Es geht ihm um Overath. Hier hat alles angefangen und hier soll es wohl auch enden! Aber ich habe keine Idee, wo er sein könnte, nicht die geringste."

Als er das sagt, fahren sie gerade durch die Propsteistraße, unter den Gleisen entlang. Keine 20 Meter Luftlinie von dem gefesselten und geknebelten aber wachen Matthias Busch entfernt. Dem gegenüber Azra sitzt und sich auf einem Campingkocher eine Suppe warm macht. Aber da alle Fenster von innen abgeklebt sind, dringt kein Lichtschimmer nach draußen.

„Dein Freund hatte keine Ahnung, wer ihn da pflegt. Und eins kann ich dir verraten, Menschen, die den Tod vor Augen haben, wollen oft noch reinen Tisch machen. Wenn sie dann nicht gläubig sind", er deutet mit einer ausladenden Bewegung auf sich „et voila, bin ich da und höre zu. So habe ich von dem Haus hier erfahren und seiner traurigen Geschichte und von eurem Verbrechen. Dabei hat Ralf die ganze Zeit geheult wie ein Schlosshund."

Ralf nachäffend redet Azra weiter „Es tut mir so leid, ich hätte sie retten können, ich will nicht mit der Schuld sterben. Als wenn ich da was machen könnte." Azra lacht „Hättet ihr damals die Eier gehabt was zu tun..." er lässt den Satz im Raum stehen und widmet sich seiner Suppe. Matthias schaut ihn derweil mit weit aufgerissenen angsterfüllten Augen an und versucht, was zu sagen. Aber kein

Wort schafft es an dem Tuch in seinem Mund vorbei in Azras Ohren. Nach einer Weile spricht er weiter: „Du willst sicherlich wissen, was ich mit dir vorhabe, oder?“, er schaut ihm lange in die vor Angst geweiteten Augen. „Ach ja, Du kannst ja nichts sagen. Oh, das tut mir leid. Weißt du, was ich lustig fand. Rick und Thorsten haben sich bis zum Schluss versucht rauszureden. *Wir haben doch nur gesehen, was passiert ist. Das war alles Ralfs Schuld. Was hätten wir denn tun sollen?* Als wenn es besser wäre, wenn man nur zugesehen hat. Deswegen wollte ich auch, dass sie alle angestarrt werden, wenn sie tot sind. Nackt und allen Blicken ausgeliefert. Wäre dieser Scheißkommissar nicht im Krankenhaus aufgetaucht, Ralf wäre nicht so friedlich in der Badewanne gestorben“, redet sich Azra langsam in Rage. „Er sollte eigentlich da hängen, wo Du jetzt landen wirst, morgen. Leider musst du seinen Platz einnehmen. Aber sei sicher, so viel kann ich schon verraten, es ist ein schöner Platz, mit einer tollen Aussicht, auch wenn du nicht lange, was davon hast.“ Wieder muss er lachen.
Dann steht er auf, um aufs Klo zu gehen. Im Rausgehen sagt er noch: „Keine Sorge, ich lasse dich nicht hängen oder vielleicht doch?“, und lacht weiter.
Als er zurückkommt, ist es schon fast ein Uhr und er beschließt, schlafen, zu gehen. Er will fit sein an seinem großen Tag, seinem Finale, seinem jüngsten Gericht. Er zieht eine neue Spritze für Matthias Busch auf, betäubt ihn für die Nacht, und legt sich dann selbst neben das Sofa und rollt sich in seinen Schlafsack ein.

Overath, 16. Juli 1986 – 21.15 -22.05 Uhr – unter der Brücke

„Katja ist ohnmächtig und wird sich bestimmt nicht an alles erinnern. Das ist bei Unfällen mit Ohnmacht immer so, da fehlen die paar Minuten vor der Ohnmacht, sind einfach weg, das ist immer so.“ Ralf ist voll in seiner Anführerrolle „Das heißt, wenn sie nachher aufwacht, wird sie sich wundern, wo sie ist und was passiert ist, aber sie wird eben nicht wissen, was passiert ist.“

„Du willst sie einfach hier liegen lassen?“

„Nicht einfach liegen lassen Rick, wir stoppen ihre Blutung (ein Satz, den er schon immer mal sagen wollte, weil er in jedem Actionfilm vorkommt), und legen sie in die stabile Seitenlage…“ – „Weil wir die alles so geil draufhaben!“, unterbricht ihn Sven.

„Das kriegen wir ja wohl hin. Wir haben hier eine Isomatte, eine Decke und wir nehmen ihre Jacke als Kissen.“ – „Aber dann merkt doch jeder, dass wir hier waren“ – „Das jemand hier war, aber nicht unbedingt wir. Hier ist doch dauernd irgendwer zum Kiffen, Feiern oder Knutschen.“

„Aber ist das nicht unterlassene Hilfeleistung“, bringt Thorsten kurz sein „Aktenzeichen XY ungelöst“-Wissen ein. „Aber wir helfen doch, oder willst du unbedingt, dass ihre Eltern und ihr Bruder wissen, was wir hier gemacht haben?“ – „Wir, DU hast sie überfahren und ziehst uns jetzt alle mit rein!“

„Mit DEINEM Moped, vergiss das nicht!“

Der Ton wird deutlich aggressiver und Ralf merkt, dass er diplomatischer werden muss.
„OK, wer ist dafür, dass wir jetzt zur Polizei gehen oder einen Krankenwagen anrufen?“
Schweigen.
„OK, dachte ich mir. Dann machen wir es so. Wir betten sie hier sicher hin, versorgen sie so, dass es keiner merkt und dann wird sie nachher aufwachen, verwirrt sein, nach Hause gehen und geht morgen zum Arzt.“
„Aber das wird doch untersucht werden“, wirft Sven ein „Die werden die Spuren auf dem Radweg finden und sich zusammenreimen, was hier passiert ist.“
„Hier fahren doch dauernd welche mit dem Mofa lang, außerdem kann sie ja auch einfach so gestürzt sein.“
„Mir gefällt das nicht…“
„Malle, was meinst Du? Du hast noch gar nichts gesagt.“
„Ich bin für Ralfs Plan, ich habe keinen Bock auf Ärger mit den Bullen, oder Stress mit meinem Alten.“
„Also abgemacht. Wir machen es so, wie ich gesagt habe. Und niemand, NIEMAND, redet jemals darüber, OK? Wer etwas sagt, begeht Hochverrat!“
Ralf versammelt alle um sich, hält seine Hand in die Kreismitte, wartet bis alle es ihm gleichgetan haben und sagt mit großer Geste:
„Wer auspackt, begeht Hochverrat in Overath und muss sterben! Und jetzt alle: Kein Hochverrat in Overath!“ – „Kein Hochverrat in Overath!“

Hackenbroich – Mittwoch, 28. Juli – 6 Uhr 55

Nachdem der POM-Bär ihn um halb sieben am Wohnmobil abgeholt hat, stehen beide jetzt vor der Scheune in Oberdonrath und futtern in der noch sehr angenehmen Morgensonne ihre frisch beim Bäcker geholten Laugencroissants. Vor dem Gelände stehen noch ein Streifenwagen und die Kollegen von der Spurensicherung. Alle warten auf das GO vom Richter. Die beiden Kleiber-Brüder stehen nebeneinander im Eingang zu ihrem Wohnhaus und blicken finster auf das Treiben.

Um drei Minuten nach sieben vibriert Hackenbroichs Handy und meldet das Eintreffen einer Mail. Es ist der erwartete Beschluss zur Durchsuchung der Scheune, den Hackenbroich den beiden, nicht ohne eine gewisse Genugtuung vor die düsteren Gesichter hält. Beide lesen, oder tun zumindest so als würden sie lesen, in aller Ruhe die amtliche Verfügung, um dann mit einem „Na dann viel Spaß", im Haus zu verschwinden.

„Na dann mal los Kollegen", ruft Hackenbroich den wartenden Beamten zu und schon läuft die übliche Routine ab. Da die Brüder behauptet haben, dass sie keinen Schlüssel hätten, auch wenn es ihre Scheune ist, muss das Vorhängeschloss aufgebrochen werden. Danach lässt es sich Hackenbroich nicht nehmen, als erster einen Blick in die Scheune zu werfen. Und er wird wahrlich nicht enttäuscht.

Neben einer großen Werkbank und Flaschenzügen findet sich in der Scheune ein Schweißgerät, eine Drehbank, diverse Stahlkonstruktionen und eine alte Schultafel, die

voll ist mit Zeichnungen, Skizzen und angehefteten Zetteln.
„Darf ich?“, fragt der Kollege von der Tagschicht und geht, ohne eine Antwort abzuwarten, an Hackenbroich vorbei in die Scheune, und die Spurensicherung legt los. Wie kaum anders zu erwarten, finden sie auf den Zetteln und an der Tafel die Skizzen zu den Konstruktionen, an denen Azra die Toten hinterlassen hat. Das Gestell für Patrick Matros, die Bootskonstruktion auf dem sie Thorsten Gottmann im Blücherpark gefunden haben und das Kreuz, an dem Sven Gropius vor ein paar Stunden gefunden wurde. Dazu zwei Skizzen, die er anscheinend noch nicht umgesetzt hat. Die eine Konstruktion sieht aus wie ein Korb aus Stahl und erinnert Hackenbroich an die Teile, die man immer in Mittelalterfilmen sieht, wenn Gefangene vor der Burg hängen und zur Schau gestellt werden. Die andere sieht aus wie ein Kreuz, an dessen Querbalken zwei Haken angebracht sind, so als könnte man das Kreuz woanders aufhängen.
„Die Dinger“, sagt POM Brudak und deutet in eine Ecke der Scheune, „stehen da hinten in der Ecke“.
„Tatsächlich“, entgegnet Hackenbroich „Dann hatte er wohl keine Möglichkeit mehr, sie abzuholen oder einzusetzen. Sehen fertig aus. Was glauben Sie, hatte er damit vor?“
„Das“, sagt Brudak und deutet auf das kreuzförmige Gestell „ist wohl dafür gedacht, jemanden an das Kreuz zu hängen und das dann irgendwo anders hinzuhängen.“
„Etwas kompliziert, aber könnte sein.“

Hackenbroich, der mit Brudak noch immer im Eingangsbereich der Scheue steht, um keine Spuren zu zerstören, winkt einem der Kollegen im Inneren zu: „Können Sie sich bitte als erstes die Tafel mit den Skizzen anschauen. Wir brauchen alles, was wir kriegen können über die Konstruktion. Danke!" Der Kollege nickt und fängt an, die Skizzen und Zettel zu fotografieren und dann nach und nach einzutüten. Als er nach einer Viertelstunde damit fertig ist, übergibt er das gesammelte Material an Hackenbroich „Die Fotos schick ich Ihnen gleich per Mail", ergänzt der Spurensicherer und macht sich wieder an die Arbeit.

Zurück im Einsatzwagen, einem Van, nehmen sie sich die eingetüteten Seiten vor.

„Lassen wir erst mal alles weg, was wir schon hatten an Apparaturen, und konzentrieren uns auf das, was noch kommt", instruiert Hackenbroich den POM-Bär. „Wir müssen so schnell wie möglich rausfinden, was er mit Matthias Busch vorhat und vor allem WO."

Sie verteilen die Seiten, von den beiden Konstruktionen, die sie noch nicht kennen auf dem Tisch im Bus, und versuchen eine Ordnung ins Chaos zu bringen.

Pling macht Hackenbroichs Handy und die Fotos von der Tafel sind auch da. Über den mobilen Drucker im Wagen lässt er sich die Bilder raus und ordnet sie den Skizzen zu. Nach gut einer halben Stunde haben sie alle Puzzleteile an ihrem Platz und zumindest schon mal eine Idee, *was* Azra vorhat, beziehungsweise hatte. Beides entlockt POM Brudak ein erstauntes: „Ach Du Scheiße!"

Azra – Mittwoch, 28. Juli – 6 Uhr

Azra ist früh auf den Beinen, sein Plan verlangt es so. Er muss das Gelände für den Showdown rechtzeitig absperren, damit er sicher sein kann, dass sie nicht gestört werden. Er verpasst Matthias Busch noch eine kleine Dosis seines „Beruhigungsmittels" und verfrachtet ihn mittels Flightcase in den Transporter. Draußen ist es noch angenehm kühl und er wartet hinter der Mauer der Terrasse, bis die Bahn um 6.01 Uhr vorbeigerauscht ist, um nicht doch noch von jemandem gesehen zu werden. Heute darf nichts schiefgehen. Nachdem er das Case und alles, was er sonst noch braucht, eingeladen hat, setzt er sich seine Kappe und die Sonnenbrille auf und fährt los in Richtung Steinenbrück.

In Steinenbrück angekommen, nimmt er am Kreisverkehr die dritte Ausfahrt in Richtung ehemalige Grube Lüderich, wo sich heute ein Golfklub befindet. Der aber nicht sein Ziel ist. Kurz vor dem Klubgelände biegt er nach rechts ab und folgt, als die Straße nach unten abknickt, einem kleinen Wanderweg. Die Schranke, die die Zufahrt blockiert, öffnet er mit seinem Sechskantschlüssel und schließt sie, nachdem er durchgefahren ist, wieder. Dann holt er das rot-weiße Flatterband aus dem Transporter, wickelt es um zwei der Bäume, die den Weg säumen, sodass er auch für Wanderer gesperrt ist. Zur Sicherheit stellt er noch das ‚Holz-Fällarbeiten-Schild', das er vor Monaten im Schwarzwald geklaut hat, vor die Absperrung und fährt langsam bis zur Mariengrotte vor.

Eigentlich auch ein schöner und gar nicht mal so unpassender Ort, der ein bisschen wie ein Bunker anmutet, um jemandem die letzte Ruhe zu *schenken*. Aber sie gehört nun mal nicht zum Plan und wenn Azra sich mit einem sicher ist, dann, dass man sich an einen Plan halten muss, sonst geht alles schief. Es kann auch so schon genug passieren, mit dem man nicht rechnet.
Nachdem er den Transporter so hingestellt hat, dass er auch den kleinen Trampelpfad zu seinem eigentlichen Ziel zustellt, packt er den immer noch betäubten Busch auf eine Art Gelände-Bollerwagen, den er auch selbst gebaut hat, und verfrachtet ihn an sein Ziel. Danach macht er noch zwei Fuhren, bevor er den Transporter abschließt und sich zu Fuße des Barbarakreuzes einen kleinen Snack und einen Kaffee aus der mitgebrachten Thermoskanne gönnt. Der Blick von hier über das Tal ist beeindruckend. Schaut er nach rechts, könnte er, wenn den schon so früh jemand unterwegs wäre, den Golfern beim Spielen zuschauen. Das Green mit dem Loch ist keine 50 Meter von seinem Platz entfernt. Als er fertig ist, bereitet er schon mal alles vor, bevor er Matthias Busch wieder zu den Lebenden zurückholt, wenn auch nur für kurze Zeit. Er packt sein Werkzeug aus und muss über seinen eigenen Scherz grinsen.
Es wird ein schöner Tag, wenn auch nicht für jeden hier…

Kölner Stadtanzeiger vom 16. Juli 1986 – Rubrik „Bergisches Land"

„Tragischer Unfall mit Todesfolge oder Selbstmord?" – ein Bericht von Maja P.
Vorgestern Nacht wurde die Leiche der 15-jährigen Katja W. unter der Brücke der Propsteistraße in Overath gefunden. Die Verletzungen könnten sowohl von einem Unfall als auch einem Sturz von der Brücke stammen. Als Todesursache gibt die Polizei Ertrinken an. Wie es dazu kommen konnte, oder ob das Mädchen suizidgefährdet war, ist bis zum jetzigen Zeitpunkt noch nicht klar. Katja W. war von einer Theateraufführung am Paul-Klee-Gymnasium auf dem Heimweg, kam aber nie zu Hause an. Der Bruder der Toten zog daraufhin in der Nacht los, um seine Schwester zu suchen, und fand sie gegen zwei Uhr nachts mit dem Kopf im Wasser liegend, unter der Aggerbrücke. Wer das Mädchen auf ihrem Heimweg noch gesehen hat, oder sonstige Angaben machen kann, soll sich bitte bei der Polizei in Bergisch Gladbach melden oder unter folgender Telefonnummer 02206 – XXXX.

Hackenbroich – Mittwoch, 28. Juli – 8 Uhr 07

„Mit dem hier", schlägt Brudak leicht entsetzt vor und deutet auf den Eisenkäfig „wollte er jemanden aufhängen. Vielleicht an die Brücke über die Agger, wo alles passiert

ist? Das würde zu den anderen Morden und Tatorten doch passen."
„Aber warum hat er es dann nicht gemacht?", fragt Hackenbroich und greift nervös zu seiner ersten Bockwurst. Er beißt einmal in die Wurst und deutet dann mit dem angebissenen Ende auf den Eisengitterkäfig: „Das Ding steht doch fertig hier."
„Er kam nicht mehr ran, weil wir hier waren", schlägt Brudak vor.
„Nehmen wir an, und danach sieht es ja aus, er hat für jeden der fünf ein Gestell konstruiert, dann ist eins noch für Matthias Busch und das andere war vermutlich für Ralf Breitscheid gedacht, ist aber nicht zum Einsatz gekommen. Aber als er Ralf umgebracht hat, hätte er das Gestell noch holen können."
„Vielleicht sind wir, oder besser sie, ihm zu schnell auf die Schliche gekommen oder" und dabei deutet Brudak auf die mittlerweile halb gegessene Wurst in Hackenbroichs Hand „sie sind im zu dicht auf die Pelle gerückt, und er musste improvisieren oder schnell handeln. Wenn Ralf rausgefunden hat, *wer* ihn da pflegt, hätte er es auch uns erzählen können und Azra hätte ein Problem gehabt."
„Dass er jetzt zwei in so kurzer Zeit entführt, und den einen tötet, spricht dafür, dass er unter Druck ist. Was es aber für uns nicht besser macht. Vermutlich ist er schon unterwegs zu seinem letzten Ort und Matthias Busch schon tot. Außer er hat mit ihm was anderes vor. Egal was er plant, wir müssen rausfinden, welches Gestell für wen gedacht war, und wo er es einsetzen wollte."

Beide durchwühlen zum x-ten Mal die Bilder und Papiere.
Plötzlich fällt Hackenbroich etwas auf und er geht mit einem der Papiere nach draußen und hält es gegen das Sonnenlicht. Als er wieder reinkommt, fragt er den POM-Bär „Kennen wir eine Barbara?"
„Barbara? Nein, ich glaube nicht", entgegnet der POM-Bär und muss an ein gerade viral gehendes Musikvideo denken:
Ja, man konnte sagen, dass Barbaras Rhabarberkuchen ohne Wenn und Aber gar eine geradezu magische Erfahrung war. Abrakadabra.
Dabei blättert er seine Aufzeichnungen durch, findet aber nichts Passendes und fragt den Kommissar „Warum wollen Sie das wissen?"
„Hier auf dem Zettel hat sich Schrift durchgedrückt, vermutlich von einem anderen Zettel, der darüber lag, als er, was darauf notiert hat. Deutlich zu erkennen ist das Wort *Barbara,* und dann noch so was wie *heute* oder *Kranz* oder so ähnlich."
Brudak nimmt ihm das Papier aus der Hand und sieht selbst durch. „Könnte auch *kreuz* heißen. *Barbarakreuz.* Sagt Ihnen das was?"
„Ehrlich gesagt, Nein. Aber sicherheitshalber sollten wir es mal googeln. Ein Kreuz wäre ein guter Ort für die zweite Konstruktion."
Nach kurzer Recherche verkündet Brudak: „Hier, auf der Website *dasbergische.de* steht, *Schöner Aussichtspunkt in Overath Steinenbrück. 15 Meter hohes Kreuz aus Edelstahl auf der Halde der ehemaligen Erzgrube Lüderich.*

Es ist den Bergleuten der Grube gewidmet. Es ist von der Straße im Tal gut erkennbar. Das klingt doch nach einem guten Ort, um jemanden zur Schau zu stellen."
„Aber für wen war der vorgesehen? Für Ralf oder Matthias? Eigentlich egal, wir sollten auf jeden Fall jemanden hinschicken, oder selber hinfahren."
„Und der Käfig?", fragt Brudak.
„Mmmm" macht Hackenbroich „Wenn das Kreuz eigentlich für Ralf gedacht war, weil Azra ihn für den Mörder seiner Schwester hält, dann würde er sich ihn doch vermutlich für den Schluss aufheben, oder?"
„Vermutlich ja", stimmt Brudak ihm zu.
„Aber wir waren schneller. Also bringt er Ralf direkt im Krankenhaus um und bleibt sich nur mit dem Ertränken treu. Um sich das Finale nicht kaputtmachen zu lassen, hebt er sich das Barbarakreuz bis zum Schluss auf und nimmt halt den, der noch übrig ist: Matthias Busch, der vermutlich eigentlich unter der Brücke enden sollte."
„Ergibt für mich Sinn", entgegnet Brudak, „bedenkt man, dass aus Azras Sicht die Zuschauer mitschuldig sind, und vermutlich haben die das Ganze von der Brücke aus beobachtet."
„Ich fasse zusammen: Der Käfig und damit die Brücke sind hinfällig, er wird Matthias Busch ans Barbarakreuz hängen."
„Es sieht danach aus." – „Dann los".
Hackenbroich und Brudak springen aus dem Van und informieren die Kollegen darüber, was zu tun ist.
„Wir brauchen einen Einsatzwagen und schnellstmöglich eine Truppe vom SEK am Barbarakreuz in Steinen-

brück.“, teilt Hackenbroich übers Handy der Kölner Zentrale mit. „Wann können die Kollegen da sein?“
„Dreiviertel Stunde. Die Autobahn A4 ist wegen Brückenarbeiten ab Moitzfeld gesperrt, das kostet locker 5–10 Minuten, rechnet man die Baustelle vorher mit ein. Aber unternehmen Sie nichts, bevor die Truppe da ist, verstanden Hacki?“, befiehlt der Einsatzleiter.
„Ok“, antwortet Hackenbroich. „Aber wir fahren jetzt da hin und schauen uns die Lage vor Ort an. Wir nehmen zwei Kolleginnen von hier mit. Einverstanden?“
„Ja, aber nichts unternehmen!“ – „Roger!“
Hackenbroich legt auf und instruiert die Besatzung des Streifenwagens darüber, dass sie ihnen folgen soll. Dann setzt er sich zu Brudak in den anderen Wagen, und mit Blaulicht geht es los.

Azra – Mittwoch, 28. Juli – 8 Uhr 07

Matthias Busch ist nach einer kleinen Dosis aus Azras Spritze aufgewacht und versucht zu verstehen, wo er ist.
„Hallo hier“, hört er eine Stimme über ihm, die wohl zu der großen Gestalt gehört, die vor ihm steht.
„Wach?“, fragt die Gestalt mit amüsiertem Unterton „Wir müssten nämlich langsam mal anfangen. Ich vermute, die Polizei findet bald raus, wo wir sind und was ich mit dir vorhabe.“
„Was… was hast du denn mit mir vor?“, bringt Busch verängstigt raus und erkennt, dass er auf Steinplatten sitzt, und an einem Metallpfeiler lehnt. Seine Arme sind

über ein Stück Holz nach hinten gebunden, so als würde er sich rückwärts über ein Geländer lehnen. Sie müssen irgendwo oben auf einem Berg sein, unter anderen Umständen würde er die grandiose Aussicht über das Tal genießen. Im Moment hat er aber Angst, Kopfschmerzen, und die Arme tun durch die verdrehte Haltung auch weh.

„Wie ich schon gestern sagte, du musst leider den Platz deines alten Freundes Ralf einnehmen, der eigentlich hier sein sollte. Dein Platz wäre an der Brücke gewesen, an der ihr meine Schwester umgebracht und liegengelassen habt."

„Ich habe deine Schwester nicht umgebracht", unterbricht Busch Azra, der ihm daraufhin mit der flachen Hand ins Gesicht schlägt.

„Zugesehen habt ihr, keiner von euch hat was unternommen, um ihr zu helfen, das ist keinen Deut besser."

Matthias denkt fieberhaft mit seinem immer noch vernebelten Hirn nach, wie er aus dieser Nummer noch irgendwie rauskommen kann. Viel fällt ihm gerade nicht ein, außer Zeit zu gewinnen. Also fragt er sein Gegenüber „Woher willst du denn überhaupt wissen, dass ich dabei war?"

„Ralf hat mir alles erzählt. Dass er meine Schwester angefahren hat, dass ihr sie gemeinsam unter die Brücke gelegt habt, und wie eine Bande Feiglinge abgehauen seid, und sie einfach unter der Brücke habt sterben lassen."

„Das war alles Ralfs Idee. Er wollte, dass wir sie liegenlassen, er…"

„Ihr hättet alle Nein sagen können", unterbricht Azra ihn. „Jeder von euch hätte die Polizei oder einen Krankenwagen rufen können. Aber ihr seid alle nach Hause gegangen und habt sie elendig verrecken lassen."

„Aber sie ist doch ertrunken und nicht durch den Unfall gestorben. Das war doch nicht unsere Schuld!"

Während Azra weiter mit ihm redet, geht er langsam hinter Matthias, sodass er, egal wie er sich auch bemüht, ihn nicht mehr sehen kann. Dann spürt und sieht er, wie Azra, der für ihn immer noch Rolle ist, Seile um das runde Holz zwischen seinen Armen bindet. Hektisch redet er weiter, in der Angst, dass ihm nicht mehr viel Zeit bleibt.

„Vielleicht hat jemand anders sie danach ertränkt. Das kann doch sein."

„Und wer sollte das gewesen sein? Der Clown aus ES? Hannibal Lecter, der Urlaub im Bergischen Land gemacht hat? Freddy Kruger? Wer? Sag's mir. Komm, ich bin gespannt."

„Ich weiß es nicht", sagt Matthias Busch mit zittriger Stimme, die langsam beginnt sich zu überschlagen.

„Es könnte auch einfach nur Pech gewesen sein."

Azra kommt wieder in sein Sichtfeld und holt ein paar Schlingen aus dem komischen Bollerwagen, der neben ihm steht. Er kommt auf ihn zu und legt ihm eine der Schlingen um den Hals und verbindet sie mit einer Schlaufe zwischen Matthias' Beinen. Erst jetzt fällt ihm auf, dass Azra ihm, während er ohnmächtig war, einen Klettergurt angezogen hat, mit einem Geschirr, das auch um seine Arme und über den Rücken geht.

„Was wird das?", schreit Busch, jetzt schon leicht panisch.

„Das wirst du noch sehen."
Azra macht eine kurze Pause, dann verknotet er ein paar der Schlingen vor Buschs Brust, was der nicht genau erkennen kann, da durch das Holz hinter seinem Rücken auch sein Kopf nach oben gedehnt wird.
„Aber erzähl doch weiter, Malle, so war doch dein Spitzname, oder? Hast du noch mehr Ideen, wer es gewesen sein könnte, oder was passiert ist?"
Unbeeindruckt von Matthias Geschrei und Gezappel knotet Azra weiter vor dessen Brust die Schlingen zusammen. Er ist zu stark und Matthias zu gut verknotet, als dass die Gegenwehr etwas bringen würde.
„Vielleicht, vielleicht ist ja einer der anderen noch mal zurückgekommen und hat sie ertränkt?"
„Du willst deinen Arsch retten, das verstehe ich." Azra richtet sich auf, betrachtet sein Werk und nickt zufrieden. „Aber dafür musst du schon mehr liefern, zumal alle anderen ja schon tot sind. Du kannst ihnen also, ohne Probleme, und ohne, dass ich was kontrollieren könnte, alles in die Schuhe schieben. Oder hast du etwa Beweise?"
Azra dreht sich um und holt ein Klappmesser aus einer der Kisten. Er öffnet und verriegelt es, sodass die Klinge nicht von selbst wieder einklappen kann. Dann zieht er eine weitere Schlinge durch das Loch am unteren Ende des Griffes und nähert sich Matthias.
Der kreischt mittlerweile in unverhohlener Panik „Nein, nicht. Ich habe keine Beweise. Aber hat Ralle dir welche gegeben? Hä? Glaubst du ihm einfach so? Was, wenn er dich belogen hat? Was dann?"

„Ich glaube nicht, dass er gelogen hat. Schließlich wusste er gar nicht, mit wem er geredet hat. Was ich konnte, habe ich kontrolliert, und das stimmte alles. Er hat ja sogar zugegeben, dass er an allem schuld war. Und klar, ich hätte es dabei belassen können ihn zu töten. Aber ihr alle hättet es verhindern können, und das macht euch nicht besser. Zusehen und Nichtstun ist genauso schlimm, wie selber Hand anlegen. Apropos Hand anlegen…“, bei diesen Worten befestigt Azra das Messer mit einer kleinen Eisenapparatur an der Bauchschlinge des Klettergurts. Während er noch ein Seil aus einer Kiste holt, versucht Malle weiter mit ihm zu reden, in der Hoffnung, seinem Schicksal zu entgehen.

„Warum?“, ruft er und denkt, Zeit gewinnen, ich muss Zeit gewinnen.

„Warum was?“, fragt Azra und hält kurz inne.

„Warum, diese, diese Gestelle? Was soll das?“, kreischt Malle.

„Ist das nicht offensichtlich?“, fragt Azra ihn. „Anscheinend nicht“, gibt er sich selbst die Antwort „Ihr habt zugeschaut und ich wollte, dass ihr genauso angestarrt werdet, wie ihr meiner Schwester beim Sterben zugeschaut habt.“

„Sie war nicht tot als wir…“ – „Lass es!“, geht Azra dazwischen „Das hatten wir doch schon. Man sollte euch sehen, bloßgestellt und schutzlos, so wie Katja unter der Brücke an diesem Pennerplatz, dieser Kifferhöhle, dieser menschlichen Müllkippe“, steigert sich Azra langsam in seine Rede, ohne sich weiter an Matthias zu schaffen zu machen „wo ihr sie allen ausgeliefert habt. Den Ratten, der Polizei, allen die da waren. Ihr habt sie weggeworfen, meine geliebte Schwester, sie war ein Teil von mir, meine zweite Hälfte und ihr behandelt sie, als wäre sie ein Stück Vieh, das man angefahren hat, und einfach am Straßenrand liegen lässt. Das macht euch in meinen Augen auch zu Viehzeug und genauso sollt ihr sterben und alle sollen es sehen."

Langsam beruhigt Azra sich wieder und setzt seine Arbeit an Malle fort. Wieder geht er um ihn herum und Matthias hört hinter sich metallische Geräusche. Es klingt ein wenig so wie ein Wagenheber. Dann hört er das Rasseln einer Kette und spürt einen leichten Zug nach oben an dem Holz zwischen seinen Armen. Dadurch kippt er leicht nach vorne und es verschlägt ihm für einen Moment den Atem. Azra unterbricht kurz das Spannen am Flaschenzug, mit dem er Matthias nach oben ziehen will.

„Und jetzt fragst du dich sicherlich, warum ich dich nicht wie die anderen ersäuft habe. Stimmt's?"

Matthias, dem immer noch das Atmen schwerfällt, klammert sich an seine letzte Chance noch etwas Zeit rauszuschlagen und ruft hektisch „Ja, genau, warum… hast… du… mich nicht ertränkt?"

„Eigentlich sollte ja Ralle hier hängen, und für Katjas Mörder finde ich ertränken zu gnädig. Er sollte beim Sterben die Gelegenheit haben, darüber nachzudenken, was er getan hat. Außerdem gibt es Erlösung nur am Kreuz. Dass du jetzt derjenige bist, der diese Gelegenheit bekommt, war zwar nicht geplant, aber es trifft auch nicht den Falschen. Also bringen wir es zu Ende!"

Bevor Matthias irgendwas entgegnen kann, spürt er erneut Zug auf dem Holz und langsam bewegt sich sein Körper nach oben.

Hackenbroich – Mittwoch, 28. Juli – 8 Uhr 40

„Schaltet bitte die Sirenen aus“, gibt Hackenbroich, als sie am Kreisverkehr in Steinenbrück ankommen, Anweisung an Brudak und den folgenden Streifenwagen. „Wenn er da ist, muss er uns nicht kommen hören.“ Die Blaulichter gehen aus und kurz darauf sehen sie den quer gestellten Transporter hinter der Schranke und dem Flatterband. Mit den Streifenwagen blockieren sie noch die letzten möglichen Zufahrten zum Wanderweg und Hackenbroich versammelt die Kollegen um sich. Auf seinem Handy ruft er eine Karte der Umgebung auf und erklärt ihnen seinen Plan.
Er deutet auf den Kollegen mit den drei Streifen, und dann auf das Green in seinem Handy „Sie nähern sich dem Kreuz von der Seite über den Golfplatz hier parallel zum Weg. Wenn sie eine gute Position gefunden haben, starten wir einen Gruppenvideocall, damit ich sehen kann, was sie sehen. Und sie“, er deutet auf den Kollegen mit den zwei Streifen, „sie gucken, ob sie im Klub jemanden finden, der alles absperren kann. Nicht dass uns hier noch die Golfbälle um die Ohren fliegen. Danach folgen sie ihrem Kollegen. Aber nichts unternehmen, bis sie von mir Anweisungen bekommen. Ist das klar? Keine Anrufe, stellen sie ihre Handys auf stumm und kein Funk. Ich will

nicht, dass er uns bemerkt. Alles über den Chat im Videocall. Klar?“ Beide nicken und rennen los.
Hackenbroich wendet sich an Brudak und sagt: „Und wir gehen über den Weg, und Sie versuchen dann, rechts an dem Aussichtspunkt vorbei auf das andere Green zu kommen, unterhalb des Kreuzes. Ab da Videocall.“
„Und Sie?“, will Brudak wissen. „Ich bleibe auf dem Weg und schaue an, was mir die Bilder liefern. Dann sehen wir weiter. Los jetzt.“
Beide laufen, so schnell es geht, ohne viel Lärm zu machen oder auf einen auf dem Weg liegenden Ast zu treten, zum Barbarakreuz. Als sie an der letzten Kurve, die durch viel Bewuchs noch die Sicht auf den unteren Teil des Kreuzes versperrt, angekommen sind, biegt Brudak in den Wald ab. Fast im selben Moment vibriert Hackenbroichs Handy, und er nimmt die Einladung zum Videocall an. Erst verwackelt, dann immer deutlicher sieht er den am Kreuz angelehnt hockenden Busch und hinter ihm, an einer Seilwinde oder etwas Ähnlichem, Rudolf Weiland. Er hört Busch stöhnen und Rudolf sagen: *„Also, bringen wir es zu Ende.“*

Barbarakreuz – Mittwoch, 28. Juli – 8 Uhr 45

Für den Adler, der gerade über der ehemaligen Erzgrube Lüderich kreist, stellt sich die Situation wie folgt dar:
Ein Hase starrt gebannt auf zwei Stoffhaufen, die wiederum zwei andere Stoffhaufen anstarren, die an einem guten Landungsplatz stehen. Links davon, der Adler hat

sie mal „Leckerwiese“ getauft, weil dort im Abendrot gerne kleinere Happen zu finden sind, steht noch ein Stoffhaufen und im Wald daneben noch einer. Ansonsten ist das ganze Gelände sehr ruhig für die Tageszeit. Normalerweise fliegen hier sehr große Hagelkörner waagerecht durch die Luft, was den Adler sehr irritiert, aber auch viele Konkurrenten vom Boden fernhält. Daher mag er den Platz, aber heute nicht. So beschließt er, nach Engelskirchen zu fliegen, von dem er natürlich nicht weiß, dass es so heißt, aber da sollte jetzt mehr zu holen sein.
Für Hackenbroich stellt sich die Situation so dar:
Azra zieht Matthias Busch mithilfe einer Seilwinde am Barbarakreuz hoch und will ihn vermutlich da oben sterben lassen. Er hat mittlerweile zwei Videoansichten des Geschehens und ist sich noch nicht sicher, ob und wie er eingreifen soll. Bis die SEK-Truppe eintrifft, dauert es noch etwa 30 Minuten. Dann wird es für Matthias Busch sehr sicher zu spät sein. Also trifft er eine Entscheidung.
Für Matthias Busch stellt sich die Situation wie folgt dar:
Alles im Arsch! Ich bin am Ende!
Hackenbroich schreibt in den Chat *‚Gehe vor, nichts unternehmen‘*. Er biegt mit erhobenen Händen um die Ecke und ruft Azra zu „Ein schöner Platz hier, gute Aussicht, finden Sie nicht?“
Azra zuckt zusammen und ist sichtlich überrascht vom Auftauchen des Kommissars, der jetzt etwa 15 Meter von ihm entfernt auf der anderen Seite des Kreuzes steht. Er hört auf, weiter an der Winde zu ziehen, und Matthias, der mittlerweile schon mit den Füßen ein paar Zentimeter

über dem Boden schwebt, blickt hoffnungsvoll auf den Neuankömmling und ruft „Hilfe, helfen Sie mir, der Typ ist komplett wahnsinnig!"
Hackenbroich versucht ihm mimisch klarzumachen, dass er besser nichts sagen soll, hat aber keine Ahnung, ob das ankommt. Bei Azra bewirkt die Beschimpfung, dass er mit seinem Werk fortfährt und Busch wieder ein paar Zentimeter höher hängt. Dann geht er einige Schritte vor und hebt ein Seil auf, geht wieder zurück und packt die Stange der Winde und zieht einmal daran. Schon hängt sein Opfer wieder ein paar Zentimeter höher.
„Bleiben Sie da stehen Herr Kommissar, oder das Schwein hier wird früher als geplant abgeschlachtet." Dabei hält er das Seil hoch, das er gerade vom Boden aufgehoben hat.
„Wenn ich an diesem Seil ziehe", Azra macht eine dramatische Pause, „wird sich das Messer, das sich an seinem Brustkorb befindet, langsam zwischen seine Rippen schieben, sodass er qualvoll verbluten wird. Wenn ich noch einmal am Seil ziehe, versenkt es sich komplett in seine Eingeweide und Sie können nichts mehr machen. Also bleiben Sie besser, wo Sie sind!"
Ein Blick auf seine Armbanduhr zeigt Hackenbroich, dass es noch mindestens 25 Minuten dauert, bis das SEK da ist und ein Scharfschütze eingreifen könnte. Also muss er, wie Matthias vor ihm, Zeit gewinnen.
„Warum haben Sie ihn?" Hackenbroich zeigt mit dem Finger auf den verkrampft am Kreuz hängenden Busch „nicht auch ertränkt?"

„Auch wenn Sie das nichts angeht, und ich Ihre Zeitschinderei nachvollziehen kann, will ich es Ihnen verraten“, sagt Azra, ohne dabei, wie von Hackenbroich erhofft, mit dem Hochziehen aufzuhören. „Er soll leiden, und Zeit haben, über seine Fehler nachzudenken.“
POM Brudak hat sich mittlerweile dem Kreuz und damit Azra lautlos bis auf fünf Meter genähert. Aber dadurch, dass der Golfplatz hier gut zwei Meter tiefer liegt als der Aussichtspunkt, ist es ihm so gut wie unmöglich, einzugreifen. Er denkt darüber nach, Azra von hinten zu erschießen, aber wenn er ihn nicht tödlich trifft, hat der noch genug Zeit, an dem Seil zu ziehen, und wenn er perfekt trifft, könnte Azra vielleicht durch das Hinfallen den Mechanismus auslösen… und das ohne Anweisung von seinem Vorgesetzten… schwierig. Also bleibt er erst einmal auf Tauchstation und in Bereitschaft.
Die beiden Kollegen von Loch eins, so heißt die Bahn, auf der sie sich genähert haben, wie ihnen der Platzwart mitgeteilt hat, bevor er den Klub geschlossen hat, sind noch weiter entfernt und können nichts anderes tun als zusehen.
Per Chat verständigen sich alle drei darauf, dass einer das SEK in Empfang nimmt, und die beiden anderen abwarten, was passiert.
„Da ich annehme, dass Sie nicht alleine gekommen sind, muss ich mich hier ein bisschen beeilen, ich hoffe Sie verstehen das, Herr Kommissar.“ Und wieder rutscht Busch ein paar Zentimeter höher am Kreuz.
„Natürlich verstehe ich das, aber eine Frage hätte ich dann doch noch.“ Dabei nähert sich Hackenbroich lang-

sam dem noch nicht misstrauisch gewordenen Azra Zentimeter für Zentimeter an.
„Stört es Sie, wenn ich kurz was esse? Von Aufregung bekomme ich immer Hunger und dann bin ich unausstehlich“, fragt er Azra, der verwundert mit dem Winde ziehen innehält.
„Wollen Sie hier ein Picknick veranstalten oder was wird das?“ „Nein, nein, nur eine Bockwurst, wenn es erlaubt ist.“
„Von mir aus, lassen Sie es sich ruhig schmecken“, antwortet Azra sichtlich verwundert „Ist das eine Ihrer Verhandlungstaktiken von der Polizeischule? Erst mal eine Wurst essen.“ Azra lacht und setzt seine Arbeit an der Winde fort.
„Sie wollen ihn also da hochziehen“, fragt Hackenbroich, während er mit der Bockwurst, die er aus der Bananenbox geholt hat, auf das Barbarakreuz deutet „und dann? Hängen lassen?“
„Nein, sobald er unter dem Querbalken hängt, ziehe ich an dem Seil, das Messer schneidet seine Bauchschlagader auf und er wird verbluten.“
Hackenbroich beißt in seine Wurst und hat sich Azra schon auf gut zehn Meter genähert. Ist aber immer noch viel zu weit weg, um eingreifen zu können. Aber er hat den POM-Bär hinter der Hecke auf dem Golfplatz entdeckt, dessen Kopf so gerade eben über das Plateau der Aussichtsplattform ragt. Da kommt ihm eine Idee, von der er nur noch nicht weiß, wie er sie dem Kollegen übermitteln soll.

„Bleiben Sie stehen“, ruft Azra in diesem Moment und fixiert den Kommissar. „Oder ich ziehe jetzt schon. Das würde zwar den Effekt mindern und meinen Plan durcheinanderbringen, aber… was soll's?“
Hackenbroich hebt die Arme samt halb gegessener Bockwurst und bleibt stehen. Dann lässt er die Arme wieder sinken und deutet, wie er hofft, unauffällig, Brudak im Blick, auf das am Boden liegende Seil, das zu der tödlichen Apparatur führt. Gleichzeitig lenkt er Azra mit einer Frage ab: „Wie ist es Ihnen eigentlich gelungen, alle Leichen zu drapieren, ohne erwischt zu werden? Das ist eine äußerst beeindruckende Leistung.“
Sein Plan geht nur zum Teil auf. Azra antwortet ihm, aber das Tempo mit dem Busch nach oben wandert, hat sich nur minimal verlangsamt. Seine Uhr sagt ihm, dass es noch 20 Minuten dauert, bis das SEK da ist.
„Dreistigkeit. Man muss nur dreist genug sein. Wenn man völlig selbstverständlich nachts um zwei Uhr ein Eisengestell auf eine Verkehrsinsel stellt, fragt einen niemand *Entschuldigung, was machen Sie da?* Außer es käme zufällig die Polizei vorbei, aber wie wahrscheinlich ist das in Overath? Und selbst die würden wahrscheinlich denken, das sind Vorbereitungen für einen Schwertransporter. Niemanden interessiert, was man da macht.“
Hackenbroich hat seine Zentimeter-Taktik wieder aufgenommen und versucht, mit dem Wedeln der Bockwurst Azra von seinen Füßen, die sich langsam nach vorn schieben, abzulenken. Immer wieder versucht er, den POM-Bär mittels Wurstsignalen auf das Seil aufmerksam zu machen.

Matthias Busch nähert sich bedrohlich schnell dem Querbalken des Kreuzes, wo seine Reise in jedem Sinne wohl enden soll. Viel Zeit bleibt ihnen nicht mehr…
Auf einmal sieht er ein Aufblitzen in Brudaks Augen, und er nickt ihm zu.
Brudak hatte schnell begriffen, auf was der Kommissar mit seiner Wurst gedeutet hat, aber nicht warum. Aber jetzt glaubt er, den Plan verstanden zu haben. Riskant, aber machbar. Während die beiden weiter reden, sucht er sich eine Stelle, von der aus er mit einem Sprung auf das Plateau kommen kann. Dazu braucht er zwei starke Äste in der Hecke, zwei schnelle Antritte und ein Sprung und er sollte oben sein. Nach einigem Suchen wird er fündig. Er gibt Hackenbroich einen Daumen hoch und macht sich bereit.
Hackenbroich sieht Brudaks Geste und macht sich auch bereit.
„Aber sie, sie haben es alles gesehen und wollen, dass die Schweine", dabei deutet er mit der Wurst auf Busch, „auch gesehen werden, die Ihrer Schwester das angetan haben. Richtig?" – „Ja!" Azra hört auf an der Winde zu ziehen, und schaut den Kommissar an. „Und jetzt, jetzt bekommt auch das letzte Schwein seine gerechte Strafe, und Sie können nichts daran ändern."
Beide trennen jetzt noch etwa sechs Meter, zu viel, um Azra direkt zu attackieren, aber das ist nicht Hackenbroichs Plan. Er setzt auf die menschlichen Reflexe, die man nicht unter Kontrolle hat.
Als Azra beginnt, das Seil, das zur Apparatur an Buschs Gurt führt, zu straffen, bemerkt er, dass noch mindestens

anderthalb Meter davon auf dem Boden liegen. Er hat nicht einkalkuliert, dass Busch mit seiner ursprünglichen Halterung oberhalb des Querbalkens hängen würde, gut anderthalb Meter höher. Schnell versucht er, das Seil aufzurollen. In dem Moment hört er Hackenbroich rufen, und etwas fliegt auf ihn zu.

„Jetzt!“, ruft Hackenbroich und wirft Azra die Bockwurst zu. Ohne was dagegen tun zu können, fängt der reflexartig die Wurst und lässt das Seil fallen.

Gleichzeitig springt POM Brudak auf das Plateau, greift das Seil an dem Ende, das nach oben führt und schmeißt sich mit seinem ganzen Körper auf die noch am Boden liegenden Schlaufen, sodass es Azra unmöglich ist, den Mechanismus auszulösen. Hackenbroich geht seiner Wurst hinterher und schubst den ungläubig schauenden Azra samt Bockwurst über den Rand des Plateaus auf das Green von Loch eins. Der fängt sich geschickt ab und versucht über den Golfplatz zu flüchten, wo die beiden bisher still verharrenden Kollegen die Verfolgung aufnehmen.

Azra ist schnell. Er erreicht das Ende der Bahn deutlich vor den Polizisten. Mit einem Satz den kleinen Abhang hinunter, ist er auf dem Übungsrasen vor dem Klubhaus, wo soeben ein Teil des SEK angekommen ist.

Die Beamten springen aus dem Wagen und versuchen zu verstehen, was los ist. Einer der verfolgenden Polizisten rennt zu ihnen und erklärt die Lage. Währenddessen verfolgt der andere Azra, der Richtung Förderturm flüchtet. Jetzt setzen sich die Kollegen vom SEK in Bewegung und schneiden ihm den Weg zur Straße ab. Da auf der

zweiten Zufahrtsstraße zum Klubgelände, auf der anderen Seite des Förderturms, auch schon ein Einsatzwagen parkt, bleibt Azra nichts anderes übrig, als die Flucht nach oben auf den Förderturm. Oben angekommen, sieht er, dass alle Abgänge und das gesamte Gelände abgeriegelt sind. Er hört die Polizisten rufen, aber ihm steht klar vor Augen, wie das hier endet. Auf keinen Fall im Gefängnis. „Katja, du warst immer ein Teil von mir und ich habe getan, was nötig war und in meiner Macht stand. Ich komme zu dir, du bist gerächt!"
Hackenbroich und POM Brudak stehen vor dem Klubhaus und sehen, wie Azra auf das Geländer steigt und sich mit ausgebreiteten Armen, wie ein Klippenspringer in die Tiefe stürzt.
Ob es Absicht war, dass er in der Golffigur auf dem Brunnen vor dem Förderturm hängen bleibt und auf diese Weise ähnlich wie seine Opfer drapiert und zur Schau gestellt endet?
Als Hackenbroich zum Barbarakreuz zurückgeht, kommt gerade ein Drehleiterwagen der örtlichen Feuerwehr über das Green gefahren, und er denkt noch *der Platzwart wird sich freuen.* Mit dem Korb versuchen sie den armen Matthias Busch vom Kreuz zu holen, was ihnen nach einer halben Stunde auch gelingt. Gestützt von zwei Sanitäterinnen erreicht er den Krankenwagen und wird vom anwesenden Notarzt versorgt. Als Hackenbroich, auf den jetzt erst mal viele Formulare und vermutlich ein Anschiss von seinem Chef, weil er nicht auf das SEK gewartet hat, warten, an Busch vorbeigeht, winkt der ihn zu sich.

„Ich, ich muss Ihnen was gestehen…“
„Das hat sicher Zeit bis morgen“, unterbricht der Kommissar und reicht ihm seine Visitenkarte. „Melden Sie sich, wenn Sie wieder auf dem Damm sind, OK?“
„Ok, mache ich. Danke.“
Hackenbroich geht weiter zu *seinem* POM-Bär. „Können Sie mich noch ein letztes Mal zum Campingplatz bringen, bitte?“
Als sie die Polizeisperre passieren, entdecken sie einen wackelnden Linienbus, aus dem sehr laut Musik schallt. Ein heftiger Ballermann-Beat und ein Haufen singender Männer: *„Isch will met dir noh Kölle jonn, rus en de bunte Stadt wo de Lück all feere, will immer met d'r zosamme stonn…“*
„Warten Sie mal kurz“. Hacki steigt aus und geht an die vordere Bustür. Die ist offen und eine Guy Fawkes Maske starrt ihn von der Ablage vorne an. Dahinter grinst eine kleine Frau in weißem T-Shirt ihn vom Lenkrad aus an und grüßt nett: „Morgen, alles klar oder können wir helfen?“
„Drink doch eine met un dun net lamentiere …Bumm-BummBumm…“, dröhnt der Chor aus dem Bus und Hacki fragt bei der Busfahrerin nach: „Um die Uhrzeit? Was zur Hölle machen Sie hier?“ – „Probe für einen Auftritt am Samstag. Ist wichtig. Unser Sponsor…“ – „Ja, ich kann es mir vorstellen. Daraus wird leider nichts. Hier ist jetzt ein Tatort.“
„Verdammt ich lieb dich, ich lieb dich nicht“, singt ihn jetzt ein junger muskulöser Mann mit Glatze vom vorde-

ren Sitz aus an und der Bus antwortet „*Verdammt ich brauch dich, ich brauch dich nicht…*“.
„Ah, Sie müssen der Herr Kommissar sein.“ Der nächste Chorknabe gesellt sich dazu. „Markus, Radio Berg, was ist passiert? Die Presse will wissen, was los ist.“
„Markus, Markus, Markus“, feuert ihn der Chor aus dem Bus an.
„Hier ist ein Verbrechen passiert. Für mehr müssen Sie leider warten, bis es im Newsticker kommt. Am besten Sie drehen um, hier wird heute keine Probe mehr stattfinden. Tut mir leid.“
„Ok Männer, dann aufsitzen, wir fahren nach Hause und proben im Altenrath“, verkündet Chorleiter Traugott das weitere Vorgehen.
„Badadadatda, badadadatda…“ kommt als Antwort und ein paar Minuten später verschwindet der immer noch wackelnde Bus Richtung Marialinden – sehr laut und sehr schief, also der Bus!
Hackenbroich steigt wieder in den Streifenwagen und während der Fahrt kommt ihm eine Idee. „Sagen Sie, quasi als Abschluss unserer Zusammenarbeit, was halten Sie von einem kleinen Treffen mit Ihrer Frau Mama? Dann könnte ich ihr mal die Katzen zeigen.“
„Ist das eine offizielle Dienstanweisung?“, witzelt Brudak und sagt, als der Kommissar neben ihm nickt, „Geht klar. Wo haben Sie die Viecher?“
„Eine kleine Auswahl ist im Wohnmobil.“
Nachdem sie die Mülltüte voller Porzellan in Katzenform abgeholt haben, fahren sie zusammen nach Honrath zur Mutter vom POM-Bär. Als Mama POM-Bär, sehr über-

rascht vom unerwarteten Besuch, und offensichtlich beim Kochen gestört, die Tür öffnet, ist Hackenbroich… sprachlos. Ohne wirklich zu wissen warum, hat er mit einer älteren Dame in Schürze, eher einer Oma, gerechnet, nicht mit einer Anwärterin auf den Titel „Miss, nein Mrs. Polizistenmutter“. Ihre langen braunen Haare sind zu einem lockeren Pferdeschwanz zusammengebunden, und ihre strahlenden blau-grünen Augen in diesem von Lachfalten durchzogenen Gesicht würden ihn normalerweise sofort zu einer Bockwurst greifen lassen. Aber da die Letzte beim Mörderablenken draufgegangen ist, fuchtelt er mit der freien Hand, in der anderen trägt er die Mülltüte, hilflos in der Luft herum. Brudaks Mutter, die das Gefuchtel als Versuch interpretiert, ihr die Hand zu geben, versucht diese zu ergreifen, was nach zwei Fehlschlägen auch gelingt.

„Marion Brudak“, stellt sie sich vor und kann sich ein Schmunzeln nicht verkneifen „Und Sie bringen ihren Müll mit?“, fragt sie und deutet auf den schwarzen Beutel.

„Äh, nein, äh, das sind Pussylan, ich meine Katzenpossis, Pupselankatzen, das wollte ich sagen“ strahlt Hackenbroich sie an. „Und ich bin Hacki Katzenbroich“.

Mutter und Sohn schauen sich an und brechen gleichzeitig in lautes Gelächter aus.

Während Hackenbroich ihr die Tüte hinhält, als wäre es ein Blumenstrauß, den er extra für sie gepflückt hat.

„Na gut *Hacki Katzenbroich*, dann kommen Sie mal rein und wir schauen uns ihre Porzellan-Pussys an“, kann sich Brudaks Mutter, mit einem großen Grinsen im Gesicht,

nicht verkneifen zu antworten. Mit Blick auf seine Mutter und den Kommissar sagt POM Brudak „Ich glaube, ich lasse euch dann mal alleine“, tippt an seine Mütze und ehe der verwirrte Hackenbroich was sagen kann, ist der POM-Bär samt Wagen verschwunden.
Als Marion ihn dann noch fragt „Mögen Sie eigentlich Bockwürste? Ich mache gerade frischen Kartoffelsalat und was passt da besser als Bockwurst“, ist es um Hackenbroich geschehen. Er stellt die Mülltüte neben die Tür und folgt Marion wie in Trance in die Küche und denkt *‚Alles hat ein Ende nur die Wurst hat zwei…‘*.

EPILOG
Overath, 16. Juli 1986 – 23.25 Uhr –
unter der Brücke, Malle

Er ist noch einmal zurückgekehrt, er hat es nicht fertiggebracht, seine geliebte Katja einfach so hier unter der Brücke liegen zu lassen. Seine Katja. Zärtlich streicht er ihr das blutverkrustete Haar aus der Stirn und legt ihren Kopf vorsichtig auf seinen Schoß. Liebevoll flüstert er ihr ins Ohr „Du darfst nicht sterben, ich liebe dich doch so."
Katja bewegt ganz leicht den Kopf und flüstert sehr leise, so leise, dass er seinen Kopf ganz runter beugen muss: „Ich liebe dich auch Ralf, habe ich schon so lange, endlich".
Alles in Malle versteift sich. Ralf, selbst jetzt, wo er sie hier im Dreck liegen gelassen hat, denkt sie nur an den tollen Ralf. Ralf! Immer nur Ralf.
Katja dreht ihren Kopf ein wenig zu Malle hin und flüstert: „Ralf ich liebe nur dich, du musst nicht weinen. Küss mich…"
Es reicht. Ein für alle Mal. Das Wasser der Agger ist mittlerweile bis kurz vor dem Betonabsatz, auf dem Malle sie auf dem Schoß liegen hat, gestiegen. Es ist leicht, Katjas Kopf ein wenig zu drehen und nach unten kippen zu lassen, sodass ihr Gesicht im Wasser hängt. Zu leicht. Jetzt muss er nur noch ihren Oberkörper leicht nach vorne kippen und Mund und Nase sind unter Wasser. Katja wehrt sich kaum und Malle zieht sie erst wieder nach oben, als sich ihr Brustkorb nicht mehr bewegt.

Er steht auf und lässt sie einfach liegen, er ist fertig mit ihr!

Weitere Titel aus dem Bücken & Sulzer Verlag

Ein-Seitige Geschichten
Oktober 1993 – August 1995

Erwin Bücken

Mein Opa war ein großer Verehrer des expressionistischen Schriftstellers und Arztes Gottfried Benn, mit dem er auch in Briefkontakt stand. Vielleicht kam daher die Liebe zu einer bildhaften, wortgewaltigen, poesiehaften Sprache, die oftmals von philosophischer Natur war: mal schwermütig, mal nachdenklich machend, von ernst bis heiter stimmend.

Meiner Meinung nach handelt es sich um Miniaturkunstwerke, die in der deutschsprachigen Literatur bis jetzt so nicht zu finden sind.

ISBN 9783947438679
120 Seiten - 15,00 Euro - kartoniert

Weitere Titel aus dem Bücken & Sulzer Verlag

Schuld kennt kein Vergessen

Matthias Speck

Ein grausames Verbrechen in der Vergangenheit.
Präzise geplante Verbrechen in der Gegenwart.
Ein Kommissar sucht nach Erlösung.

Im Sommer 1942 wird in einem kleinen Ort in Polen die junge Gutsfrau Ruth Winter Opfer eines brutalen Überfalles. Deutsche Polizisten verüben ein Verbrechen, das ihre Familiengeschichte bis in die Gegenwart hinein dramatisch verändert. Ruth flieht vor den Schergen und den Erinnerungen. Ihre Odyssee durch das zerstörte Deutschland führt sie in ein kleines Dorf in der Eifel.

75 Jahre später wird in Bensberg ein Mann tot in seiner Wohnung aufgefunden. Es ist der erste Fall für den Kölner Hauptkommissar Tobias Kleinert nach einem traumatischen Erlebnis, bei dem seine Frau getötet wurde.

ISBN 9783947438556
270 Seiten - 14,80 Euro - kartoniert

Weitere Titel aus dem Bücken & Sulzer Verlag

Marianne Tieves

Berta –

Was von den Worten übrig bleibt

Berta ist das achte Kind einer niederrheinischen Großfamilie. Sie wächst im Kneipen- und Arbeitermilieu auf. Beginnend in der Weimarer Zeit bis in die achtziger Jahre hinein, beschreibt der Roman den Alltag der Familie, erzählt von ihrem Kampf ums Überleben, ihrer Anpassung und ihrem Anderssein. Die Anweisungen der Mutter gelten den sehr unterschiedlichen Geschwistern als Gesetz. Der gutmütige Vater neigt zum polternden Widerstand, vor allem unter Alkoholeinfluss. Belastet durch erfahrene Demütigungen und gelegentliches Stottern sucht Berta nach Worten, sich selbst und die aus den Fugen geratene Welt zu begreifen. Mit Fantasie und dem ihr eigenen Humor findet sie ihren Weg. Dabei muss sie sich mit Herkunftsschranken in der Liebe ebenso auseinandersetzen wie mit Hunger, Faschismus, Krieg, Nachkriegselend und dem in Stalingrad traumatisierten Ehemann.

ISBN 978-3-947438-54-9
428 Seiten - 16,80 Euro - kartoniert

Weitere Titel aus dem Bücken & Sulzer Verlag

Irmgard Becker
Auf den Spuren des
Akkordeonspielers

Zu Beginn des 2. Weltkriegs wird der Bauer Hermann Kirschner wegen Führerbeleidigung an die Front strafversetzt. Seine beiden jungen Töchter müssen von da an den Hof im Eifeldörfchen Buschrath allein bewirtschaften , was ihnen nur leidlich gelingt. Ortsvorsteher Bocksiefen stellt ihnen nicht uneigennützig den polnischen Fremdarbeiter Maciej Kopatschek als Hilfe zur Verfügung. Die jüngere Tochter Johanna und Maciej verlieben sich, was unter Todesstrafe verboten ist. Johanna wird schwanger und im Dorf als „Polenliebchen" verhöhnt. Bocksiefen war schon für Hermann Kirchners Strafversetzung verantwortlich und ist es auch für Maciejs Ermordung und Johannas zwei Jahre Straflager, wo sie ihren Sohn Michel zur Welt bringt. Mit Johannas Überleben in der Lagerhölle und ihrer Entlassung beginnt Michels ein Vierteljahrhundert dauernde Suche nach Spuren seines Vaters, ehe es zu einer Aussöhnung mit der Vergangenheit kommt, als er sich nach Limanowa aufmacht, der Heimat seines Vaters, und seine polnischen Großeltern und seine Tante Hanka kennenlernt.

ISBN 978-3-947438-51-8
340 Seiten - 14,80 Euro - kartoniert

Weitere Titel aus dem Bücken & Sulzer Verlag

Petra Werner

Die Frau des Inseljungen

- Band 3

In ein neues Leben

1992 - heute

In den dieser Biographie vorausgehenden Bänden Gemeinsame Wege und Wahrheit tröstet nicht, erzählen Petra Werner und Alexander Malzahn in der seltenen, aber hochspannenden Erzählform des Dialogs – kontrapunktisch gesetzt – von ihrem Kennenlernen, Leben und Leiden bis zu ihrer Trennung. Anders in In ein neues Leben. Petra Werner vollendet die beiden ersten Bände zur Trilogie und folgt ihrem Lebensentwurf, auf den ihr Leben lange keinen Einfluss zuließ, bis heute mit Fragen wie: „Was geschieht mit einem Menschen, wenn alles, an das er geglaubt hat, plötzlich nicht mehr da ist?“ Antwortversuche und Antworten auf diese und viele weiteren Fragen gibt die Autorin in ihrer Biographie auf offene, ehrliche und packende Art in einer Weise, die ein unberührtes Außenvorbleiben nicht zulässt, ohne Ratgeberin sein zu wollen.

Die Kenntnis der vorausgehenden Bände ist nicht nötig.

ISBN 9783947438563

384 Seiten - 14,80 Euro - kartoniert